Exclusivo

Título original: *Exclusive*
Copyright © MRK Productions, 2010
Copyright © Editora Lafonte, 2011

O texto deste livro foi editado conforme as normas do novo acordo ortográfico da língua portuguesa, em vigor no Brasil desde 1º de janeiro de 2009.

Todos os direitos reservados.
Nenhuma parte deste livro pode ser reproduzida sob quaisquer meios existentes sem autorização por escrito dos editores.

Edição brasileira

Publisher *Janice Florido*
Editoras *Fernanda Cardoso, Elaine Barros*
Editora de arte *Ana Dobón*
Diagramação *Linea Editora Ltda.*

Dados Internacionais de Catalogação na Publicação (CIP)
(Câmara Brasileira do Livro, SP, Brasil)

Michaels, Fern
  Exclusivo / Fern Michaels ; tradução de Nancy de Pieri Mielli. — São Paulo : Editora Lafonte, 2011.

  Título original: Exclusive.
  ISBN 978-85-7635-858-9

  1. Ficção norte-americana I. Título.

11-05275   CDD-813

Índice para catálogo sistemático:

1. Ficção : Literatura norte-americana   813

1ª edição brasileira: 2011
Direitos de edição em língua portuguesa, para o Brasil,
adquiridos por Editora Lafonte Ltda.

Av. Profa. Ida Kolb, 551 – 3º andar – São Paulo – SP – CEP 02518-000
Tel.: 55 11 3855-2290 / Fax: 55 11 3855-2280
atendimento@larousse.com.br • www.larousse.com.br

FERN MICHAELS

Exclusivo

Tradutora
Nancy de Pieri Mielli

LAROUSSE

PRÓLOGO

Teresa Amelia Loudenberry, "Toots" para os íntimos, agarrou o lençol de algodão egípcio que a cobria como se fosse a tábua da salvação. Manteve-o nas mãos com tanta força, que os nós dos dedos embranqueceram, assemelhando-se à cor da roupa da cama. Veias verde-azuladas se destacavam como pequenos canais nas mãos que, de outra maneira, mostrariam-se lisas e uniformes. Gotículas de transpiração porejavam da fronte alva antes de formarem filetes ao longo do contorno do rosto, terminando por se empoçar na cascata de cabelos castanho-avermelhados esparsa sobre o travesseiro.

Sentou-se em um ímpeto, as costas eretas e rígidas pelo tumulto que lhe invadira o peito, subitamente agitado como se abrigasse um bando de gansos selvagens. Respirou fundo. As mãos percorriam o lençol e também a colcha de cetim que trouxera até o queixo na tentativa de acalmar o coração acelerado, e então abriu os olhos e procurou se familiarizar com o ambiente. À medida que o olhar perscrutava os arredores, Toots detectou imagens em sombras se aproximando da cama, parecendo uma névoa de um azul translúcido e fantasmagórico. Contou quatro. Quatro figuras etéreas postavam-se em volta da cama. Poderia jurar ter vislumbrado rostos em meio àquela névoa, e eram rostos conhecidos, embora não conseguisse identificá-los. A essa constatação, o coração voltou a bater descompassado e as mãos tremeram como as últimas folhas secas remanescentes de um galho no inverno. Tinha a impressão de que a cabeça flutuava. Desorientada, Toots cerrou os olhos com força e tentou se convencer de que ainda dormia, estando sob o domínio de algum sonho insano.

Mas a pele apresentava-se úmida e pegajosa, o coração continuava a bater mais rápido do que seria o normal, e estava consciente da força que imprimia às pálpebras para que permanecessem fechadas. Definitivamente não era um sonho.

Devagar, Toots abriu um olho, depois o outro. A bruma, ou a névoa, ou qualquer que fosse o raio da coisa que acabara de ver, tinha sumido, embora uma sensação de gelidez permanecesse ao redor da cama. Com a respiração suspensa, acendeu o abajur e consultou o relógio sobre a mesinha de cabeceira.

Três horas da manhã. Não ouvira em algum lugar sobre aquele ser o horário das bruxas? Provavelmente deveria ter sido em algum daqueles programas tolos sobre os mistérios do além pelos quais se tornara obcecada nos últimos tempos. Enfim, o que quer que fosse aquilo, Toots aprendera o suficiente sobre o tema para ter certeza de que algo de sobrenatural a despertara do sono pesado. Um fantasma, uma aparição, algo que não pertencia a este mundo estivera naquele quarto, provocando-lhe um calafrio na base da espinha, que fora subindo pelas costas até se alojar na nuca. Assustada e trêmula, Toots colocou as pernas para fora da cama e se levantou, alerta e apreensiva a cada passo que dava pelo quarto com o qual ainda não se acostumara.

Percorrendo o aposento de um lado a outro a fim de acalmar os nervos, Toots permitiu que os olhos pousassem sobre cada detalhe da decoração de extremo mau gosto do imóvel que adquirira recentemente. Só de pensar no trabalho de reforma que teria pela frente até conseguir arrumar o casarão do seu jeito, quase se arrependia por não ter continuado hospedada no bangalô do Beverly Hills Hotel até a conclusão da obra. Quem, em perfeito juízo, seria capaz de morar, quanto mais de dormir, em uma casa pintada de roxo e rosa-choque, que mais parecia um daqueles bordéis que se veem nas imediações do cais? Toots ergueu os olhos na expectativa de encontrar espelhos, luz negra, um kit completo desses artigos que se vendem em *sex shops*, e surpreendeu-se ao deparar com um teto igual a qualquer outro. Cogitou, nesse momento, o que os construtores originais, Lucille Ball e Desi Arnaz, do antigo e famoso seriado *I Love Lucy*, teriam pensado, se ainda estivessem vivos, sobre o que os futuros proprietários viriam a fazer com a residência. Sem dúvida, deveriam estar se revirando na sepultura. Segundo o corretor, a última moradora fora uma estrela pop que alugara a casa do espólio Ball/

Arnaz e decidira adaptá-la às próprias conveniências enquanto durasse o contrato de locação. Anos antes, na época em que Toots visitara Graceland, a mansão de Elvis em Memphis, Tennessee, transformada mais tarde em museu, ficara decepcionada com o estilo inusitado, pouco atraente na opinião de alguém como ela. Comparada a esta, contudo, Toots se via obrigada a constatar que a velha morada do rei do rock era digna o suficiente de figurar nas edições especializadas de uma publicação respeitável de arquitetura.

Para falar com franqueza, o exterior daquele casarão na praia de Malibu até que estava razoavelmente decente. Com três andares, cada um contando com amplas janelas que se estendiam do piso ao teto, a vista para o oceano Pacífico era magnífica. O estuque branco contrastava de modo esplêndido com o telhado vermelho-alaranjado. Pequenos terraços e deques espalhavam-se por cada um dos andares sem que nunca faltasse a mais extraordinária das vistas. No cume de uma montanha e de frente para o mar, afirmara o corretor: o melhor de ambas as paisagens. Era o interior da casa que Toots não suportava. Rosa-choque e roxo. Azul radiante e verde fosforescente nos seis dormitórios. Um completo desastre.

Toots chegara a pensar em desistir do negócio. Mas não era tola. Três milhões e oitocentos mil por uma propriedade no alto de uma colina com vista para o mar, ainda mais em Malibu, era uma pechincha. Preenchera um cheque no valor total, ciente de que os custos da reforma implicariam uma soma igual ou superior, talvez.

E lá estava ela, agora, quase morta de medo. No Beverly Hills Hotel haviam lhe reservado o bangalô de Elizabeth Taylor. Como pudera trocar aquele luxo por esse pesadelo? O mais provável era que tivesse realmente perdido o juízo.

Soltando um profundo suspiro, Toots verificou o perímetro da cama. Nada de extraordinário, nada fora do lugar. Talvez aquela névoa tivesse sido apenas uma louca fantasia. Talvez. Mas algo lhe dizia que não, que eram muito mais que isso.

Toots acreditava em vida após morte e sabia que as almas nem sempre conseguiam passar sem dificuldade deste para o outro lado. Mas o que pensar sobre o que lhe acontecera? Nuvens transparentes, flutuando pelo meio do quarto, com rostos de pessoas? Lábios se movendo, prestes a pronunciar palavras, sem que emitissem sons? Não, aquele definitivamente não era o aspecto de espíritos que vagavam entre os dois mundos; aquilo estava mais para uma cena extraída de um dos episódios de *Além da Imaginação*.

Após ter morado por mais de vinte anos em Charleston, na Carolina do Sul, Toots aprendera mais que o suficiente sobre assombrações e visões de criaturas falecidas há tempos. Logo no início, quando se mudara para Charleston, participara de excursões a lugares considerados mal-assombrados e ouvira toda espécie de histórias a respeito de fenômenos sobrenaturais ocorridos na região no decorrer dos anos. Nunca, porém, vivenciara um fato que sequer se assemelhasse a uma experiência sobrenatural.

Até aquela noite.

Depois da chegada a Los Angeles, Toots prestara pouca atenção às histórias sobre velhos teatros, estúdios de filmagens e prédios históricos que diziam ser assombrados por alguns dos mais famosos atores e atrizes de Hollywood. Ora, ali era a terra dos sonhos, e não dos pesadelos!

Ao decidir comprar uma casa que ficasse próxima à da filha, Abby, e assumir a direção da revista *The Informer*, que também adquirira recentemente, Toots não tinha em mente partilhar seu espaço com uma alma penada, quanto mais com várias.

— Voltem para o lugar de onde vieram, onde quer que ele fique! — Toots bradou no quarto em penumbra, torcendo para não ter acordado Sophie, que dormia do outro lado do vestíbulo, com sua falsa demonstração de coragem. Ainda bem que Ida e Mavis estavam alojadas no andar de cima. Toots podia imaginar o que as velhas amigas diriam se soubessem que ela acreditava na aparição de uma alma do além em seu quarto.

Apesar de que... Não era Sophie que vivia atrás de livros e cursos sobre fenômenos paranormais? Acabara de surgir uma oportunidade perfeita para a amiga complementar teoria com prática. Esse interesse providencial de Sophie acabara de lhe conceder o direito de se mudar para a suíte principal da mansão.

Decidida a promover a troca de quartos pela manhã, assim que elas acordassem, Toots voltou a se acomodar na cama, cogitando como faria para convencer Sophie a trocar de quarto sem despertar suspeitas sobre seus motivos. Quando chegou à conclusão de que não encontraria argumentos que justificassem o pedido, decidiu que seria melhor abrir o jogo de uma vez. O assunto era aterrorizante demais para guardá-lo.

Toots chegou a se arrepender por não ter apresentado uma oferta irrecusável pela compra da mansão que pertencera por último a Aaron Spelling, um dos maiores produtores de Hollywood, criador de seriados famosos como *As Panteras* e *Casal 20*. Entre o desejo de comprar a propriedade de cinco mil e duzentos metros quadrados, e o ato em si, a negociação se revelara uma diligência inesperada. A viúva do magnata da televisão deixara claro que queria estar presente para dar sua aprovação a qualquer comprador prospectivo. Obviamente, não era qualquer um que obtinha permissão para apresentar uma oferta. O primeiro requisito era um cheque de sinal. Só depois começava o divertimento propriamente dito.

Toots não podia acreditar no que estava fazendo. Nunca, nem em um zilhão de anos, conceberia ser capaz de descer tão baixo só para se tornar elegível na disputa de uma propriedade. E daí que pertencera a Aaron Spelling? Uma casa era uma casa, ao que lhe concernia, ou, nesse caso, uma mansão era uma mansão. Qualquer coisa era passível de compra, na opinião dela. Era apenas uma questão de preço.

Havia três outros interessados na compra sentados no escritório da corretora. Duas mulheres e um homem. O homem devia ser gay. Usava uma camisa de seda com estampa de leopardo e calça preta colante. Todos os dedos exibiam anéis de ouro. Pelos cálculos de Toots, cada orelha ostentava ao menos oito *piercings*. Argolas de ouro, posicionadas pelo tamanho, da menor à maior, pendiam dos lóbulos. Braceletes cingiam os pulsos, e em um tornozelo, fino e branco, entrevia-se uma correntinha quando ele cruzava as pernas. Mal dava para ver o rosto por trás dos imensos óculos de sol. Toots se perguntava quem seria aquela figura, mas resolveu abandonar a curiosidade. Afinal, que importância tinha quem ele era?

A atenção de Toots voltou-se em seguida para a mulher à direita. Embora não pudesse afirmar com cem por cento de certeza, devia ser a atriz Joan Collins, sem as várias camadas de maquiagem. Aproveitando um momento em que a mulher não estava olhando, Toots arriscou um rápido exame. Sim, era ela, sem dúvida, e havia marcas de cortes recentes na região das orelhas. Ou seja, evidências de uma cirurgia plástica. Possivelmente a razão por estar sem pintura. Algo para ser contado a Abby; talvez a filha pudesse aproveitar essa informação para engrossar as páginas de sua revista de fofocas.

A mulher sentada à esquerda de Toots mantinha o olhar fixo em um ponto à frente. Não movera sequer um músculo desde que chegara. Toots sentia-se tentada a lhe dar um cutucão com o cotovelo, fingindo ter se atrapalhado ao procurar algo dentro da bolsa, só para ver se esboçaria algum tipo de reação, mas desistiu da ideia, porque esse tipo de atitude não cairia bem em uma dama. De qualquer modo, já dava para se divertir só com o visual da mulher.

A corretora, uma morena esguia, que poderia ter qualquer idade na faixa entre os trinta e os cinquenta, enfim abriu a porta e chamou:

— Senhorita Loudenberry? A senhora Spelling e Madison a receberão agora. Por favor, me acompanhe.

Toots se levantou e alisou a saia preta.

— Madison?

A corretora hesitou.

— Ela sempre se faz acompanhar por Madison.

— Entendo — disse Toots atrás da corretora, embora não tivesse entendido nada. Quem seria Madison?

— A senhora Spelling se orgulha da sensibilidade de Madison com relação às pessoas. É bom que lhe explique isso antes de apresentá-las. Se Madison não simpatizar com a senhora, a negociação encerrará por aqui.

Um súbito ímpeto de sair correndo da imobiliária, de esquecer de vez aquela história, invadiu Toots, mas a essa altura da situação estava tão intrigada com todo aquele circo que simplesmente não pôde admitir a própria derrota. Avaliou a saia preta justa, as sandálias pretas que deixavam à mostra apenas a ponta dos três dedos maiores e a blusa marfim, na esperança de que Madison aprovasse sua escolha. E riu de si mesma diante desse pensamento.

— Os senhores também, por favor. Por favor, me acompanhem — a corretora convidou.

Toots seguiu os passos da funcionária até deparar com uma porta fechada e ouvir um rosnado que vnha de uma fresta abaixo.

— Por favor, coloque-se a meu lado. Madison pode estranhá-la.

Toots apertou os lábios para não rir. Então Madison, aparentemente, era o animalzinho de estimação da sra. Spelling.

A porta se abriu e revelou um escritório moderno e bem montado. Sentada em um sofá branco e comprido, à esquerda da escrivaninha, estava ela: a primeira e única, Candy Spelling, a loura viúva de Aaron Spelling. Ao vê-la, Toots pensou instantaneamente em um peixinho decorativo de aquário — lábios grossos e olhos esbugalhados. Seria um problema de tireoide, talvez, que afetava a viúva? O monte de pelo em seu colo deveria ser o fiel conselheiro Madison.

A viúva não se deu o trabalho de se levantar nem de cumprimentar os possíveis compradores. A um gesto de comando da dona, Madison, que até aquele instante não se sabia ser ele ou ela, saltou do colo da viúva e andou até os pés de Toots. Ela estava prestes a se abaixar para brincar com o animal quando Candy Spelling lhe proibiu o gesto:

— Pare! Nem pense em suborná-la!

A linda mascote, portanto, era fêmea. Uma autêntica cadela em toda a extensão da palavra. Toots sabia muito bem a que ponto de implicância algumas mulheres podiam chegar. Ao menos as humanas.

— Não toque em Madison — a corretora avisou, desnecessariamente àquela altura. — O processo será rápido. Não costuma levar mais que alguns minutos.

A cachorrinha, uma bola fofa em branco e bege, circulou três vezes ao redor de Toots, deteve-se na posição inicial, deu três latidos, agachou-se e, ao se levantar, deixou uma pequena poça de urina diante das reluzentes sandálias pretas.

— A senhora acaba de ser autorizada a visitar a mansão Spelling — comunicou a corretora.

* * *

O conforto era o de um hotel cinco estrelas. Entre as instalações de que disporiam proprietários, familiares e hóspedes havia uma pista de boliche, uma adega, uma academia e uma sala cimatizada para a conservação de objetos de prata. O imponente imóvel ainda oferecia um jardim de rosas na cobertura, biblioteca, quadra de tênis e auditório. Tudo que se desejasse poderia ser encontrado na mansão Spelling.

Quando Toots, contudo, pousou os olhos sobre a esteira transportadora instalada na suíte principal, resolveu retirar sua oferta. A desistência lhe custara cinquenta mil dólares adicionais e uma crise de raiva ao se arrepender pouco depois do que fizera, mas, na ocasião da visita, não conseguira concatenar que bastaria mandar retirar aquele perigo ambulante antes de se mudar para lá. O dispositivo a fizera se lembrar de um dos episódios do antigo seriado *I Love Lucy* em que Lucy e a amiga Ethel trabalhavam em uma fábrica de chocolate, embrulhando os bombons que deslizavam por uma esteira transportadora. A tarefa revelara-se um desastre, com as duas sendo obrigadas a enfiar os chocolates na boca, dentro da roupa e por baixo das toucas, para fazer frente à velocidade com que os doces passavam. Toots imaginou bolsas e sapatos sendo arremessados pelo quarto e uma peça afiada se soltando do equipamento e voando em direção a seus olhos. E decidiu que a preservação do globo ocular valia o prejuízo.

Sem desligar o abajur, ajeitou-se sob as cobertas e fechou os olhos. Intuindo que o que quer que fosse que a acordara no meio da noite não estava mais no quarto, enfim relaxou e mergulhou em um estado de torpor, intermediário ao sono, em que os sonhos se sucediam e se sobrepunham com tanta rapidez que recordá-los seria quase impossível.

Amanhã seria outro dia.

CAPÍTULO 1

— O que deu em você para gritar daquele jeito em plena madrugada? Quase me matou de susto — Sophie reclamou ao entrar na cozinha e encontrar Toots preparando o café. — Levei muito tempo para conseguir voltar a dormir. Pensei que a casa estivesse sendo assaltada.

Toots se debateu entre a vontade de contar o sucedido e a prudência de calá-lo. Lembrou-se do fervoroso entusiasmo a que a amiga se entregara nos últimos tempos quando o assunto era ocultismo.

— Obrigada por correr em meu auxílio. — Toots suspirou ruidosamente. — Detestaria depender de você se realmente precisasse de proteção. Mas, para sua sorte e a minha... — Toots voltou-se e endereçou um olhar de avaliação sobre Sophie, insegura a respeito do comportamento que deveria assumir perante o que lhe acontecera durante a noite. Sem notar nenhum sinal de ironia ou sarcasmo, resolveu se abrir. — Não ria de mim, mas juro a você que vi um fantasma, ou algo parecido, perto de minha cama. Parecia uma névoa. Estava dormindo pesado, mas ele me acordou. Senti um frio imenso! — Toots estremeceu com a lembrança. — Sabe quando você abre uma janela em uma manhã de inverno e entra aquele ar que a faz se encolher? Foi essa minha impressão. Como se um vento gelado soprasse em meu rosto.

Toots se deteve para que as palavras surtissem efeito, na expectativa de que Sophie fizesse algum comentário sem graça. Ou lhe dissesse que perdera o juízo. Ou, pior ainda, que precisava se consultar com o dr. Sameer, que Sophie considerava o responsável pela cura do transtorno obsessivo-compulsivo de que Ida sofrera, com um tratamento alternativo que incluía pequenos tapetes para momentos de meditação.

Toots vinha pensando em ter uma conversa franca com Ida sobre o assunto; porém, desde que tinham chegado a Los Angeles, nunca sobrava um minuto livre sequer para esse tipo de discussão. O item foi adicionado à sua extensa lista de pendências.

— Interessante. — Sophie levou lentamente à boca a xícara de café que Toots depositara diante dela. Do outro lado, Toots segurava a sua com ambas as mãos, como se o frágil objeto pudesse de alguma maneira lhe servir de conforto e proteção.

Toots abriu os abomináveis armários rosa-choque, espiou dentro e tornou a fechá-los. Com a unha do polegar, traçou uma linha sobre o tampo do balcão roxo que circundava as lajotas cor de lavanda. Também resmungou algumas palavras que Sophie não teria como ouvir, quanto mais entender. Abriu e fechou as gavetas, ainda fingindo procurar algo. Em seguida acrescentou mais um item na droga da lista de pendências: jamais, em nenhuma hipótese, comprar um álbum gravado pela cantora pop e ex-proprietária daquela casa. Apesar da imensa sorte que tivera com a compra do imóvel que já pertencera a Lucille Ball e Desi Arnaz pelo montante que representava um contrato artístico em termos da Califórnia, custaria-lhe muito mais que isso restaurá-lo e restituí-lo à glória original. A vista eterna e infinita para o Pacífico, porém, tendo a praia à disposição a apenas alguns degraus do deque, e a conveniência de estar perto da filha compensavam todos os custos e as dores de cabeça.

— Pare com essa barulheira, Toots. Estou pensando, está bem? Sabe que não consigo raciocinar com você batendo gavetas, portas e sei lá mais o quê.

Toots deixou escapar um sorriso. Gostava quando Sophie fazia conjecturas.

— Não se concentre demais. Não quero levar um susto — respondeu Toots, só para dar a última palavra.

Um pouco de café esguichou da boca de Sophie e respingou sobre a fórmica branca da mesa em um arranjo de bolinhas amarronzadas.

— Não é exatamente disso que se trata? De você ter levado um susto com o pesadelo? Para ser honesta, não estou acreditando muito nessa história que me contou.

Toots voltou-se de novo para a pia e apanhou o bule de café.

— Dê-me uma boa razão para mentir sobre algo tão... inconcebível.

Sophie usou o próprio guardanapo para limpar as manchas de café da mesa.

— Você não mentiria; só disse aquilo para provocá-la. Agora preciso de silêncio para pensar. Sério, Toots. Você e as outras pessoas acham bizarra essa minha fascinação pelo sobrenatural. Mas não é. Não sou a única pessoa no planeta que acredita que espíritos, fantasmas, ou qualquer outro nome que queira dar a eles, vagam por este mundo. Está passando um programa novo na televisão sobre fenômenos espirituais. Você liga, e eles agendam uma visita à sua casa. Quer que os chame?

— Óbvio que não! Não quero nenhum caça-fantasma da televisão fazendo sensacionalismo à minha custa. Só quero ter certeza de que não estou maluca. De que não estou tendo sintomas de Alzheimer ou de um tumor cerebral! O que houve comigo não foi nada engraçado.

Com aquele desabafo, deu-se conta do quanto estava abalada com a visão daquela noite. Não podia perder o contato com a realidade. Não agora, justamente quando começaria a aproveitar as vantagens de ter chegado à terceira idade.

Sophie fez o obséquio de se mostrar arrependida.

— Não acho que tenha sido engraçado. De verdade. Tenho lido um monte de livros sobre o tema. Causa medo, se você não tem noções sobre o que acontece e não sabe como agir nessas circunstâncias. Soube de casos em que as pessoas recorrem ao suicídio para se livrar de experiências desse tipo. Existem inúmeros procedimentos para se afastar um espírito. Preciso estudar qual deles será o mais adequado. Venha cá. — Sophie indicou a cadeira a seu lado para Toots se sentar. — Agora me conte tudo do começo ao fim, sem omitir nenhum detalhe. Nunca se sabe quando um pequeno detalhe pode se revelar o mais importante.

Toots descreveu em detalhes a ocorrência que a levara às raias do pânico. Sempre fora firme e segura quanto às próprias convicções, e tivera os dois pés bem plantados no chão. Nunca se entregara a fantasias nem dera ouvidos a névoas sussurrantes, tampouco olhos e rostos vindos do além. Sempre se orgulhara de enfrentar todo e qualquer desafio que se apresentasse. Aos 65 anos, já enterrara oito maridos. Com esse recorde, deveria ser capaz de lutar até mesmo com o próprio Satã. Medrosa, ela não era.

— Você reconheceu os rostos? Conseguiu decifrar o que as aparições tentavam lhe dizer?

Toots revirou os olhos. Não podia acreditar que estava tendo aquela conversa. Muito menos que Sophie, que se dizia entendida no assunto, estivesse lhe fazendo aquele tipo de pergunta.

— Desculpe minha falha. Certamente deveria ter pedido que repetissem o que haviam dito, porque no primeiro momento estava ocupada demais me borrando de medo. Teria sido ainda melhor se tivesse tido a presença de *espírito* de correr ao armário e pegar um bloco e uma caneta para anotar a mensagem, talvez uma câmera digital para tirar uma foto deles, ou duas. Droga, Sophie. Parece bobagem, mas estava apavorada. Uma coisa é você ler, estudar e ouvir estudiosos discorrerem sobre fenômenos da espiritualidade; outra é presenciar uma manifestação sobrenatural. Por que não trocamos de quarto e você verifica pessoalmente o que eles pretendiam com a visita macabra? Você dorme com os espíritos e depois conta para mim todos os detalhes fantasmagóricos.

Sophie acendeu um cigarro, entregou-o a Toots e acendeu outro para si.

— É uma boa ideia. Suas observações foram bem lembradas. Tomarei notas para não esquecer nada. E, por falar em esquecer, lembrei-me de que um dos principais motivos que causam a perturbação — Sophie fez um sinal de aspas com os dedos ao mencionar a palavra *perturbação* — em uma casa é a chegada de novos moradores, quando os espíritos dos antigos donos se recusam a abandonar o local. É possível, mais que possível, aliás, que você tenha irritado alguns deles. Agradeça a consideração da agente de publicidade daquela atriz que lhe deu a dica de que a casa estava para ser colocada à venda, mas verifique se consta uma cláusula no contrato sobre o direito do comprador de desistir do negócio na eventualidade de os ex-proprietários resolverem se manifestar em forma de assombração, querendo expulsá-lo do local.

Toots olhou por cima do ombro para se certificar de que nem Ida nem Mavis estavam por ali ouvindo a conversa.

— Não existe nenhuma cláusula sobre arrependimentos nem desistências — Toots retrucou —, mas, seja lá o que for fazer, não diga nada às meninas. Nem a Abby. Elas me chamarão de louca. Quero que isso fique apenas entre nós. Ao menos por enquanto.

— Não direi nada. Não quero ser a responsável no caso de Ida ter uma recaída. Quanto a Mavis, bem, ela tem estado tão cheia de si desde que perdeu alguns quilos, que nem sei se continuo gostando dela.

Após a morte do oitavo marido, Leland, um chato arrogante e convencido, Toots seguira estritamente a tradição dos dez dias de luto. Findo esse período, todas as vestes e acessórios ligados à condição de viúva foram abandonados. O tempo estava passando e era preciso aproveitar os anos dourados antes que fosse tarde demais. Toots desejava mais excitação em sua vida. Mandara e-mails para Sophie, Ida e Mavis, suas melhores amigas havia mais de cinquenta anos, todas elas madrinhas da filha, para que viessem a Charleston, onde fixara residência nos últimos vinte anos. O convite fora aceito com unanimidade.

Ida morava em Nova York, onde passara a maior parte da vida adulta dedicando-se a relacionamentos desastrosos. Os mais sérios haviam culminado em casamentos. Três ou quarto. Toots perdera a conta. Depois de descobrir que a morte de Thomas, o último marido, fora causada por um bacilo chamado *Escherichia coli*, Ida ficara obcecada por germes, raramente se aventurando pelo mundo além de sua cobertura. Para viajar ao Sul, Ida abrira uma tremenda exceção. Com ela, contudo, também viajara o arsenal de produtos para desinfecção e esterilização. Ao tomar real conhecimento da situação, Toots pedira, implorara e até fizera ameaças para convencer a amiga a procurar ajuda especializada. É digno de menção o juramento de Toots de que colocaria Ida no táxi mais sujo que encontrasse pelas ruas, caso se recusasse a iniciar uma terapia que lhe possibilitasse viver uma existência normal, ou tão normal quanto fosse possível uma existência ao lado de alguém como Teresa Amelia Loudenberry.

Mavis, professora de inglês aposentada, que residia na costa do Maine com a cadelinha, Coco, e mal conseguindo sobreviver com o que recebia da aposentaria, adorara o convite. Toots levara um choque ao ver a amiga emergir do avião. Mavis devia ter engordado mais de cinquenta quilos desde a última vez que haviam se encontrado, por ocasião da formatura de Abby na faculdade. Receosa pela saúde da amiga, Toots se preparara para arregaçar as mangas e cuidar do problema.

E havia Sophie. Toots era mais chegada a Sophie do que a qualquer uma das outras, algo que jamais confessaria. Sophie era forte, esperta e bem resolvida. Ou ao menos passava essa imagem às pessoas. Mas Toots conseguia enxergar além das aparências. Era testemunha da época em que Sophie descera ao último degrau de sua vida. Casara-se com Walter, um banqueiro de Manhattan que galgava a escada do sucesso. Logo nos primeiros anos, contudo, Sophie fora vítima de abusos, com o marido se entregando ao vício da bebida e dando preferência ao álcool. A morte o surpreendera durante a viagem da esposa a Charleston. Toots, com sua vasta experiência, ajudara Sophie a organizar o funeral — ou *evento*, como Toots atualmente se referia às cerimônias fúnebres. Sophie nunca fora tão feliz. E Toots concordara plenamente com ela sobre Walter ter merecido morrer sozinho. Mais que isso. Walter merecia queimar no fogo do inferno por tudo que fizera Sophie sofrer.

Na verdade, Sophie aguardava a morte de Walter havia um longo tempo, pois fora criada no catolicismo, que a proibia de abandonar o marido por pior que ele a tratasse. Trabalhara por mais de trinta anos como enfermeira especializada em pediatria para sustentar um homem que não fazia nada exceto beber e ser violento com a esposa quando lhe dava na telha. Pobre Sophie.

A bem dizer, rica Sophie. Ao se conscientizar de que jamais poderia contar com um marido gentil e carinhoso para acompanhá-la quando chegasse aos anos dourados, Sophie não se desesperara com o diagnóstico de que o marido alcoólatra acabara desenvolvendo uma cirrose hepática. O bom senso mandou que continuasse a pagar as prestações mensais do seguro de vida de cinco milhões de dólares. E, agora que Walter enfim partira para a terra desconhecida em que iria desembarcar, Sophie era uma mulher rica, tendo condições de aproveitar a vida sem medo de ser espancada a qualquer momento.

— Que coisa feia, Sophie! Mavis quase se matou de tanto malhar e passar fome. Você deveria ser solidária e incentivá-la.

Sophie apagou o cigarro e acendeu outro. Deu uma longa tragada antes de responder:

— *Estou* orgulhosa dela, Toots. Você, em especial, deveria saber disso. Só estou cansada de ver o modo como fica admirando o que sobrou do próprio traseiro cada vez que passa diante de uma janela, de um espelho ou de qualquer coisa que possa mostrar seu reflexo.

Toots achou graça da observação.

— Também tenho notado isso. Mas você há de convir que Mavis conquistou o direito de se mirar em qualquer superfície espelhada depois do que batalhou para perder todo aquele peso. Seis meses atrás, quando foi a Charleston, temia que pudesse ter um ataque cardíaco a qualquer minuto. Agora, vez por outra, sinto-me inclinada a consultá-la sobre moda.

Sophie esboçou um pequeno sorriso.

— Você também há de convir que a estilista que contratou para remodelar o guarda-roupa de Mavis fez um bom trabalho. Ela aprende rápido. Não é de admirar que agora fique dando palpites sobre o que devemos ou não usar.

Toots mediu Sophie com os olhos, da cabeça aos pés.

— Talvez você deva aceitar alguns dos conselhos.

Sophie usava uma desbotada calça bag roxa desbotada e uma camiseta em um tom brilhante de rosa, da Universidade de Los Angeles, que parecia ter sido feita nos tempos de estudante de Sophie.

— O que há de errado com minha roupa? É mais do que adequada para usar aqui. Eu a encontrei no fundo do armário do meu quarto.

— Ou seja, ela pertenceu àquela popstar que morou aqui antes de nós. Isso não lhe diz nada?

Sophie olhou para baixo, em direção à calça desbotada e folgada.

— Que rosa e roxo não combinam comigo?

Toots não teve alternativa senão rir do modo como a amiga sempre saía pela tangente.

— Falando sério, não me importo com o que você veste, mas, em seu lugar, escolheria outro tipo de roupa para me apresentar em público.

Sophie também não teve alternativa exceto rir e concordar.

— Provavelmente seja uma boa ideia. Mas agora vamos voltar ao que interessa. Você acredita que esteja vendo fantasmas ou espíritos em seu quarto. Ficarei lá, sozinha, por algumas noites, assim poderei me decidir sobre que tipo de ritual será o mais eficaz.

CAPÍTULO 2

Se Toots revirasse os olhos mais uma vez acabaria ficando estrábica, ou, o que seria pior, com um olho convergente à direita e o outro à esquerda. Para controlar a impaciência, obrigou-se a fixar um ponto na decrépita parede rosa-choque. As obras precisavam de início imediato. Se tivesse de continuar mirando aquelas paredes por mais algum tempo, acabaria perdendo as estribeiras.

— Você não ouviu uma palavra do que eu disse — Sophie se queixou, em voz alta o suficiente para penetrar a intolerância de Toots com a cor das paredes e a preocupação com o funcionamento de seus olhos.

— Ouvi, sim. Só estava hipnotizada por essas paredes. Precisam de uma demão de tinta o mais breve possível. Lembre-me de jogar fora tudo que eu trouxe para cá na cor rosa e em tons semelhantes. E também tudo que for roxo.

Sophie serviu mais duas xícaras de café. Toots despejou ao menos duas colheres de sopa de açúcar na dela antes de tomar um gole.

— É revoltante! — Foi a vez de Sophie revirar os olhos. E os de Toots já ensaiavam um movimento para o alto quando uma imagem mental de si mesma usando óculos com lentes espessas a obrigou a deixá-los no lugar.

— E daí que gosto do meu café bem doce? Poderia ser pior. E se gostasse de charuto? — Toots estendeu a mão para pegar o maço de cigarros Marlboro. Tinha planos de parar de fumar algum dia. Talvez. Em sua idade, não tinha certeza de que fosse adiantar muito. Apesar de ser viciada em doces e cigarros, possuía uma saúde de ferro. Nenhum sinal de diabetes, nem de câncer de pulmão, nem de enfisema. Poderia escrever um livro sobre os benefícios de viver uma vida regada a hábitos pouco salutares e maridos ricos.

Sophie lhe ofereceu a costumeira careta torcendo os lábios.

— Algum dia a velhice chegará, ou ao menos você começará a sentir o peso da idade. Nesse dia, nós duas nos arrependeremos das extravagâncias cometidas.

Toots examinou a amiga com um olhar atento. Não era do feitio de Sophie falar daquele jeito.

— O que há com você?

Sophie afastou a cadeira para longe de Toots.

— Por que está me encarando? Poxa, não há nada de errado comigo! É *você* que está vendo fantasmas vagando pelo quarto. Nem que eu viva um milhão de anos conseguirei entender, aliás, por que comprou esta espelunca. Tenho pena do pobre-diabo que arcará com a missão de torná-la habitável.

— Acontece que o "pobre-diabo" sou eu, e você não é obrigada a morar aqui, se não quiser! Sua conta bancária foi acrescida de alguns milhões de dólares, ao que me consta. Por que não compra sua própria porcaria de casa?

Fez-se um breve silêncio. Era sempre assim quando as duas discordavam sobre um ponto de vista.

— Você é uma filha da mãe insuportável, Toots.

— É bom que conserve isso em mente — Toots respondeu em tom afetuoso. — Para sua informação, esta espelunca me custou três milhões e oitocentos mil dólares.

— Nesse caso, diria que alguém deu uma de esperto.

Toots examinou a cozinha em tons de rosa e roxo, e os armários antigos de fórmica branca. Certamente teria uma longa batalha pela frente, bem como o pessoal que contratasse para executar a façanha. A esperta não tinha sido ela. Evidente. Se fosse, teria consultado antes a equipe de consultoria em reformas. As obras levariam mais tempo e custariam mais caro do que previra. Porém, a cada vez que contemplava aquela vista, maior era a convicção de que o investimento valeria cada centavo em um futuro próximo.

Naquele dia, a praia estava excepcionalmente vazia, e o Pacífico se mesclava ao horizonte sob um céu de brigadeiro, a massa cinzenta de poluição relegada à lembrança. Admirar aquela vista fantástica a qualquer momento que quisesse e, sobretudo, estar perto de Abby já estavam valendo cada centavo gasto.

— E, então, o que sugere?

— Vender esta e comprar outra? — Sophie respondeu em um piscar de olhos.

— Sabe que não farei isso. Não me importo com a trabalheira nem com os gastos adicionais. É aquela outra... coisa que está me incomodando.

Sophie respirou fundo, amassou a ponta do cigarro no cinzeiro e acendeu outro.

— Bem, minha sugestão é a seguinte. Começaremos pela troca dos quartos. Diga a Ida e a Mavis que o colchão está acabando com as suas costas, caso perguntem, embora duvide que isso vá acontecer. As duas estão envolvidas demais consigo mesmas para reparar em qualquer uma de nós.

Toots refletiu por um instante.

— Concordo. Ida só tem olhos e ouvidos para nosso caro doutor Sameer ultimamente. Quando não está com ele ao telefone, está se preparando para encontrá-lo em uma consulta. Existe algo mais entre aqueles dois. Tenho certeza. Chegou ontem mais um daqueles tapetes para meditação em nome dela, cortesia do Centro de Harmonização Mente e Corpo. Mavis, também, nunca esteve tão ocupada. Ou levando Coco para passear ou desenhando o novo guarda-roupa. Difícil acreditar o quanto nossas amigas se transformaram de seis meses para cá.

— Mavis ficou deslumbrada com sua nova figura. Enfim, não há nada de mal nisso. É com Ida que estou preocupada. Ela e aquele médico não se largam. É um exagero. É óbvio que se tornaram mais que simples amigos. Ida vive dizendo que não há nada entre eles, mas não acredito em uma só palavra. — Sophie olhou ao redor para se certificar de que estavam sozinhas e baixou a voz. — Ida não consegue ficar sem homem, nós sabemos disso.

Desde o incêndio nos escritórios da revista que comprara em segredo, e salvara da falência certa, Toots andava tão ocupada com a limpeza e a restauração do prédio, e com a transferência da documentação para seu nome sem que Abby desconfiasse da identidade de sua nova empregadora — para não mencionar as atribulações com a pesquisa em busca da casa perfeita e agora com a contratação dos empreiteiros que cuidariam da reforma —, que se sentia no dever de admitir não serem apenas Mavis e Ida as únicas que andavam alheias.

— Acho que estamos precisando nos sentar em torno de uma mesa e colocar o papo em dia antes que os problemas se agravem.

— Do que tem medo, Toots? — Sophie caçoou. — Que uma de nós esteja se encontrando com alguém em um motel? Ou você duvida que Ida e o doutor já tenham transado? — Sophie riu ao notar a expressão horrorizada de Toots.

— Você e sua mente pornográfica. Tenha dó, Sophie! Você não mudou nada desde a sétima série. Não me lembro de termos tido uma única conversa em que o sexo não se meteu no meio.

— Meter no meio? Trata-se, por acaso, de alguma metáfora freudiana? Ou pura coincidência? — Sophie tornou a zombar.

Toots suspirou profundamente.

— Não disse? Para você, tudo se resume a sexo. Agora, falando sério, com relação aos meus... *visitantes*. O que mais desejo é vê-los fora daqui. Ou acabarei internada no hospício mais próximo. Diga o que tenho de fazer, Sophie. Qual é a maneira mais eficaz para livrar uma casa de presenças invisíveis e indesejáveis?

Toots despejou o café que sobrara em sua xícara, acrescentou uma generosa quantidade de leite e mais açúcar.

— Você quer mais? Preparo outro bule num instante.

Sophie fez um gesto negativo com a cabeça.

— Vamos para o deque antes que elas desçam e acabem ouvindo nossa conversa. Não confio em Ida. Não que ela tenha me prejudicado, mas não me surpreenderia se ela, de repente, tentasse se aproveitar da situação e vendesse a história dos fantasmas que rondam sua casa para o *Enquirer* ou o *Globe*.

Com a xícara entre as duas mãos e rindo da imaginação fértil de Sophie, Toots seguiu a amiga em direção ao deque. Embora ao sul da Califórnia já fosse verão, o ar da manhã ainda soprava frio em Malibu. Sophie caminhou até um canto onde se encontravam duas cadeiras bastante desgastadas pelo tempo. Toots avistou a velha mesa de ferro com tampo de vidro do outro lado e a arrastou até colocá-la entre as cadeiras. Sophie depositou a concha que vinha sendo usada como cinzeiro sobre a pequena mesa, antes de retirar o maço de cigarros e o isqueiro do bolso da calça. Como já era de praxe, acendeu dois cigarros e entregou um a Toots.

— Muito bem. Você quer que eu fale sobre fantasmas — disse Sophie, com a naturalidade de quem planeja discutir algo trivial como o cardápio do café da manhã. — A verdade é que sempre me interessei por eventos paranormais.

Toots estreitou os olhos.

— Eu não me abro sobre isso. Antigamente, as pessoas eram discriminadas e perseguidas apenas por tocar no assunto, quanto mais se professassem sua crença. Eu costumava visitar uma senhora no Queens conhecida como Madame Borboleta. Você logo entenderá por quê. Para ela, tudo se resumia a borboletas. Bijuterias, roupas, até mesmo o papel de parede da sala era estampado com borboletas. Ela tirava cartas de tarô para mim uma vez por semana depois que me casei. Preveniu-me contra Walter, como você. Avisou que ele não servia para mim, mas eu era jovem e estava apaixonada, e não quis escutá-la. — Sophie fez uma pausa. — Vivo me perguntando como teria sido minha vida se tivesse ouvido seus conselhos. Enfim, agora é tarde demais.

— Pare de divagar, Soph.

— Estou tentando explicar como comecei a me interessar pelo assunto. Aprendi, a princípio, a ler mapas astrológicos e a jogar tarô. Não para os outros. Só tirava algumas cartas para mim e para duas colegas do hospital. Nenhuma de nós levava as leituras a sério. Contudo, as cartas me ajudaram a atravessar os períodos difíceis, que não foram poucos, com aquele miserável com quem me casei. Acho importante que saiba que não se trata de um passatempo nem de um interesse novo para mim.

Por mais que tentasse, Toots não conseguiu evitar e revirou os olhos.

— Sobre seu interesse no tema, já discutimos o suficiente. Apenas me diga o que tenho de fazer, Soph. Você não faz ideia de como estou me sentindo. Hoje de manhã, quando fui me vestir, fiquei olhando ao redor para ver se havia alguém me espionando.

— Assim que me instalar em seu quarto, teremos mais pistas. Em primeiro lugar, preciso ter certeza de que realmente existe uma presença estranha ali.

Com um suspiro de impaciência, Toots questionou:

— E como fará isso?

— Simplesmente saberei. Para registro, deixarei meu gravador de voz ligado e também minha filmadora. Mas garanto que, se de fato houver algum fantasma assombrando este mausoléu psicodélico, sua presença será detectada e identificada. Parece tolice, admito, mas, se sentir que ele é *do bem*, um fantasma amigável, digamos, então já poderei lançar mão de uma série de recursos. Um deles, que requer apenas um par de sapatos como instrumento, é fácil e seguro.

— Sapatos? Você está cogitando livrar esta casa de fantasmas, ou qualquer que seja o nome que queira dar àquelas figuras enfumaçadas que eu vi, com um par de sapatos? Por favor, Sophie. Não sou mais criança.

Sophie apagou o cigarro.

— Parece absurdo, mas peço que confie em mim.

Toots estendeu o olhar para a praia, onde a espuma branca das ondas terminava gentilmente na areia em um vaivém contínuo, previsível para todo o sempre. Gostava de saber o que acontecia ao redor, de poder ao menos ter expectativas sobre o que cada dia lhe reservava. Após o susto da noite passada, Toots só tinha certeza de uma coisa: que não se sentia confortável perante o desconhecido e o imprevisível. De que gostava de conhecer o terreno onde estava pisando, de lidar com fatos concretos. Algo lhe dizia, porém, que pouco do que desejava viria da descrição que ouviria a seguir.

Resignada, por fim, a descobrir qual era o truque dos sapatos de Sophie, Toots balançou o indicador no ar, dando seu consentimento para o relato.

— Vamos. Conte-me sobre essa sua teoria.

Sophie acendeu outro cigarro. Toots calculava que já tivesse fumado pelo menos metade do maço. Sem esperar que Sophie acendesse o dela, excepcionalmente esticou a mão e tirou mais um.

Com o surfe como ruído de fundo, grasnados ocasionais de gaivotas e rompantes de risos de um grupo de pessoas na praia que não podiam ser vistada de onde as duas se encontravam, Sophie deslizou na cadeira até a beirada, aproximando-se, e iniciou a explicação.

— Não conheço a origem do procedimento, mas li em algum lugar que a teoria do sapato funciona assim: ao se preparar para se deitar à noite, a pessoa que viu ou sentiu a presença de um fantasma — no caso, você — deve colocar os sapatos que usará pela manhã aos pés da cama. Os dois deverão apontar para lados opostos, um completamente contrário ao outro. Parece que essa disposição confunde os fantasmas. Após algumas noites de total confusão, o fantasma desiste e desaparece.

Os olhos de Toots esgazearam de incredulidade.

— Por favor, diga que está brincando.

Sophie desabou instantaneamente com a reação de Toots, murchando como um balão furado.

— Brincando? Como assim? Você pediu que lhe contasse sobre a teoria do sapato, e foi o que fiz. Não estamos falando de astrofísica, Toots. Não se trata de algo que se possa provar pela ciência, nem que se aprenda em Harvard ou Yale. Não faça essa expressão de frustração.

— Acho que esperava algo mais... concreto. Nunca lidei com esse tipo de situação antes.

— A maioria das pessoas nunca lidou, Toots. O que aconteceu com você não é algo com que estejamos habituados a conviver no dia a dia. Por que acha que as pessoas em geral têm tanta dificuldade para acreditar nesses fenômenos?

Desta vez, Toots concordou com o argumento. Ainda assim, em plena luz do dia, com o oceano se estendendo ante seus olhos e uma brisa cálida soprando sobre as mechas de cabelos que haviam se desprendido do coque no alto da cabeça, era extremamente difícil aceitar o fato de estarem discutindo sobre fantasmas e fórmulas para expulsá-los.

— Todo cuidado será pouco, Sophie. Será um segredo entre nós. Já pensou o que acontecerá comigo se o assunto vazar e alguém da revista descobrir que estou vendo fantasmas? A carreira de Abby ficaria ameaçada e a revista, desacreditada. Esse é o tipo de situação que poderia nos afundar.

— O que a faz pensar que alguma palavra do que está se passando por aqui chegaria à revista? Você me conhece o bastante para saber que não sairia por aí dando com a língua nos dentes. Ida dá conta sozinha do recado.

— Você deveria se envergonhar do que acabou de dizer, Sophie. Ida não faz por mal. — Toots se deteve para refletir sobre a afirmação. — Bem, talvez seja esse o problema. Mas não podemos facilitar. Ninguém, absolutamente ninguém mesmo, deve suspeitar do que está acontecendo. Qualquer que seja o ritual que você escolher, será feito em sigilo. Tem de ficar apenas entre nós.

Sophie ergueu uma das mãos, colocando fim nas recomendações intermináveis.

— Sei guardar segredo.

Toots não refutou a declaração. Como poderia duvidar de Sophie? Ela levara anos para lhe contar sobre os espancamentos sofridos durante o casamento com Walter. Toots confiava na amiga como em si mesma.

— Claro que sim, Soph. E, agora que estamos acertadas, não gostaria de partilhar comigo mais alguma teoria caça-fantasma? Juro que não ficarei com medo. Não tornarei a pisar naquele quarto roxo apavorante por nada no mundo. Voltaria antes para um dos bangalôs no Beverly Hills Hotel.

Sophie riu, e os olhos castanhos faiscaram com divertida malícia.

— Lógico que voltaria. Agora me diga: o que sabe a respeito de fenômenos de voz eletrônica?

CAPÍTULO 3

Abby Simpson examinou a nova sala recém-remodelada, antes pertencente a Rodwell Archibald Godfrey III, seu ex-chefe e dono da revista *The Informer*. Apelidado de Rag pela maioria dos funcionários, o diretor tivera o próprio nome nas manchetes depois de desaparecer sem deixar rastro. Após alguns dias de ausência, Abby efetuara uma pequena investigação, dirigindo-se ao endereço dele e fazendo ligações para algumas ex-namoradas, e retornara ao escritório de mãos vazias. Rag era famoso por esticar os finais de semana em Las Vegas e não trabalhar às segundas-feiras. Dessa vez, contudo, Abby intuiu que a questão não se resumia a uma simples ressaca. Preocupada com a falta de notícias, por não ser do feitio do chefe se pulverizar no ar — em geral, ele tinha a decência de ao menos ligar para avisar ou de mandar um e-mail —, Abby notificara as autoridades sobre o desaparecimento. Depois disso, o céu desabara. *The Informer*, um tabloide de terceira categoria que funcionava nas dependências do prédio que abrigara originalmente o *The Examiner*, onde William Randolph Hearst imprimira seu primeiro jornal, fora vítima de um incêndio. O responsável, Michael Constantine, mau elemento local com conexões no submundo, vinha insistindo que tinha contas a acertar com Rag desde seu sumiço. Aparentemente, o ex-chefe de Abby dera um golpe significativo em Constantine. Ao tentar se vingar, ele fora visto deixando a cena do crime, detido pelas autoridades e preso em poucas horas.

A revista precisara ser fechada por algumas semanas até que as dependências fossem limpas e restauradas, e se tornassem de novo funcionais. Abby e a esquálida equipe haviam usado a garagem da casa dela como instalação temporária. Rag continuava desaparecido, com as autoridades em seu encalço. Comentava-se que embolsara dez milhões de dólares dos novos proprietários, que preferiam permanecer incógnitos. Abby empregara todos os recursos possíveis e imagináveis para tentar descobrir a identidade dos novos donos, sem nenhum sucesso. Tentara se convencer de que isso não importava. Quem quer que fossem, a dedicação de Abby fora reconhecida e seu salário, dobrado. Não bastasse, ainda fora nomeada editora-chefe em caráter temporário. O novo cargo a impedia de sair pelas ruas em busca de flagrantes que envolvessem celebridades, algo que adorava fazer, mas não deixara de manter contato com suas fontes de informação. Não tinha planos de se afastar por completo da seção de reportagens. Se soubesse de alguma história em primeira mão que pudesse publicar com exclusividade, faria questão de escrevê-la e assinar a matéria, sem se importar com a posição que ocupava na revista. Talvez, na ocasião em que os novos donos resolvessem abandonar o anonimato, pudesse voltar a se dedicar em período integral às ruas, onde tudo acontece. Mas, até segunda ordem, era responsável pela administração de um tabloide de terceira categoria, e se orgulhava disso.

A velha sala de Rag consistia de uma mesa metálica tosca, uma cadeira encardida, igualmente tosca, e um computador obsoleto. Do lado oposto havia prateleiras com antigos televisores portáteis em preto e branco. A maioria ficava sintonizada nas redes E!, Fox News e CNN. Mas o fogo destruíra tudo naquela sala, do chão ao teto. Como dinheiro não parecia constituir um problema para os novos proprietários, e Abby recebera carta branca para equipar todas as instalações com o que houvesse de melhor no mercado, não fizera economia. Com a ajuda de um decorador profissional, transformara a sala de Rag, agora *sua* sala, em um escritório agradável e eficiente, equipado com todo o aparato *high-tech* disponível.

O painel marrom estilo anos 1970 fora trocado por modernas paredes brancas. A parede com as velhas prateleiras de madeira compensada agora exibia um móvel feito sob medida de onde seis aparelhos em LCD projetavam imagens diretamente em sua direção. Um monitor enorme de tela plana lhe fornecia constantes atualizações divulgadas pela Associação de Imprensa, embora raramente fizesse uso das informações. De qualquer modo, nunca se sabia quando a situação poderia mudar.

Uma mesa, também feita por encomenda, ocupava o centro da sala. Em cima haviam sido instalados três computadores iMac, todos top de linha. O primeiro viera equipado com internet de alta velocidade, o segundo dava-lhe acesso imediato às matérias em andamento na revista, e o terceiro era de uso particular, para ser utilizado conforme sua conveniência.

Apesar de velha e surrada, Abby insistira em carregar a poltrona Barcalounger da antiga sala que ocupava do outro lado do hall. Agradecia por ela ter sido poupada das chamas e por precisar, apenas, de uma boa limpeza para voltar a ser colocada em uso. Chester, seu pastor-alemão de 44 quilos, praticamente crescera sobre aquela poltrona. O que equivalia a dizer que não se desfaria dela por preço algum. Chovesse ou fizesse sol, Chester continuaria dormindo na poltrona de estimação e lhe fazendo companhia, como naquele instante, enquanto checava os e-mails recebidos.

Sem nada que lhe chamasse atenção entre cerca de uma dúzia de mensagens recebidas, Abby digitou o endereço da Associação de Imprensa na expectativa de ser uma das primeiras a se inteirar de algum fato inédito. De novo, sem nada importante que merecesse nota, ligou a televisão com o controle remoto e zapeou pelos canais locais. Ao que tudo indicava, o dia seria devagar em matéria de notícias. Detestava dias assim. O que lhe daria maior prazer seria a responsabilidade pela divulgação de uma grande manchete. A glória!

Enfim, de mãos vazias, Abby fez uma última revisão no texto da próxima edição antes de remetê-lo à oficina de impressão. Trinta minutos depois de dar sua aprovação, Abby se permitiu um merecido e pequeno descanso.

— Está na hora do passeio, Chester.

O cão empinou as orelhas ao reconhecer seu nome, saltou da poltrona e latiu.

O rosto de Abby se iluminou. O que faria sem Chester? Ele era seu melhor amigo. Bem, ao menos seu melhor amigo *homem*. Dos humanos do sexo masculino, queria distância. Faziam-na se lembrar de Chris Clay, e ela certamente não estava em condições de devotar sequer um único pensamento a ele. A testa se franziu em desgosto enquanto seguia Chester até a saída.

— Au! — Chester abocanhou a guia como se fosse ele próprio se levar ao prometido passeio. Abby nunca se cansava de admirar a esperteza do pastor-alemão. Fazia questão de levá-lo sempre consigo, até mesmo quando corria atrás de uma história. Chester era como um guarda-costas.

Conduziu-o ao estacionamento murado e olhou para o alto, maravilhando-se com o eficiente sistema de iluminação automática e vigilância por câmeras. Antes do incêndio, qualquer um poderia entrar e sair dos escritórios pela porta dos fundos do prédio sem ser notado. Agora, sentia-se segura ali a qualquer hora do dia ou da noite. Os novos donos haviam contratado uma empresa especializada em segurança, e seu pessoal se mantinha a postos 24 horas do dia em regime de revezamento. O investimento por certo fora alto, e não estavam dispostos a arriscá-lo. Abby e a equipe estavam recebendo o melhor em termos de proteção. Ninguém que não estivesse autorizado a adentrar as dependências do prédio conseguiria ultrapassar a barreira montada pelos seguranças. Pena que o prédio não combinava com o novo perfil da revista. Era antigo e sofrera as avarias do tempo pela precariedade da manutenção e principalmente por causa do incêndio. Mas os novos proprietários com certeza o adequariam em breve às exigências do século XXI. Apenas tinham decidido iniciar a modernização pelo interior.

As impressoras continuavam, segundo a planta original, funcionando no primeiro andar. Não tinham intenção de trocá-las. Para Abby, não era um problema. Raramente descia ao andar inferior. Não visitava o local desde antes do incêndio, quando levara a mãe e as madrinhas para conhecer as dependências da revista.

Terminada a tarefa de inspecionar e regar cada arbusto plantado na área do estacionamento, Chester voltou para perto de Abby, que o aguardava à porta. Abaixou-se e deixou que lhe desse um beijo canino no nariz.

— Muito bem, garoto, fim do intervalo para descanso. Hora de retornar ao trabalho.

Assim que entraram na sala, Chester pulou para a poltrona e Abby se acomodou, diante da elegante escrivaninha em ônix, em uma confortável cadeira giratória de couro macio. Com as notícias marchando em câmera tão lenta, decidiu fazer nova verificação de e-mails.

O que viu tirou o ar de seus pulmões. Estupefata, Abby leu a mensagem mais uma vez, e outra. Não, não se tratava de um engano! Tabloides e revistas do mundo inteiro haviam oferecido milhões por aquela história. Seus olhos estreitaram-se de desconfiança. Seria possível que Rag, das profundezas do inferno onde ficava seu esconderijo, resolvera voltar à ativa e acabar com ela? Golpes como esse eram do feitio dele, mas Abby não queria acreditar que o ex-chefe fosse capaz de ir tão longe só para se vingar por ter sido indicada para substituí-lo.

Segundo o e-mail, estavam lhe oferecendo uma entrevista exclusiva com Brad Pitt e Angelina Jolie, com *fotos dos bebês*!

Por que haviam escolhido a *The Informer*? Por que não a *People* ou a *Time*? As duas tinham oferecido uma fortuna pela história do casal e pela permissão de publicar fotos dos bebês, e as ofertas sempre haviam sido sumariamente recusadas. Abby leu o e-mail pela quarta vez. Aparentemente, não era trote.

Uma entrevista como aquela seria a alavanca para a *The Informer* recuperar sua posição no mapa entre as concorrentes. Espera aí! Recuperar? A *The Informer* nunca figurara no mapa! Essa seria a grande chance da revista. Uma entrevista exclusiva com fotos dos recém-nascidos de Brad Pitt e Angelina Jolie era o que Abby precisava para impulsionar a *The Informer* ao topo e mantê-la lá em cima.

— Chester, estamos começando a subir os degraus para o sucesso!

— Au! — Chester respondeu.

Abby sorriu. Considerava Chester quase um humano.

— Faremos uma parada no Ralph's a caminho de casa e eu lhe comprarei um filé enorme e suculento para comemorar.

— Au, au!

Abby não cabia em si de euforia. Riu ao ouvir os latidos. Chester não reconhecia apenas o próprio nome. Associara Ralph, o mercado mais popular da Califórnia, com o local onde ela comprava as carnes que misturava à ração com que o alimentava.

Antes de desligar o computador, Abby se obrigou a reler o e-mail, palavra por palavra, a fim de assegurar que não se tratava de um equívoco. A maioria dos grandes artistas de Hollywood se recusava a permitir que tirassem fotos de seus bebês a menos que lhes fosse oferecida uma quantia vultuosa. Ou seja, milhões e milhões de dólares. Algo não soava bem naquela proposta. Por outro lado, o casal era reconhecido mundialmente pelas obras de caridade. Talvez fosse essa a resposta. Por certo tinham ouvido falar sobre o incêndio e as precárias condições sob as quais a *The Informer* tentava sobreviver, e haviam resolvido escolhê-los em um gesto de caridade, puro e simples. Ou era isso, ou um redondo engano. A *The Informer* não tinha a mínima condição de se permitir a exclusividade de uma entrevista, ainda mais com Brad Pitt e Angelina Jolie. Porém, se o convite era para valer, aquele era o trabalho pelo qual Abby esperara por toda a vida.

A imagem de Ida passou pela mente de Abby à lembrança de que um exímio fotógrafo teria de ser contratado para cumprir essa missão. Nos dias de juventude, Ida trabalhara como fotógrafa em Nova York. Abby vira alguns de seus álbuns e ficara impressionada com o talento da madrinha. Não seria genial se...? Abby moveu a cabeça em um gesto negativo. Que ideia mais maluca! Sua mãe a mataria se pedisse a ajuda de Ida, e não a dela. De qualquer maneira, seria algo em que se pensar. A equipe de fotógrafos da revista poderia ser classificada como razoável. Enfim, não custava perguntar. Mesmo sob o risco de ofender a mãe.

Seria diferente se os novos proprietários tivessem se apresentado e ela tivesse meios de lhes contar pessoalmente, de modo a convencê-los da necessidade de contratarem um fotógrafo reconhecidamente bom. A questão era que estavam cuidando do negócio por partes. E a contratação de um fotógrafo famoso não era um dos problemas mais urgentes na lista de prioridades.

Subitamente irritada, Abby desligou a televisão. Algo a incomodava naquela proposta caída do céu como um presente dos deuses. A entrevista teria sido arranjada pelos novos proprietários? Suas conexões seriam assim tão espetaculares? Era estranho demais que o contato tivesse sido feito através de um e-mail. Não seria de esperar que o agente publicitário ou o empresário de um dos casais mais importantes do mundo do cinema lhe telefonasse para marcar uma reunião a fim de conversarem sobre o assunto? Embora Abby não tivesse meios de adivinhar o que estava acontecendo, tinha certeza de que algo soava errado. Até prova em contrário, contudo, pretendia se comportar como se furos de reportagem representassem uma rotina diária na revista.

Faria de conta que entrevistas com celebridades eram tão simples de conseguir como as reservas nos restaurantes mais sofisticados de Los Angeles. Ou, se manifestassem o desejo de fazer a entrevista no conforto da nova mansão, postaria-se ao volante do mini-Cooper amarelo e se apresentaria ao local em um estalar de dedos. É evidente, Abby esperava que não fossem impor restrições contra a presença de Chester. Sempre o levava às entrevistas. Só o deixava em casa se o entrevistado em questão falasse claramente que ele não seria bem-vindo. Embora contrariada, Abby precisava atender à exigência. Nunca acontecera, mas, se alguma celebridade, de repente, se revelasse uma ameaça para ela, Chester a defenderia. Ele não era um cachorro qualquer.

Uma entrevista exclusiva com a dupla Pitt/Jolie não sairia barato. Em primeiro lugar, havia o quesito segurança a ser considerado. A revista não poderia contratar qualquer policial de folga que estivesse disposto a ganhar alguns dólares a mais para mandar o filho à faculdade. Não, a segurança a ser providenciada para uma entrevista com o famoso casal precisaria se igualar ao esquema usado para o presidente dos Estados Unidos. Abby anotou na agenda para não se esquecer de abordar essa questão quando fosse responder ao e-mail.

Uma entrevista desse porte, era óbvio, não aparecia em um passe de mágica. Abby não conseguia parar de pensar em por que Pitt e Jolie tinham escolhido justamente a *The Informer*. Mas, como era esperta o bastante para saber que a cavalo dado não se olham os dentes, deu a si mesma um comando mental para encerrar as conjecturas e iniciar os preparativos para o contato.

Antes de responder, Abby ponderou a respeito do e-mail mais uma vez.

Prezada srta. Simpson:
Sua revista, *The Informer*, foi escolhida pelo sr. Brad Pitt e pela srta. Angelina Jolie para a publicação de uma entrevista exclusiva. Será permitido fotografar os bebês.

O e-mail estipulava a data, mas o local não estava indicado. Da parte de Abby, esperava-se apenas uma resposta.

Prezado senhor,
Nossa revista aceita sua oferta para a entrevista do sr. Pitt e da srta. Jolie. Ficarei no aguardo de instruções a respeito do local e do esquema de segurança a ser seguido.
Srta. Abby Simpson

Abby releu o texto e pressionou a tecla ENVIAR. O resto ficaria a cargo do destino e do agente publicitário do casal. No auge do entusiasmo, Abby queria partilhar a novidade com alguém, mas, receosa de atrair o azar, decidiu continuar com seus afazeres como se aquele fosse um dia igual aos outros. Tirou o fone do gancho e discou o número do celular novo de Ida. Apenas para perguntar como estava passando. Queria sondar o terreno.

Abby estava quase desistindo de esperar que a madrinha atendesse, quando ouviu sua voz ofegante:

— Alô?

— Ida, tudo bem? — Um farfalhar de tecidos se sobrepôs a uma voz masculina. — Posso conversar com você por um instante? Está sozinha?

— Oh... Bom dia, Abby. Obrigada por ligar. É claro que estou sozinha. Atrapalhei-me ao dobrar os lençóis, só isso. Liguei a televisão enquanto arrumava o quarto e me distraí com a novela. Nunca perco um único capítulo. Também não me atreveria a sair do quarto sem antes arrumar a cama. Você conhece sua mãe. Para ela, tudo tem de estar impecável.

— E para você não, por acaso? — Abby caçoou, lembrando-se da tendência perfeccionista da madrinha.

— Não mais. Se dependesse de mim, nem trocaria os lençóis.

A madrinha riu ao dizer isso. Abby imitou-a.

— Nós duas sabemos que não é verdade. — Era um alívio ser testemunha da incrível recuperação de Ida. Ouvir a alegria outra vez em sua voz. Até poucos meses antes, Ida quase não saía do quarto e lavava as mãos cada vez que tocava em um objeto. Agora, com a ajuda do dr. Sameer, um especialista em transtorno obsessivo-compulsivo, Ida voltara a se comportar como a madrinha que Abby conhecera.

— Admito que não. Troco-os semanalmente, e não se fala mais nisso. — Ida ficou em silêncio por algum tempo. — Abby, poderia aguardar um minuto?

— Sim, claro.

A madrinha provavelmente esquecera de colocar a mão sobre o bocal do telefone, porque Abby poderia jurar ter ouvido risinhos abafados e estalar de lábios ao fundo. O aparelho devia estar próximo da televisão, e os atores, encenando um encontro amoroso. Dos mais quentes. Hoje em dia, autores e diretores não deixavam mais nada à imaginação. Ocorreu-lhe, também, que Ida talvez não estivesse na casa de sua mãe.

Um minuto mais tarde, uma Ida esbaforida retomou a ligação.

— Desculpe. Percebi uma ruga no lençol e fui alisá-lo antes de jogar a colcha por cima. Mas, conte-me, o que minha afilhada favorita tem feito nos últimos dias?

— Ando em busca de uma grande história, como de praxe. Lamentavelmente, Hollywood está parecendo uma aldeia isolada do mundo. Nada tem acontecido.

— Por que você não faz acontecer? Invente. Não é essa a linha seguida pela maioria dos tabloides?

— Sim, mas não gosto desse tipo de conduta. Só escrevo matérias que contenham algum fundamento. — Aquele era o momento ideal para Abby abordar o assunto sobre a entrevista com Brad Pitt e Angelina Jolie, e a necessidade de contratar um fotógrafo. Sua mãe poderia se ressentir do convite, mas Abby falaria com ela assim que conversasse com Ida. Não seria traição. Confiava em Ida. A madrinha jamais a decepcionara.

— Aposto que você não adivinha quem ofereceu uma entrevista exclusiva para a *The Informer* — Abby alfinetou com um sorriso travesso.

— Acertou. Sequer desconfio. Portanto, não faça suspense e vá logo contando — Ida respondeu com voz monótona, o que causou na afilhada efeito contrário.

— Acabo de mudar de ideia. De qualquer modo, não creio que realmente se importe. Contarei antes a minha mãe. Ela sempre se interessou mais pelos rumores que correm por Hollywood do que você. — Um amplo sorriso se espalhou pelo rosto de Abby ao antecipar a expressão de perplexidade da doce e crédula madrinha.

— Se é assim que prefere, está tudo bem para mim. Tenho mais com que me ocupar, Abby, do que perder meu tempo com suas provocações.

A velha e querida Ida não era mais a mesma. Abby se deu por vencida.

— Parece que você mudou com a idade, Ida. E eu também cresci. Estou velha demais para brincar de adivinhar. — Abby hesitou deliberadamente antes de prosseguir. — Quer mesmo saber de que se trata, ou devo me despedir e ligar para minha mãe?

— Não pode fazer isso comigo!

— Oh, sim, posso.

— Não, não pode, Abby. Você não pode ligar para Toots.

— Por que não? — Abby estranhou a veemência. — O que você está escondendo? — A afilhada suavizou o tom de voz ao deduzir que a suspeita de que Ida não estava em casa se provara correta. — Desculpe, Ida, mas, se há algo de errado, preciso que me conte.

— Está falando igual a Sophie.

Abby esboçou um sorriso. Sophie e Ida eram quase o oposto uma da outra. Ida era uma senhora fina e elegante, meticulosamente correta, enquanto Sophie sempre dizia o que pensava, sem a preocupação de medir as palavras. Portanto, se houvesse algo de errado com sua mãe, Ida teria lhe contado. Sophie e Mavis também. As três já a teriam procurado. Juntas, o que seria ainda mais provável.

— Está bem. Mereci a reprimenda. Agora, sério, Ida, se houver algo que eu precise saber, quero que me diga agora, ou pego meu carro e vou direto para a casa de minha mãe.

À menção da palavra *carro*, as orelhas de Chester se levantaram. Em estado de alerta, o cão sentou-se na poltrona e ficou olhando para a dona.

— Se quer mesmo saber, não estou na casa de sua mãe neste momento.

Preocupada com a relutância e a tensão contidas na resposta, Abby questionou a madrinha:

— Por que não? Onde você está? O que aconteceu? Você está bem? — Não era próprio de Ida arrumar encrenca, mas sempre havia a possibilidade de alguma encrenca ter ido a seu encontro.

— Estou na casa de um amigo e não há nada de errado comigo — Ida declarou com firmeza. — Apenas lhe peço que esta conversa fique entre nós.

Abby não se conteve e soltou uma gargalhada.

— Não acredito, Ida. Você arrumou outro amante? — Impossível não rir diante da imagem da madrinha na cama com um homem. O som dos lençóis se movendo, as risadinhas e os beijinhos estalados. Que novela, que nada! Se o ruído viera da televisão, Ida e o amante eram os protagonistas. Sorte da madrinha, Abby pensou. Ao menos para uma delas as coisas estavam correndo bem.

A lembrança de Chris apagou o sorriso e acelerou os batimentos cardíacos de Abby. Ela se obrigou a inspirar e a expirar profundamente, tentando afastar da mente a imagem dele. Aquela não era a hora para se entregar à obsessão de querer um homem que não a desejava. Que posara para a revista *People* com uma ninfeta agarrada à cintura. Abby estipulara algumas exigências para que um relacionamento tivesse chance de dar certo. Uma delas proibia o desfile do namorado, ao vivo ou em fotos, com outras mulheres, para que o país inteiro visse.

— Pare! Não é o que está pensando. Estou apenas fazendo uma visita. Mas quero ter certeza de que esta conversa ficará só entre nós. Posso confiar em você?

Abby afastou os pensamentos sobre Chris e se concentrou no presente.

— Claro que sim. E, agora que este assunto foi resolvido, gostaria de partilhar com você algo que me aconteceu e pedir sua opinião.

— É?

— Sim. Lembra-se do estúdio fotográfico em que trabalhou quando morava em Nova York? Das fotos que tirou e que foram publicadas na *Life*? — Abby concedeu a Ida alguns instantes para deixar o amante de lado e voltar a atenção ao que dizia. Isso se o homem fosse realmente amante dela, mas algo dizia à afilhada que não havia se enganado. Ida não ficava muito tempo sem um homem. Todo mundo sabia disso.

— Lógico que me lembro. Aquelas fotos representaram a glória para mim. Não estou senil, Abby. Qual a razão da pergunta?

— Você ainda guarda o equipamento?

Alguns segundos transcorreram antes de Ida responder.

— Suponho que esteja guardado em algum lugar. Você o quer emprestado? Se o problema for dinheiro, posso lhe dar o que for preciso, querida. Posso calcular o quanto está gastando para reformar a casa que comprou recentemente.

Não estivesse sentada na cadeira, Abby teria caído estatelada no chão. Se o problema fosse dinheiro, teria pedido a sua mãe. Teresa Amelia Loudenberry era uma mulher rica, bilionária. A questão era de orgulho, de amor-próprio. Abby queria caminhar pela vida com as próprias pernas. Independência era fundamental para ela. Aos 28 anos, não era mais uma criança. Podia cuidar de si mesma. A mãe, sempre generosa, insistira em lhe dar de presente um pequeno rancho em Brentwood, mais o montante relativo às despesas necessárias para a reforma. Abby agradecera gentilmente, mas recusara a oferta com firmeza. Era capaz de arcar com as próprias dívidas. Muito obrigada. A mãe a chamara de teimosa e cabeça-dura, dizendo que era como o pai. Para Abby, a acusação tivera o efeito de um elogio.

— Obrigada, Ida, mas não se trata de dinheiro. Eu... estava cogitando a eventualidade de vir a precisar de alguém que entenda de fotografia. Será que teria condições de me ajudar? Equipamentos eu tenho de sobra. Os novos proprietários da revista substituíram a antiga parafernália pelo que há de mais moderno no mercado. Você acredita que conseguiria aprender a usar as novas câmeras, se for preciso? — Abby aguardou a resposta. Apesar da vasta experiência com câmeras, duvidava que a madrinha estivesse familiarizada com máquinas digitais. Talvez nem soubesse que existiam.

— Essas perguntas têm a ver com a entrevista de que falou? O artista em foco é alguém de minha faixa etária, alguém que me interessaria conhecer? Clint Eastwood? Nossa, existe homem mais sexy? — Abby poderia jurar ter detectado uma nota de excitação na voz de Ida. — Gregory Peck também era um pedaço de homem quando mais novo. Sempre desejei conhecê-lo. Ele me hipnotizava com aqueles seus olhos cada vez que assistia a um filme dele. A maior perda de Hollywood. Quando Gregory morreu, fiquei de cama uma semana.

Abby cogitou com quem Ida teria partilhado a cama naquela semana. Não recordava se Thomas, o último marido da madrinha, ainda estava vivo. Ida e seus homens. Provavelmente morreria um dia em decorrência de espasmos de paixão.

Um pequeno sorriso a fez torcer o lábio. Até que não seria uma maneira ruim de partir.

— Sinto, mas não será com Clint Eastwood, tampouco com Gregory Peck, pelo simples motivo de ele já não se encontrar mais entre nós. Apenas me ocorreu que talvez pudesse se interessar. Percebi que não recebeu bem a notícia de que minha mãe pretendia ficar em Los Angeles por um período de seis meses. Ela me disse que você ameaçou ir embora, mas que o doutor Sameer a fez mudar de ideia. E, como nós duas sabemos que você terá longos meses pela frente por aqui, pensei em lhe oferecer algo mais com que se distrair e ocupar seu tempo. Além de arrumar a cama, claro — Abby acrescentou com ironia, e estreitou os olhos à espera de um revide, que não aconteceu. Ida estava de volta ao normal, e era o que importava.

— Está me convidando para trabalhar na revista?

— Não, estou perguntando se você gostaria de fotografar Brad Pitt, Angelina Jolie e os bebês quando eu os entrevistar.

Pareceu ter se passado um século até Ida enfim responder.

— Oh, meu Deus, devo ter morrido e acordado no céu!

Rindo alto, Abby declarou:

— Considerarei essa resposta como um sim.

CAPÍTULO 4

O coração de Ida batia tão acelerado que lhe provocou uma sensação de vertigem. Ajustou a faixa que prendia o roupão à cintura e ajeitou os cabelos com as mãos. O dr. Benjamin Sameer — Sammy, apelido afetuoso que ela lhe dera — retirara-se para tomar um banho. Para respeitar sua privacidade? Não era uma ironia, depois de ter feito todo aquele barulho, beijando-a e a tocando, enquanto atendia a chamada pelo celular? Não seria preciso que Abby somasse dois mais dois para deduzir que a madrinha estava às voltas com um novo romance. Seu único consolo era a convicção de que a afilhada manteria sigilo sobre a situação. Ainda bem. Estava farta de ouvir as amigas afirmarem que era viciada em sexo. Não que estivessem exagerando. Mas ainda não estava pronta para revolver o subconsciente e desvendar o motivo. E duvidava que algum dia fosse estar.

Nunca, em um milhão de anos, Ida teria como imaginar que sua habilidade no campo da fotografia a colocaria de volta no mercado de trabalho, com 65 anos, após um longo afastamento da profissão. Embora Abby não tivesse lhe pedido segredo sobre o fato, ela própria preferia guardar a deliciosa perspectiva para si a fim de saboreá-la sozinha, sem interferências.

Após o primeiro casamento, Ida abandonara a carreira de fotógrafa profissional porque não precisaria mais trabalhar para pagar as contas. Sentira falta da emoção de captar as imagens e conservá-las pela eternidade, mas, entre as novas atribuições como *socialite* de Manhattan e a antiga obsessão pela fotografia, escolhera a novidade. Após quatro casamentos e numerosos casos, a ideia de retomar a primeira paixão parecia-lhe inconcebível. O que mais a surpreendia agora era a descoberta de que retornar ao mundo real era o que mais desejava após ter vivido por tanto tempo sob uma redoma de vidro, com medo de tudo. Grata a Toots, que a forçara a encarar o mundo novamente, Ida sentia ímpetos de extravasar sua alegria gritando a todos os cantos do mundo como se sentia naquele momento. O bom-senso, entretanto, forçou-a a manter a calma e a serenidade.

Sammy voltou para o quarto.

— Está adorável, minha querida. Presumo que a chamada lhe trouxe boas notícias.

Ida ofereceu-lhe um sorriso radiante.

— Era minha afilhada, Abby. Ligou para saber de mim. Nada de especial. — Ida se reservava o direito de guardar para si o privilégio da afinidade com Abby. Não costumava contar suas conversas com a afilhada a ninguém. Tampouco as dividiria com Sammy. Talvez outro dia. Por enquanto ele não precisava saber sobre a proposta que ela lhe fizera. Além disso, a intuição lhe dizia que Sammy não aprovaria que trabalhasse, assim como acontecera com vários outros homens com quem se relacionara no passado.

Sammy se aproximou por trás e a abraçou pela cintura ainda fina. Depositou pequenos beijos ao longo do pescoço e, com a mão, se apoderou de um dos seios.

— Sou o homem mais afortunado do mundo. Apaixonei-me por você desde o instante em que a vi.

Ida aconchegou-se a ele, entregando-se ao prazer daquelas palavras, adorando o toque daquelas mãos na pele e o calor dos lábios que traçavam suavemente os contornos de seu pescoço.

— Estarei em débito com você para sempre, Sammy. Se não fosse o trabalho que desenvolve na clínica, já estaria de novo encerrada na torre de minha horrível cobertura em Manhattan.

— Não vejo como residir em uma cobertura em Manhattan possa ser horrível, mas, se afirma isso, então acredito. Embora deteste me lembrar de seu sofrimento, tive muita sorte por me escolher quando decidiu buscar ajuda. Gosto do trabalho que desenvolvo no Centro de Harmonização Mente e Corpo, mas infelizmente talvez tenha de fechá-lo em breve. A procura de tratamentos psicológicos já não é tão frequente, e nossa economia por certo não se apresenta mais nos patamares de antes.

Ida desvencilhou-se de Sammy com gentileza e se voltou para ele, de modo que pudesse fitá-lo. Parecia triste como um cãozinho perdido. Pela primeira vez em sua vida, ocorreu a Ida que estivesse em seu poder mudar a vida de um homem, e não o contrário. Limpando a garganta, endireitou os ombros e ergueu o queixo antes de falar:

— Você me trouxe de volta à vida, Sammy. Jamais poderei lhe pagar pelo que me fez, mas tenho como ajudá-lo, se me permitir.

— Ah, minha cara, não vejo o que mais poderia fazer por mim, além do que já fez. Você devolveu, com seu amor e sua exuberância, a alegria de viver a um velho homem como eu. — Tomou a mão de Ida. — Nunca senti tanto prazer com uma mulher. Sequer quando jovem. Com você, experimentei o êxtase total. Seu corpo foi feito para ser adorado, como um templo.

Ida corou diante dos elogios.

— Você é muito amável, Sammy. Faz-me sentir jovem outra vez, viva, cheia de paixão. Sei o quanto seu trabalho na clínica significa. Não pode desistir dele. Sou uma mulher rica. Meu último marido foi bastante feliz em seus investimentos, e a herança que me deixou me permite viver com conforto e gastar como me aprouver. Nada me daria maior satisfação do que apoiá-lo nessa crise financeira e colaborar para a recuperação da clínica. — Ida se deteve, à espera de uma reação por parte dele. Sammy lhe lançou um sorriso e moveu lentamente a cabeça em um gesto negativo.

— Você é uma mulher generosa, mas sou um cavalheiro e não seria capaz de aceitar tal oferta. Agradou-me imensamente, porém, que tenha considerado um velho como eu digno de sua preocupação. — Sammy a beijou no rosto enquanto ajeitava a gravata. — Bem, enquanto ainda me restam alguns clientes, devo voltar para o consultório antes que Amala ligue para cá para perguntar se as consultas de hoje deverão ser remarcadas. Fique aqui o tempo que quiser, minha querida.

— Obrigada, mas também devo voltar para aquela casa de praia infame que Toots chama de segundo lar. É bem provável que venha atrás de mim, se me demorar. Não sei por quanto tempo poderei continuar dando a desculpa de que dormi demais e acordei atrasada para o café. — Com um sorriso sedutor, Ida desfez o nó da faixa que prendia o robe e o deixou deslizar lentamente pelo corpo, proporcionando a Sammy um último vislumbre de sua nudez antes de partir.

— Ainda vai acabar me matando, meu amor — afirmou ele com um sorriso igualmente sedutor. — Coloque a roupa. Pedirei ao motorista que a deixe na "casa de praia infame" antes que suas amigas descubram que você não está onde lhes disse que estaria.

Ida não simpatizava com Mohammed, o motorista de Sammy. Provavelmente no início da casa dos trinta, de pele morena, cabelos e olhos escuros, o sujeito lembrava a encarnação do mal. O modo como a encarava lhe dava arrepios. Era como se soubesse exatamente o que ela e o patrão faziam a portas fechadas e adivinhasse todos os detalhes. Como vinha torcendo para que Sammy o flagrasse piscando com malícia para ela! Não se queixara a respeito. O homem trabalhava para Sammy havia anos e não seria ela a responsável por uma eventual demissão. Teria preferido mil vezes pegar um táxi, mas em Malibu os táxis não se encontravam disponíveis na mesma proporção que em Manhattan. Pensando bem, tampouco gostava da casa de Sammy. Não havia tido coragem para lhe dizer que não encontrara nada que marcasse sua presença ali. De tão impessoal, a casa parecia ter sido alugada já com a mobília. Era totalmente destituída de itens que caracterizassem traços da personalidade do proprietário. Aparentemente, Sammy levara a maioria dos objetos de uso pessoal, como fotos, para o consultório. Não que fossem muitas. Na verdade, vira apenas algumas dele com a filha, Amala, sobre a escrivaninha. Não havia suvenires de viagens realizadas, coleções de nenhuma espécie. Não era pecado gostar de uma decoração impessoal, mas ainda assim não se sentia confortável naquela casa vazia, encravada no alto de uma colina sobre o Pacífico.

Dez minutos depois, Ida percorria a via expressa da Costa do Pacífico a caminho de Malibu. Tinha de concordar que a vista do imóvel era magnífica. A casa era um caso à parte. A pobre Toots teria muito trabalho e enormes despesas pela frente, mas Ida era testemunha do quanto a amiga gostava de um desafio, principalmente quando se tratava de decoração. Em três tempos a casa de praia estaria tão linda quanto a moradia em Charleston.

— Pare na esquina — instruiu a Mohammed. Seguiria a pé dali para evitar que a vissem descer de uma limusine com motorista. Se deparasse com uma das amigas antes de chegar ao quarto, inventaria uma desculpa por ter saído tão cedo: ainda estava escuro quando se levantara e decidira aproveitar para fazer uma caminhada e admirar o nascer do sol. Algum mal nisso? Até aquele dia tivera sorte. Ninguém a surpreendera saindo de casa tarde da noite nem retornando altas horas na ponta dos pés. Mencionar o desejo de aproveitar a vida e dormir até tarde, agora que perdera o medo da contaminação por germes, revelara-se providencial. Afinal, agora não precisava mais se dedicar por longas horas à limpeza e desinfecção de roupas, móveis, pisos e paredes. As amigas haviam prometido que respeitariam seu novo horário e não tentariam acordá-la. Ida sentia-se culpada por mentir, mas sob aquelas circunstâncias era o melhor para todas.

Ida abriu a porta com cuidado para não fazer barulho e entrou sorrateiramente. Aos 65, parecia ter voltado aos tempos de colégio, quando recorria ao mesmo estratagema para escapar da vigilância dos pais. Não era mais uma jovem, mas, com a reputação que adquirira com relação aos homens, preferia manter o novo romance em segredo. Sammy concordava com ela. Contou que receava comentários mal-intencionados, que pudesssem afetar o relacionamento dos dois, por Ida ser paciente dele. Ela saberia esperar pelo momento certo. Sammy também. Nem mesmo Amala suspeitava de que estivessem juntos.

Ida conseguiu entrar mais uma vez sem ser notada. Despiu-se assim que se fechou no quarto e vestiu uma camisola. Esticou-se na cama e sobressaltou-se ao ver a imagem refletida no espelho acima. Aquilo tinha de sair dali. Ainda naquele dia. Ela própria o retiraria se fosse preciso. Igualmente repulsivo era o banheiro com aquelas paredes forradas em veludo negro com cartazes de Elvis em várias poses, os famosos e ultrajantes conjuntos de calça e jaqueta bordados em lantejoulas. Falsas safiras arrematavam as bordas superior e inferior das paredes. Os acessórios sanitários eram azul-royal, em homenagem, talvez, a uma das canções de Elvis, *Blue Suede Shoes*, que falava sobre um par de sapatos de camurça azul. O espelho sobre a pia fora recortado em formato de uma gigante guitarra, com mais safiras falsas aplicadas no contorno. Parecia impossível que um profissional sério tivesse projetado não só aquele banheiro, mas a casa de praia inteira.

Antes de descer para a cozinha, Ida penteou os cabelos e escovou os dentes. Encontrou Mavis cortando frutas para uma salada.

— Você demorou. Estava pesando em subir e acordá-la. São quase nove horas. Quer tomar um café? Acabei de preparar. Toots e Sophie estão no deque, apreciando a vista. Pensei em tomarmos o café juntas antes de Coco e eu fazermos nossa habitual caminhada pela praia.

Ida olhou para a cachorrinha reclinada sobre uma almofada cor-de-rosa a um canto da cozinha e foi saudada com o rosnado de sempre. Coco a detestava, e o sentimento era recíproco. O pequeno animal só sabia ganir e fazer as necessidades fisiológicas em locais não permitidos. Pessoalmente, Ida optaria por um peixe se resolvesse ter um animal de estimação.

— Bom dia para você também, Coco — cumprimentou Ida, com uma nota de sarcasmo, ainda sonolenta após a noite de sexo desvairado. Para ela, ao menos. Sammy devia possuir um estoque ilimitado de Viagra para que seu desempenho se mantivesse em tão alto padrão noite após noite. Ou isso, ou era um homem extremamente viril para os quase setenta anos. Ida duvidava que o caso fosse este. Três episódios por noite naquela idade certamente acabariam lhe provocando alguma repercussão. Sentia dores em locais que não se lembrava mais de possuir. Não tivera coragem para perguntar a Sammy se ele também sentia certa ardência, como se tivesse sido esfolado. Enfim, sentar-se à mesa para o café da manhã era a última coisa que Ida queria naquele momento, mas era preciso manter as aparências. Um longo banho de imersão resolveria parte do problema, mas esse era um luxo que não poderia se proporcionar até mais tarde.

— Ótimo. Já faz alguns dias que não sentamos para conversar.

Mavis interrompeu a tarefa e olhou por cima do ombro enquanto arrumava as frutas picadas em uma tigela.

— Parece cansada. Não dormiu bem?

— Não muito. Aquele espelho no teto sobre a cama me incomoda. Por falar nisso, planejo retirá-lo hoje, não importa a opinião de Toots. Queria ver se ela conseguiria conciliar o sono com o próprio reflexo encarando-a — Ida replicou, e apanhou uma caneca no armário para tomar seu café.

— Toots não se importará, com certeza. Ela mesma me disse que a casa a faz se lembrar de um parque de diversões. Dos mais bizarros, foram suas palavras, se é que me entende. — Mavis deu uma piscadela.

As duas mulheres riram.

— Você não costumava fazer observações irreverentes. Estou gostando de ver. Perder todo aquele peso lhe fez muito bem — comentou Ida.

— Todas nos modificamos desde que Toots promoveu nosso reencontro. Tenho pensado em alugar minha casa e morar em Los Angeles metade do ano. Talvez acompanhe Toots quando ela retornar a Charleston. Os verões no Maine são muito procurados. Não seria difícil encontrar interessados em alugar minha casa para veraneio. Toots se ofereceu para me ajudar com a mudança, caso decida seguir em frente com o plano. Estou adorando morar com vocês, meninas. É quase como se fôssemos colegas de escola de novo, sem o inconveniente das freiras e do sino chamando para as aulas.

Se Mavis soubesse! Ida continuava a burlar a vigilância para encontrar os *garotos*, exatamente como fazia nos tempos de colégio.

— Também gosto de estar com vocês, mas confesso que preferiria se Sophie aprendesse a dobrar aquela língua. Se não tomar cuidado, um dia desses alguém acabará perdendo a paciência e fazendo com que engula suas ofensas.

— Se fosse para acontecer, teria acontecido anos atrás. Sophie sabe quando ultrapassa os limites.

Ida estreitou os olhos.

— Ela tem se comportado de maneira odiosa comigo desde que chegamos aqui.

Mavis depositou a travessa com laranjas, toranjas, bananas e morangos picados sobre a mesa.

— Concordo com você. Ela tem sido rude. Por outro lado, olhe para si mesma agora. — Mavis fez uma pausa. — Se estivesse em seu lugar, e não me leve a mal por dizer isso, agradeceria a Sophie. Você voltou a ser o que era. Não é mais uma velha senhora maníaca por limpeza com medo da própria sombra. Na verdade, nunca esteve tão bem. — Mavis decidira acrescentar um elogio extra ao pressentir que a amiga precisava de um incentivo.

Ida refletiu por um instante sobre o comentário de Mavis. Ela tinha razão. Embora tivesse se comportado como uma bruxa dos infernos, Sophie lhe fizera um *favor* ao arrastá-la à clínica do dr. Sameer. Dificilmente alguém se curava de um transtorno obsessivo-compulsivo. Ida não apenas encontrara a cura, mas também um novo amor. Quando poderia conceber que fosse se apaixonar pelo médico, um estrangeiro atraente e com um quê de mistério, com a virilidade de um adolescente ou um estoque inesgotável de comprimidos para sexo na terceira idade?

— Acho que você está certa. Mas detesto ter de admitir quando Sophie tem razão sobre alguma coisa, porque sempre quer ser a dona da verdade. Posso estar cem por cento certa, que ela nunca me escuta. Sophie e aquela sua boca do tamanho de Nova York!

— Ela não fala por mal, Ida. Sophie é franca e impetuosa desde que nos conhecemos, na sétima série. Não levaria suas palavras a ferro e fogo. Sophie, assim como todas nós, só quer vê-la feliz.

Para mudar de assunto e fazer com que Mavis se calasse, Ida fingiu concordar:

— Sei disso. Tentarei me lembrar das próximas vezes em que ficar irritada. Podemos comer agora? Estou faminta.

— Já, já encontro você no deque — avisou Mavis, enquanto separava pratos e talheres.

Ida apressou-se em direção ao quarto e tomou um dos banhos mais rápidos de toda sua vida. Que Deus a protegesse se alguma delas percebesse qualquer odor de sexo emanar de seu corpo. Quando se tratava desse assunto, o ofalto das amigas era como o de um cão perdigueiro, e tinha certeza de que apenas o aroma de café a havia salvo do flagrante de Mavis.

CAPÍTULO 5

Reclinadas nas espreguiçadeiras sobre o deque, Toots e Sophie pareciam duas locomotivas despejando fumaça no ar com os respectivos cigarros. Anéis impregnados de nicotina pairavam sobre elas como auras evanescentes.

— Deus, se não as conhecesse bem, pensaria que a casa estava pegando fogo. Vocês precisam abandonar esse vício — censurou Ida, arrastando uma cadeira com a tinta descascada para perto das amigas.

— Façamos um trato. Desisto do cigarro se você desistir do sexo. Fechado? — Sophie deu uma longa tragada.

— Por que não vai lamber sabão? — Ida sugeriu.

— Não, obrigada. Não tenho mania de limpeza — Sophie respondeu com uma de suas habituais alfinetadas.

Mavis se aproximou e depositou a travessa com as frutas sobre o aparador em alvenaria, junto com pratos e talheres.

— Ora, meninas, não vamos iniciar esta linda manhã discutindo. Temos um café da manhã saudável para saborear enquanto colocamos as novidades em dia.

Coco, a cadelinha chiuaua que não pesava mais de dois quilos, veio se reunir a elas justamente naquele momento.

— A rainha não poderia se apresentar sem a corte real — Ida provocou.

Os pequenos dentes se projetaram e um grunhido se seguiu à observação.

— Não fale assim, Ida. Coco se assusta por qualquer coisa — disse Mavis.

— Bobagem; ela não tem medo de nada, exceto de que a dona se esqueça de lhe dar a ração na hora certa — Toots gracejou entre uma baforada e outra. — Coco é um doce, embora me veja na obrigação de concordar com Ida sobre você a mimar demais.

Ida e Sophie se entreolharam com cumplicidade.

— Assim está melhor — Mavis sorriu. Distribuiu porções de frutas nos pratos e foi passando-os às três mulheres ao redor da pequena mesa de vidro. — Qual é a programação de hoje, senhoras? — Mavis perguntou, suspirando de prazer ao mastigar os suculentos pedaços de frutas pelas quais se tornara aficionada após conferir o resultado da dieta. Saltara de um manequim 52 para 44 em cerca de seis meses.

Toots olhou significativamente para Sophie antes de falar.

— Sophie e eu decidimos tocar alguns novos projetos por aqui. Certo, Sophie?

— Sim. Projetos inéditos para mim, confesso.

— Espero que um deles inclua a retirada daquele espelho horroroso do teto do meu quarto — sugeriu Ida. — Levo um susto quando abro os olhos e me vejo a cada manhã.

Sophie se pôs a rir.

— Também me assustaria se meu aspecto fosse como o seu logo que acordo.

— Sua velha convencida! Mire-se no espelho antes de falar de mim. Já a vi se levantar da cama e posso lhe garantir que teria me encolhido de medo se não a conhecesse.

As quatro gargalharam juntas. Ida definitivamente voltara a ser o que era antes. E isso era muito bom.

— Estou cansada de suas lamúrias, mas tenho de concordar com você sobre aquele espelho — Toots respondeu. — Preciso tirá-lo de lá. Os pedreiros não estarão aqui senão na próxima semana, mas acredito que, em conjunto, conseguiremos remover aquela coisa sem grandes problemas. Faremos isso logo que terminarmos este adorável café que Mavis nos preparou. A propósito, o que houve com meus cereais? — Toots perguntou. — Você sabe que não sou exatamente fã dessa alimentação saudável. Essa comida me faz sintir doente.

— Apoiada — manifestou-se Sophie. — Mal comecei a me acostumar com o cardápio antigo, e você mudou para esta droga.

Mavis ergueu as mãos e bateu palmas, provocando um grande ruído no intuito de lhes chamar a atenção.

— Senhoras, parem com isso agora! Adoro todas vocês e quero desfrutar da companhia de minhas amigas por um loooongo tempo. Ingerir alimentos saudáveis aumenta a probabilidade de estendermos nossa estada por aqui.

— É? — interveio Sophie. — E se um desses alimentos saudáveis nos matar? Por acaso não leram no jornal sobre aquelas pessoas que morreram por causa de um lote contaminado de pasta de amendoim?

— Foi um acidente. Uma exceção. Pasta de amendoim, de qualquer modo, não é o tipo de alimento indicado a você — Mavis considerou com a autoridade de quem entendia do assunto.

— Jamais poderia supor que você fosse nos orientar algum dia sobre o que devemos ou não comer — disse Toots. — Fico contente em saber que está assumindo a responsabilidade pela própria saúde, Mavis, mas não queira implicar com o que *eu* como. Vivi perfeitamente bem até agora comendo de tudo. Não pretendo passar a consultar as recomendações da FDA antes de ir ao supermercado ou a um restaurante.

— Também não confio neles. Para mim, esse é mais um órgão do governo que funciona mediante suborno. Thomas é um grande exemplo.

Thomas fora o último marido de Ida, que morrera por ingestão de carne estragada. Ela tinha certeza de que a infecção por coliformes fecais procedera dessa fonte.

— Eles não se importam com carnes infectadas e amendoins podres mais do que Coco — Sophie comentou, e moveu os braços como se batesse asas ao ouvir a cachorrinha rosnar pela menção a seu nome.

— Sophie, isso não foi bonito.

— Você acha que ela entende o significado de bater asas? — Sophie ergueu uma das sobrancelhas perfeitamente delineadas em sinal de questionamento.

— Ela pode associar o gesto com algo negativo — Mavis respondeu após um minuto de hesitação para considerações. — Coco é muito esperta. Entende mais do que você pensa.

— Concordo com Mavis — falou Toots. — Não que Coco saiba o que esse gesto significa; mas que os animais são mais inteligentes do que supomos, isso são. Chester, o cachorro de Abby, só falta falar.

A conversa se prolongou e se aprofundou sobre o que era ou não saudável na alimentação e a respeito de aspectos relacionados à vida animal. Enfim, as quatro mulheres retiraram os pratos e utensílios da mesa e os levaram à cozinha antes de subir para a remoção do espelho do quarto de Ida.

O toque do celular de Toots as surpreendeu no meio do caminho. Ela consultou o identificador de chamadas sob olhares atentos.

— Abby! — exclamou sorridente. — Como vai minha filha favorita?

— Pelo que sei, sou sua única filha. Ou tem guardado segredos para mim? — Abby perguntou, entrando no espírito da brincadeira.

O coração de Toots acelerou, mas a voz permaneceu inalterada.

— É sempre bom ouvir sua voz. Mas o que houve para me ligar em pleno expediente?

— Lembra que lhe contei sobre os novos donos daqui terem me promovido a editora-chefe? Estou precisando mandar todas as minhas abelhas-operárias em busca de uma nova manchete. Ocupo uma posição mais importante agora e tenho uma sala só minha, mas confesso que sinto falta da excitação das ruas.

Talvez antes Abby fosse mais feliz no trabalho, mas, com a filha no comando, Toots pretendia elevar a categoria da *The Informer*. Embora não houvesse compartilhado com ninguém, tinha esperanças de disputar a concorrência com revistas como *The Enquirer* e *The Globe*.

— Nada a impede de continuar escrevendo matérias, não é? — Toots indagou, ponderando se não havia se precipitado com a compra da *The Informer*. Testemunha do quanto a filha adorava seu trabalho, Toots resolvera investir na revista à beira da falência só para lhe garantir o emprego. Se cometera um erro, só o tempo poderia dizer.

— É por isso que estou ligando. Tente adivinhar quem me ofereceu uma entrevista exclusiva?

Toots manteve-se em silêncio por alguns segundos.

— Não faço a menor ideia. Diga logo antes que eu morra de curiosidade.

— Está sentada?

— Não. As meninas e eu estamos a caminho do quarto de Ida para remover aquele espelho horroroso do teto.

— Por que não deixam isso para o pessoal da empreiteira? Escadas são perigosas!

— Abby Simpson, fique sabendo que eu e suas madrinhas somos perfeitamente capazes de dar conta desse recado. Não estamos tão velhas!

— Desculpe, não quis insinuar nada parecido. Apenas tenham cuidado.

— Sempre tenho cuidado — Toots retrucou, ofendida com as palavras da filha.

— Não fique brava comigo, mãe. Só estou pensando em seu bem-estar.

Toots soltou um suspiro.

— Acho que ando muito sensível com essa história de envelhecer e de ficar me questionando a toda hora sobre o que devo ou não fazer. Mas conte-me. Quem é que você vai entrevistar? Espero que não seja Britney Spears. Essa já não é mais novidade no mundo das notícias.

— Não é a Britney Spears. Talvez mais tarde, quando tiver crescido. Se tudo correr conforme o planejado, esta entrevista colocará a *The Informer* à frente de todos os outros tabloides do país.

— Se o objetivo era me deixar curiosa, você conseguiu.

— Prepare-se. — Abby deixou passar um segundo e disse em tom de quem ainda não cabia em si de tanto deslumbramento: — O clã Pitt/Jolie.

A informação tirou o fôlego de Toots. Uma entrevista com o casal mudaria a posição da *The Informer* do último para o primeiro lugar. Inspirando e expirando profundamente, Toots passou a visualizar um riacho descendo pela montanha, as águas límpidas beijando as pedras cobertas de limo...

— Mãe? Está aí? Ouviu o que eu disse?

Toots precisou forçar a respiração para que o ar voltasse a seus pulmões.

— Sim, ouvi o que disse. É fantástico. Quero saber todos os detalhes.

— Está falando como Sophie. Por enquanto, não há muito a dizer. Recebi um e-mail do empresário do casal oferecendo-nos uma entrevista com fotos. Não sei como nem por que ele nos procurou. Só sei o que estou lhe dizendo. Respondi que aguardo instruções.

Toots levou mais alguns segundos para absorver a informação. Havia algo de muito estranho nessa oferta que subitamente despencara do céu. Só não traduziu o pensamento em voz alta com receio de minar o entusiasmo de Abby. Esperava que o bandido do Rag, que tentara lhe surrupiar dez milhões de dólares, não estivesse por trás desse convite dos deuses. Se Toots descobrisse que aquele crápula estava tentando acabar com Abby e com a revista, antes ela acabaria com a raça dele!

— O que posso fazer para ajudá-la? Peça qualquer coisa e será atendida.

— Ah, mãe, sabia que diria isso. Sei que posso contar com você sempre. Obrigada. Mas até este momento não tenho sequer uma data para anotar em minha agenda. O esquema de segurança será rigoroso, disso eu já sei. A proteção que exigem cada vez que firmam um contrato é quase igual à exigida pelo presidente. Só não conte a ninguém fora do Quartel-General. Essa exclusividade não pode vazar. Não confio em nenhum de meus concorrentes. Com certeza tentariam me passar a perna antes mesmo que desconfiasse da aproximação deles. Por isso, até segunda ordem, mantenha o assunto estritamente confidencial.

Abby fez uma pausa, certa de que precisava encontrar um meio de contar à mãe que Ida fora informada sobre a entrevista em primeira mão. A mãe era uma mulher forte e bastante razoável, mas seus sentimentos às vezes se apresentavam frágeis como asas de borboleta.

Melhor seria falar de uma vez.

— Mãe, conversei com Ida sobre a entrevista antes de mencioná-la a você.

Silêncio. Abby aguardou pelo que lhe pareceu um século. Como a mãe não retrucasse, prosseguiu:

— Mamãe, você está aí?

— Sim, Abby, onde mais estaria? Talvez estivesse em meu direito lhe perguntar o que a levou a contar a Ida antes, mas imagino que deva ter tido suas razões. — Toots aguardou um instante, como se cogitasse o que lhe dera na cabeça para estar se comportando de maneira tão passiva. — Afinal, por que contou primeiro a ela?

— Talvez você estranhe, mas, no momento em que recebi aquele e-mail, lembrei-me das fotos de Ida para a capa da revista *Life* e resolvi ligar para fazer uma sondagem. Quem sabe ela não estaria interessada em fotografar Brad Pitt, Angelina Jolie e os bebês para a reportagem...

Pronto. Estava dito. Agora restava esperar que a mãe lhe desculpasse a afronta.

Os segundos transformaram-se em minutos. Uma onda de calor subiu à cabeça de Abby, e ela começou a se abanar com a última edição da *The Informer* enquanto aguardava a mãe digerir a explicação. Longos silêncios eram comuns entre mãe e filha. Abby aprendera, no decorrer dos anos, a esperar com paciência que a mãe refletisse até se sentir segura para lhe dar uma resposta.

— Acho a ideia fantástica, Abby. Ida precisa se ocupar com algo na vida além de homens. Mal posso esperar para contar a Mavis e a Sophie. Você não se importa, não é? Ou prefere contar pessoalmente às outras madrinhas?

— Vamos esperar uns dois dias, está bem? Para nos certificarmos de que é sério, e não um boato espalhado pelos concorrentes. Não comente com Ida sobre o que lhe contei. Por enquanto, deixe-a se entreter com as recordações dos tempos de glória. Ela bem que precisa disso depois do mau pedaço por que passou.

— Você está certa. Não abrirei minha boca para ninguém. Agora preciso desligar. As meninas estão à espera. Ida teve um chilique por causa do espelho no teto do quarto e temos de tirá-lo de lá hoje.

— Promete que terão cuidado? Não quero ouvir o telefone tocar e receber a notícia de que uma de vocês quebrou um braço ou uma perna.

— Sempre sou cuidadosa, querida. — Toots sorriu. — Ligue assim que tiver mais informações.

— Nem precisava pedir. Já lhe disse isso uma ou duas vezes, mas quero falar outra vez. Você é demais, mamãe.

Os olhos de Toots marejaram-se de lágrimas.

— Não, Abby, *você* é demais.

CAPÍTULO 6

Equilibrando-se sobre uma escada bamba, tendo a cada lado Sophie e Mavis postadas como pilares, Toots fez um sinal para Ida.

— Dá para pegar essa coisa aqui embaixo?

— Que coisa? — Ida perguntou.

Toots apontou para a alavanca no chão ao lado da escada e perdeu a paciência com a falta de iniciativa da outra.

— Oh, esqueça — resmungou, já descendo os degraus.

— Devagar — Sophie aconselhou. — Se cair da escada, Mavis e eu seremos esmagadas. Por que não diz logo o que quer e nos poupa da agonia de ficar aqui olhando o seu traseiro?

— Isto — Toots empunhou a ferramenta como se fosse uma espada antes de galgar de novo os degraus. Ao chegar ao topo, olhou para baixo. No *tour* pela garagem em busca de itens que a pudessem auxiliar na tarefa de remoção do espelho, Toots encontrara vários jogos de equipamentos para prática de *snorkel* e apanhara quatro máscaras. — Colocaram os óculos de proteção? Pode voar vidro em todas as direções.

O grupo estava hilário, Toots cogitou do alto da escada. Se alguém as visse de pijamas, em especial Sophie, com a blusa rosa e roxa em malha de algodão, e máscaras de mergulho, ele as tomaria por membros de alguma expedição perdida de Jacques Costeau, ou por quatro lunáticas fugitivas de algum hospício. O último seria o mais provável.

Toots posicionou a ponta achatada da alavanca sob a borda do espelho, grata ao responsável pela fixação do maldito objeto por ter usado um arranjo precário, com cantoneiras adesivas e baratas. Movendo a alavanca para cima e para baixo, e depois ao longo das laterais, conseguiu remover a primeira cantoneira sem abalar o espelho.

— Preciso que alguém segure as presilhas.

— Pode me dar — Ida ergueu a mão. — Faço questão de pisoteá-las.

— Você se machucaria, sua idiota. Todo nosso esforço iria por água abaixo! — Sophie resmungou, exasperada.

— Não falei *pisotear* ao pé da letra. E idiota é você! — Ida completou.

— Calem-se as duas, antes que eu arremesse as presilhas contra a cabeça de vocês. — Toots entregou a Ida mais um par de cantoneiras. Trinta minutos depois, todas as peças já haviam sido retiradas. Mavis, sempre prestativa, empilhou-as em um canto. Toots desceu da escada e examinou seu trabalho. O teto estava livre do espelho, mas o estuque desgastado parecia mais feio que antes. Mal podia esperar pelo início da reforma.

Em momentos como aquele, colocava em dúvida a sabedoria de sua decisão, mas bastava um relance pela janela ou a lembrança de que poderia ver a filha a qualquer momento, para que agradecesse sua boa estrela. O endereço oficial continuaria a ser a linda casa em Charleston, mas apenas por seis meses a cada ano. Os outros seis passaria em Los Angeles, a terra do brilho e do glamour. Por enquanto, um local de pó, barulho e desordem. Parecia um milagre Ida ter concordado em ficar e aturar as inconveniências da reforma.

Paciência, Toots. Paciência.

— Bem melhor assim. Mas acho que deveríamos desenhar algo no teto para Ida se distrair antes de conciliar o sono, até seu quarto estar completamente reformado — Sophie sugeriu.

Toots fechou a escada e a apoiou contra a parede.

— Em que tipo de desenho está pensando?

Na melhor das intenções, Mavis sugeriu uma lua resplandecente com uma porção de estrelas ao redor.

Sophie revirou os olhos.

— Um falo estilizado não seria mais apropriado?

— Não se atreva a continuar! — Toots censurou Sophie. Pressentira mesmo que ela não demoraria a mencionar algo que tivesse conotação sexual.

Sophie precisava de alguém, um homem que apreciasse esse seu senso de humor deturpado e amasse seu jeito. O problema era que o tempo estava passando e, embora já tivessem transcorrido vários meses desde que Walter pendurara as chuteiras, Sophie continuava presa a ele psicologicamente. Toots a vinha observando sem que a amiga percebesse. Se ouvisse algum barulho de vidro estilhaçando, Sophie reagia com mais sobressalto que a média das pessoas. Se uma porta batia com o vento, os olhos dela dilatavam-se em pânico, e um suspiro de alívio se seguia à certeza de que a figura de Walter não se materializaria à frente.

— Por mim, o teto pode permanecer como está até receber nova pintura. Não me deito à noite, afinal, para ficar observando o teto — disse Ida.

— Claro que não — Sophie retrucou em um sussurro. — Seria difícil com um homem bloqueando sua visão. Em especial se os olhos estiverem fechados em um arroubo de paixão.

Ida quase engasgou.

— De que está falando?

Sophie meneou a cabeça.

— Preciso fazer um desenho para você entender? Uma cama, uma mulher deitada de costas, um homem em cima, uma troca de olhares. O teto seria a última coisa em que você repararia.

— Aparentemente, a antiga proprietária pensava o contrário — caçoou Toots. — Ou ela gostava do espelho, ou de se ver refletida nele. De qualquer modo, ele se foi, e só nos resta torcer para que o construtor mantenha a palavra sobre o prazo estipulado para o término da reforma.

Ida soltou o ar que prendera sem perceber. O pequeno comentário de Sophie revelava algo mais significativo do que o imediatamente óbvio. Era como se Sophie a tivesse surpreendido em uma das escapadas noturnas. Uma de suas características era fazer insinuações como aquela. Por outro lado, Ida se recusava a admitir tal possibilidade. Era extremamente cautelosa em suas aventuras, e se certificava de que todas as amigas estivessem dormindo antes de sair. Sophie tinha a mente poluída, só isso. Porque, se soubesse de fato, teria encarado Ida e lhe falado abertamente. Sophie não era de medir palavras.

A esse pensamento, Ida relaxou. O romance secreto continuava secreto. Por quanto tempo mais, não poderia afirmar. Em breve a notícia sobre seu envolvimento com Sammy teria de se tornar público, pois, por mais que gostasse de sexo e da companhia do terapeuta, já não era jovem, e a falta de sono começava a cobrar seu preço.

— Você está certa, Toots. Já escolheu de que cor pintará este quarto? — Ida perguntou, para mudar de assunto.

— Deixarei a escolha a seu critério, uma vez que este quarto é oficialmente seu — Toots respondeu.

— Obrigada, mas a casa é sua... Bem, se insiste, tenho de pensar primeiro. Talvez telefone para Chloe; foi ela quem assinou o projeto de decoração de minha cobertura em Manhattan. Tenho certeza de que você gostaria das sugestões dela. Chloe é muito talentosa.

— Você nem desconfia, não é? — Sophie alfinetou.

— Desconfio de quê? — Ida protestou, ofendida. — De que está falando agora?

Sophie deu de ombros.

— Toots lhe destinou este quarto e quer que você o decore, não uma dessas decoradoras da moda. Certo, Toots?

— Certo — ela concordou. — Com a condição de que a escolha fique longe das cores atuais. Confio em sua capacidade e em seu bom gosto. É uma exímia fotógrafa e excelente observadora. Domina os efeitos de luz e sombras. Posso apostar que o desafio de decorar o próprio quarto lhe proporcionará grande prazer.

Ida inspecionou o aposento com olhar clínico.

— Fiz um estudo com fotos no passado e me saí relativamente bem. — Ida teve ímpetos de contar às amigas sobre a possível contratação para um trabalho nesse gênero, mas se conteve. — Neste primeiro momento, pintaria as paredes com um amarelo bem clarinho. Como o sol não nasce nem se põe deste lado da casa, essa cor emprestaria um toque de calor ao ambiente. — Depois de olhar de alto a baixo mais uma vez, Ida fez um movimento afirmativo com a cabeça. — Sim, gostaria de me responsabilizar pela decoração deste quarto. Agradeço sua confiança, Toots. Afinal, a casa é sua.

Sorrindo, Mavis interpelou:

— Você sabe mesmo como fazer as pessoas felizes, Toots. Seria inconveniente de minha parte perguntar se também me daria sua permissão para escolher a decoração do meu quarto?

— Em absoluto. Mas parem vocês duas de me tratar como se fosse uma desconhecida, com toda essa formalidade! Comprei esta casa para nós. Para que, a partir de agora, quem quiser mudar de ares e passar algum tempo com Abby tenha um lugar onde ficar. É provável que eu fique por aqui mais tempo que vocês, pois tenho a revista. Só para constar, digamos que esta casa pertence a uma mãe e a algumas madrinhas. Será o ponto de encontro de quatro gatas.

As amigas riram.

— Gatas! — Mavis exclamou. — Gostei. Nunca me considerei uma, mas, com as voltas que a vida dá, com as infinitas oportunidades de recomeço, por que não?

— Você é uma mulher sensual — constatou Sophie com um sorriso. — Não percebeu antes porque essa característica estava oculta sob várias camadas. — Sophie omitiu o complemento "de gordura", porque Mavis não precisava de um lembrete sobre o excesso de peso que lhe marcara a antiga versão. — Sua determinação em seguir uma dieta vegana à risca foi admirável. Não teria suportado, mas quero que saiba que estou orgulhosa de você. Todas estamos. Não é verdade, garotas?

Toots e Ida assentiram a um olhar de Sophie.

Toots foi a primeira a se manifestar:

— Ida e Mavis se superaram nestes últimos meses. Parabéns, queridas.

— E eu? — Sophie questionou

— Com você ainda tenho minhas reservas. Acredito que o progresso foi geral com relação a todas nós. E, quanto a você, Sophie, a perda de Walter a impulsionou de maneira positiva. — Toots fez uma pausa e indicou o amontoado de cantoneiras de vidro no canto do quarto. — Agora vamos dar um jeito nesta bagunça. Depressa, que estou louca para fumar um cigarro. Depois, caso a agenda de vocês não esteja lotada, convido-as para almoçar fora.

— Ficaria feliz se você e Sophie largassem esse vício abominável — Mavis murmurou, e voltou-se docemente para Toots. — Desculpe, mas não poderei ajudá-las com a limpeza. Prometi levar Coco à praia antes do banho, e programei o resto da tarde para redesenhar aqueles modelos que você comprou para mim. Fica para outro dia, está bem?

— E eu preciso ligar para meu consultor financeiro. O fator tempo nos impede de permanecer em contato como deveríamos. Prometi que reservaria a tarde toda para conversar com ele — Ida mentiu descaradamente. A promessa que havia feito era a si mesma: um longo banho de imersão cercada por pôsteres de Elvis Presley. E uma soneca mais tarde. Talvez até o entardecer.

— Parece que sobram apenas você e eu — Toots disse a Sophie.
— A menos que também tenha marcado outro compromisso.
— Não. Mas não combinamos trocar de quarto por causa do colchão? As suas costas, lembra?
— Oh, sim, claro. Porém, não levaremos a tarde inteira para isso. Resolveremos essa situação em um instante e depois seremos recompensadas com um delicioso almoço no Polo Lounge. Faz um tempão que não vamos lá.
— Então, o que estamos esperando? — Sophie abaixou-se e recolheu algumas peças. — Vamos, senhoras. Juntas, não levaremos mais que cinco minutos para arrumar esta bagunça.

As cantoneiras foram levadas para a garagem e acondicionadas em uma caixa de papelão. Foram necessárias várias viagens. Terminado o serviço, concordaram que já tinham trabalhado o suficiente pelo resto do dia.

— Só falta trocarmos de quarto — Toots lembrou Sophie. — Já estou tendo uma miragem com uma bebida bem gelada e espumante em um copo alto e decorado. A propósito, já lhe disse que a antiga moradora brega se esqueceu de levar o estoque de garrafas na mudança?

— Foi obrigada a se esquecer, lembra? Não disseram que a popstar saiu daqui direto para uma clínica de reabilitação no México? *The Informer* foi a primeira revista a divulgar a notícia.

— Claro que me lembro. Foi assim que consegui esta casa antes que a colocassem no mercado. Também foi por essa razão que tive de aceitá-la no estado em que se encontra, e o motivo pelo qual estamos arfando e manquitolando pelos cômodos como duas velhas senhoras.

Sophie riu com gosto.

— *Somos* duas velhas senhoras.

— Só se for você! Eu ainda quero viver e me divertir muito, apesar de minha idade.

— Velhas de corpo, mas jovens de espírito.

— Sem essa de velhas de corpo! A propósito, que tal bebermos algo para tirar a ferrugem?

As duas amigas seguiram em direção ao móvel onde Toots encontrara as garrafas, rindo como adolescentes.

CAPÍTULO 7

Toots e Sophie levaram cerca de uma hora para trocar de quarto. Concluída a operação, Toots se perguntou se toda aquela trabalheira não fora inútil. A mudança para o quarto de Sophie não a estava fazendo sentir mais segura.

— Os fantasmas podem se locomover pelos ambientes?

— É óbvio que sim. Não existem barreiras para fantasmas; eles podem atravessar as paredes. Qual é a dúvida?

— Não estou certa de que a troca dos aposentos vá resolver o problema. E se o fantasma me seguir até seu quarto? O que devo fazer? Poderemos trocar de quarto até cansar e não adiantará nada. Para completar, ainda despertaremos suspeitas. Ida poderá sugerir, inclusive, que eu marque uma consulta com o doutor Sameer. Imagine! Prefiro ser assombrada por um fantasma a me tratar com ele.

Sophie olhou Toots de esguelha.

— Penso o mesmo que você, mas temos de admitir que ele acertou com Ida. Consegue imaginá-la vivendo aqui nestas condições? Já estaria morta e enterrada, não fosse o doutor Sameer.

— A meu ver, o estado de Ida não era tão sério quanto ela queria que todos acreditassem. Suas mãos estavam em carne viva de tanta higienização, mas a conhecemos o suficiente para saber que não se importa com limites quando o assunto é obter o que deseja. Admito que o doutor Sameer foi bom para Ida, mas, cá entre nós, não acredito que foi sua competência como médico que a curou.

— Ela tem se comportado de maneira esquisita pela manhã. Você reparou? Talvez não esteja dormindo bem. Talvez os fantasmas também a estejam assombrando e ela não quis nos contar.

— Agora que mencionou, ela tem mesmo se mostrado bastante estranha. Os espíritos que viveram nesta casa devem estar incomodados com nossa presença. Lucille Ball e Desi Arnaz foram os primeiros a morar aqui. Não me admiraria se estivessem furiosos com os estragos feitos pela jovem estrela pop — ponderou Toots, na verdade se perguntando se de fato acreditava naquilo.

— Pode ser. Que tal comprovarmos sua teoria esta noite? Entrarei devagar no quarto de Ida e montarei os sapatos como lhe falei, sem que ela note. Mal não fará.

— Você não disse que teria de saber qual sapato a pessoa usaria no dia seguinte?

— Sim, mas no caso de Ida é fácil deduzir. Ela sempre coloca aqueles chinelos ridículos de gatinhos quando se levanta. Farei uma tentativa para ver se funciona.

O burburinho no quarto ao lado, indicando que Ida e Mavis poderiam ouvir a conversa, obrigou Toots a baixar o tom de voz.

— E a filmadora e o gravador? Você me contou sobre os cursos e os aparelhos, mas não me mostrou nada.

— Por que mentiria a respeito de algo tão sério? — Sophie protestou. — Comprei o equipamento assim que recebi o seguro de vida de Walter. Foi minha primeira aquisição para garantir que o veria imediatamente se ousasse voltar, e atacaria antes de ser atacada.

Embora não tivesse certeza sobre a intenção de Sophie ao falar daquele modo, Toots esboçou um sorriso.

— Seria bem feito para ele depois do que a fez sofrer.

O olhar de Sophie perambulou pelo ambiente, mais apropriado para um bordel que para uma casa de família, antes de pousar no chão. Toots adivinhou as palavras que Sophie diria antes que as pronunciasse.

— Nenhum dos rostos que vi era de Walter. Se fosse ele, eu o teria expulsado do quarto com um chute no traseiro.

— Acha que estou louca por pensar que ele...?

— Não mais que eu. Vi as aparições como estou vendo você. Não foi imaginação. Parece maluquice, mas senti frio e vi os rostos envolvidos em uma espécie de névoa, as bocas se movendo sem emitir som algum. Se estes apareceram, por que Walter também não poderia se materializar com a mesma facilidade? Em seu lugar, contudo, não me preocuparia com isso. Walter deve estar queimando no inferno, que é para onde vão os malfeitores e todos os covardes que batem em mulheres só para se sentir superiores. Quer saber em que acredito de verdade?

— Em quê? — Sophie indagou.

— Que existe um lugar específico no inferno, exclusivo para homens e mulheres iguais a ele.

— Seria bem-merecido. Talvez o próprio Lúcifer se encarregue da recepção e do tratamento de gente como Walter. Não que tenha planos de conferir tão cedo essa possibilidade.

— Nesse caso, evite chegar perto de Ida. Os olhares mortais que ela lança a você podem ser fatais.

Toots e Sophie se entreolharam e caíram na risada. Riram até chorar, sendo forçadas a cruzar os braços sobre o abdômen.

— Não lhe diga isso, mas adoro aquela sirigaita. Atormentá-la já faz parte de nossa longa amizade e de minha diversão. Aqueles olhares fulminantes são irresistíveis. Não consigo parar de alfinetá-la.

— Não quero interferir em seu relacionamento com Ida, mas não force demais a barra. Ida ainda não se recuperou por completo. Sua sensibilidade aflora quando menos se espera. Duvido que tenha esquecido Jerry, mas confesso estar surpresa por ela não ter mencionado o nome dele ultimamente. Ida nunca perde uma oportunidade de me lembrar que arruinei a vida dela por tê-lo supostamente roubado. — Jerry saía com Ida quando conheceu Toots e se apaixonou por ela. Toots, como uma tola, aceitara quando ele a pedira em casamento. Não era bonito falar mal dos mortos, mas, verdade fosse dita, Jerry fora um marido ruim e um péssimo amante.

— Fiz um favor a Ida me casando com o velho sovina.

— Concordo, mas todas sabemos que Ida jamais admitirá esse fato. Aliás, Jerry foi o marido número...

Toots refletiu por um momento.

— Cinco ou seis. Não consigo me lembrar.

— Não há como me comparar com você ou Ida. Só com Mavis é possível, porque ela teve apenas um marido, como eu. Não que não fôssemos capazes de saltar de marido em marido como vocês duas e nocauteá-los com a experiência que adquirimos ao longo do tempo. Mas não somos caça-maridos.

A conversa prosseguia entre as arrumações. Sophie guardava uma pilha de calcinhas na gaveta de cima da cômoda.

— Caça-maridos, é? — Toots franziu o cenho em uma expressão divertida.

— Foi o apelido que dei a vocês na época. Se não me engano, contei a Mavis, e ela disse que você e Ida não estavam tendo sorte na busca pelo marido perfeito. Convenhamos que caça-maridos soa melhor que sexomaníacas.

Toots ergueu a mão como se fosse bater em Sophie.

— Deveria estapeá-la. Nunca me comportei como uma libertina. Não sou como Ida, que não pode ver um homem pela frente. Nunca fui infiel. Você me magoou ao pensar tão mal de mim.

— Ora, o que é isso? Não chamei você de vagabunda. As pessoas falavam, mas com certeza morriam de inveja porque estavam sozinhas, porque ninguém as queria.

Toots se sentou na beirada da cama.

— Por favor, não quero falar sobre sexo. O dia ainda está claro, mas a noite não tarda e não resolvemos essa história dos fantasmas. Vamos nos arrumar e sair para jantar, porque o almoço já deve ter acabado a essa altura.

Quando estava prestes a se levantar, Toots sentiu-se fraca como uma gata que já esgotara seis das suas sete vidas. Os braços se arrepiaram e um calafrio lhe subiu pelas costas. De repente, o quarto parecia conter outras presenças que não ela e Sophie.

— Não quero falar mais nada sobre mais ninguém até chegarmos ao restaurante e pedirmos uma bebida com alto teor alcoólico!

Sophie terminou de guardar as roupas na gaveta e a fechou.

— Acabei! Dê-me vinte minutos para tomar um banho e me vestir.

— Nem um minuto a mais — disse Toots à porta. — Preciso sair daqui. Sinto arrepios só de olhar para este quarto. Você tem dezenove minutos para se embelezar ou irei sozinha.

— Então caia fora para que possa entrar no banho — Sophie resmungou a caminho do banheiro da suíte.

Toots afastou-se pelo corredor em direção ao novo quarto com raiva e medo das estranhas sensações que a invadiam. Se aquela perseguição fantasmagórica se prolongasse, arrumaria as malas e voltaria para o Beverly Hills Hotel. Ao menos lá se sentiria livre para se apavorar em um ambiente seguro e familiar.

Atrás do volante do Thunderbird vermelho metálico que comprara logo após se tornar a nova proprietária da revista *The Informer*, Toots consultou o relógio de pulso. O carro comportava apenas duas pessoas. Para quem não tinha pretensões de levar consigo mais de um acompanhante, era o automóvel perfeito. Uma pessoa de cada vez dentro de um veículo que trafegava pelas autoestradas da Califórnia era o máximo que Toots poderia enfrentar a esse estágio da vida. O quadro mudaria, é claro, se e quando viessem os netos. Aí então o caso seria diferente.

Faltavam cinco segundos agora. Se Sophie não aparecesse imediatamente, iria embora. Um, dois, três...

Toots engatou a marcha e acelerou. O carro guinchou com a freada brusca que deu ao ouvir Sophie gritar:

— Não se atreva a sair sem mim! Ainda faltam dois segundos! — Sophie abriu a porta no momento exato em que Toots tornava a engatar a marcha.

— Avisei que não esperaria sequer um segundo além do combinado. Sinto-me estranha nesta casa. Pensei que fosse ter uma coisa naquele seu novo quarto.

Sophie amarrou um lenço amarelo sobre os cabelos castanho-escuros.

— Pois eu não senti nem vi nada de diferente, mas ainda é cedo. Vamos aguardar até a noite. Montarei a aparelhagem assim que voltarmos. Já entrei no quarto de Ida e tirei os chinelos de gato de sob a cama, ajeitando-os na posição adequada: um voltado para a direita, outro para a esquerda. — Durante a conversa, Sophie ajustou o nó sob o queixo e colocou os óculos escuros. — Estamos parecendo artistas de cinema!

Sabendo que voariam autoestrada afora em seu conversível, Toots, antes de subir ao volante, preparara-se para enfrentar o vento, prendendo os cabelos castanho-avermelhados em um rabo de cavalo com uma fita elástica branca. Os óculos de sol Dior eram um presente de Chris, seu enteado.

— Não é um luxo? — Toots sorriu, os olhos voltados para o espelho retrovisor. — Proponho uma pausa para descanso pelo resto do dia. Não falaremos sobre as aparições nem sobre nada que seja negativo. Vamos aproveitar este clima magnífico da Califórnia. Apesar dos muitos anos de residência em Charleston, nunca me acostumei aos verões úmidos e abafados. A partir de agora, o casarão será minha residência nos meses de calor. E quanto a você, Sophie? Tem algum plano para o futuro?

A amiga recostou a cabeça no banco e fixou o olhar no céu azul sem uma única nuvem.

— Tento não pensar no que me aguarda e procuro aproveitar cada dia, um de cada vez. Estes últimos meses têm sido como um sopro de ar fresco. Pela primeira vez em minha vida sinto-me livre para dizer o que me vem à mente, sem medo das reações intempestivas de Walter. Piso em terra firme, não mais em ovos. Por falar em pisar, contei alguma vez a você que Walter usava palmilhas para parecer mais alto?

Toots ergueu o rosto para sentir a carícia do vento.

— Não. Esse detalhe você não compartilhou comigo. Parece que, por trás do autoritarismo, seu marido sofria de um grande complexo de inferioridade.

— Pode ser, mas não importa mais. Essa parte de minha vida ficou para trás. Agora finalmente consegui uma chance de olhar para o futuro. Você me perguntou se eu tinha algum plano. Acho que o fato de não ter nenhum no momento é o que me traz esse bem-estar. Isso lhe parece insegurança, irresponsabilidade ou algo assim?

Diante do inesperado da confidência, Toots considerou a resposta antes de pronunciá-la.

— Não. Essa me parece a condição de uma mulher que está feliz e que tem todo o direito de se sentir assim. Jamais se deixe invadir pelo sentimento de culpa, Sophie. Poucas mulheres suportariam o que suportou. Não ter planos, em minha opinião, é o plano perfeito.

Sophie se limitou a assentir, um leve sorriso curvando-lhe os cantos da boca.

Toots conduziu o carro esporte compacto pela pista sinuosa e estreita que contornava as íngremes colinas cobertas de árvores altas e frondosas, cujas flores e folhas em tons de rosa, vermelho e laranja se espalhavam pelas margens como um extenso tapete até a Pacific Coast Highway. Toots tirou o pé do acelerador.

— Adoro esta paisagem multicolorida — ergueu a voz para se fazer ouvir acima dos ruídos do tráfego. Sentia-se vibrante de entusiasmo, instantaneamente revitalizada pela brisa fresca do oceano.

— Pelo que ouvi falar, este é o território mais sofisticado da região, onde residem os ricos e famosos. Mas é evidente que, como em todos os lugares, também existem áreas de risco.

Era preciso gritar para se fazer ouvir. Toots se inclinou em direção a Sophie para não ter de falar tão alto.

— Sei disso, Sophie. Mas trata-se de Hollywood, a terra do faz de conta. Não dá para calcular o quanto foi gasto para construírem esse mundo de fantasia nem o quanto continuam gastando para manter as ruas em impecável condição de limpeza. Abby me contou sobre o lado obscuro daqui. Porém, você não tem o que recear. Hoje não tenho planos de me aventurar por territórios desconhecidos. Mas, quando tiver, prepare-se, porque com certeza vou arrastá-la junto.

Sophie não pôde reprimir o sorriso.

— Você é uma autêntica megera sulista.

Toots afastou a mão direita do volante, estendeu o braço até colocá-lo diante dos olhos de Sophie e lhe mostrou o dedo do meio, naquele gesto de humor que se tornara habitual entre as quatro amigas e companheiras. Entre Toots e Sophie, em especial.

CAPÍTULO 8

Amala era a criatura mais gananciosa que ele conhecia. Uma rameira em toda a extensão da palavra. Qualquer sujeito poderia conseguir dela o que quisesse. Mas para isso teria de pagar um preço. Como sabia? Mais de uma vez fora obrigado a pagar para tê-la. Não o mesmo que ela cobrava dos outros; a isso não se sujeitava, jamais se sujeitaria. Aqueles lábios voluptuosos e os olhos escuros e sedutores não o dominavam. Ao contrário da maioria dos homens, via-a como realmente era. Uma interesseira, uma artista da manipulação. Ele a conhecia a fundo. Vivia com Amala havia cinco anos.

Mohammed Dasgupta riu consigo mesmo enquanto estacionava a limusine branca e luzidia sob o pórtico diante do consultório. Fora avisado para sempre se referir à clínica pela razão social: Centro de Harmonização Mente e Corpo. Não combinava; o nome era comprido demais.

Esse novo golpe *new age* que tentavam levar a cabo, disfarçando-o de tratamento médico, vinha se provando um sucesso de renda. Para a sorte daquela mulher com transtorno obsessivo-compulsivo, o velho Patel, atualmente se fazendo passar por Sameer, detinha bons conhecimentos sobre medicina, apesar de não ter concluído o curso nem se graduado. O que era um diploma, afinal, exceto um pedaço de papel? Patel era tão bom quanto qualquer médico licenciado. Mohammed era testemunha de sua capacidade porque não estaria vivo agora se não fosse por ele.

No início, o esquema engendrado por Amala o deixara com o pé atrás. A proposta era tão audaciosa que duvidara de sua viabilidade. Mas a perspectiva de ganho era tão compensadora que valeria o risco. Seis meses, ela dissera. Se não conseguissem o dinheiro nesse prazo, e ela garantira que o lucro seria na casa dos milhões, abandonariam esse prospecto e partiriam para outro, maior e melhor.

Tudo começara com uma ligação que Amala havia atendido, de um colega do dr. Sameer, da Carolina do Sul, recomendando uma paciente. Após discutirem por um longo tempo, ficara acertado que Patel se faria passar pelo dr. Sameer enquanto o médico verdadeiro estivesse fora. Embolsar o dinheiro das consultas de novas clientes, na maioria mulheres de meia-idade, representara um bônus que acabara se configurando a única fonte de renda do trio, pelo fato de Amala ainda não ter tido êxito em acessar as contas pessoais do proprietário e médico responsável pela clínica, das quais pretendiam se apossar.

Amala trabalhava na clínica do dr. Sameer como recepcionista havia cerca de um ano. Confessara a Mohammed que a principal razão para ter aceitado aquele emprego fora a esperança de conquistar o médico, engravidar dele e o obrigar ao casamento. Desejava se ajeitar na vida e abandonar os grandes golpes. Mas, após um ano de infrutíferas tentativas de sedução, Amala teve de dar adeus aos planos. Em uma conversa amistosa, havia descoberto que ele era gay.

Furiosa e humilhada por ter de desistir mais uma vez dos sonhos de aposentadoria precoce, Amala cogitava se demitir da função quando descobriu por puro acaso que o médico tiraria um ano de licença para viajar e fazer um curso de atualização na Índia, sua terra natal. Em vez de entregar a carta de demissão, Amala se oferecera para permanecer na clínica em regime de meio período e continuar cuidando dos interesses do médico durante sua ausência, inclusive de sua casa. Ressaltara a importância de permanecer à disposição da clientela com informações atualizadas, oferecendo-lhes as mais convincentes explicações sobre os benefícios que seriam acrescidos aos tratamentos em breve, além de continuar coordenando as sessões de ioga ministradas por Kyra, realizadas semanalmente no espaço.

O tolo e crédulo dr. Sameer deixara não apenas a clínica nas mãos de Amala, mas também a própria residência, tocado pela generosa oferta da recepcionista. Amala, em meio a palavras de amizade e gratidão, despedira-se dele com a promessa de que cuidaria de tudo como se fosse dela.

Bastou o médico dar as costas para Amala suspender as aulas de Kyra. Verdade fosse dita, Mohammed admitia que Amala não perdera tempo.

Se o dr. Sameer pudesse adivinhar...

Três meses haviam decorrido, no entanto, e entravam no quarto sem que Mohammed tivesse visto a cor do dinheiro. Sim, morava de graça na casa do dr. Sameer, com Amala e Patel, e representava o papel de motorista, mas a espera estava se prolongando e a farsa começava a lhe dar nos nervos.

Cansado de jogar sob as regras de Amala, Mohammed estudara um novo projeto e pretendia colocá-lo em prática. Ainda havia dúvidas a serem desfeitas, mas estava confiante nas próprias habilidades. Sem dizer nada a Amala ou a Patel, resolvera seguir e investigar as quatro senhoras, amigas da velha cliente com terror a germes, depois que descobrira que ela não era a única do grupo a contar com uma polpuda conta bancária. A ruiva alta era charmosa e atraente. Ele a seguira à imobiliária e a vira comprar uma casa de praia com um cheque. E daí que tivesse idade para ser sua mãe? Relacionamentos entre mulheres mais velhas e homens jovens tornavam-se mais e mais comuns, em particular na Califórnia, onde um homem podia garantir o aluguel de um mês com uma única noitada, desde que soubesse como agradar a companheira. E esse era um campo no qual tinha experiência. Era assim que pagava as contas quando não estava distribuindo drogas para Patel ou participando de outras atividades criminosas.

Mohammed encontrara a galinha dos ovos de ouro. Restava apenas atraí-la e ensiná-la a botar os ovos diretamente em seu colo.

— Por que quis vir ao Polo Lounge? — Amala perguntou, irritada, enquanto o garçom os conduzia a uma mesa discreta de canto. — Este lugar emana Hollywood por todos os poros. O que espera? Vislumbrar uma famosa atriz de cinema? Pensei que estivesse acima do brilho e do glamour que ofuscam os incautos. Você me decepcionou.

— Tenho minhas razões. Tente relaxar e fingir que gosta de minha companhia — Patel respondeu na defensiva. — Não pode ser sempre o centro das atenções. Há outros negócios que preciso levar em consideração, se é que pretendemos seguir com o plano até o fim. O romance com Ida não foi ideia minha, ou foi?

Amala jogou os cabelos escuros para trás.

— A sugestão partiu de Mohammed. Não queria envolver terceiros, se é que está lembrado. Teríamos conseguido tudo sem problemas se tivessem um pouco mais de paciência.

— É o que você diz. Mas está demorando muito. Até agora não vimos nada de concreto em termos de dinheiro. Não sei por quanto tempo mais aguentarei fingir que estou a fim daquela velha. É uma tola arrogante. Se fosse médico diplomado, a mandaria para um asilo.

O garçom aproximou-se naquele instante, interrompendo a discussão, retomada após ter se afastado com os pedidos.

— Você poderia ter recusado — Amala murmurou. — Ninguém o obriga a fazer sexo com ela todas as noites madrugada afora. Estou cansada de ouvi-la gemer e suspirar. É nojento.

Patel se divertiu com a informação.

— Ah, então tem ouvido atrás das paredes? Por que isso não me surpreende?

Amala o encarou com hostilidade.

— Como não ouvir? Não sou surda, e os quartos não são à prova de som.

Patel Yadav, falso dr. Benjamin Sameer, sorriu e respondeu em tom pausado, embora ríspido:

— Devia ter considerado essa possibilidade também, Amala. Posso me levantar e partir para outra a qualquer momento. Não tenho nada a perder. Você, em contrapartida, investiu mais de um ano de sua vida tentando seduzir um homem que não gosta de mulher e planeja roubar o dinheiro dele, além de ter conspirado contra sua identidade. Seu futuro, mais do que o meu, está em jogo. Se falhar, vai acabar em um quartinho tendo de dividir o espaço com os ratos. — Patel fez uma pausa, tomou um gole de água e ergueu uma sobrancelha. — A escolha é sua.

— Não disse nada sobre desistir. Você e Mohammed é que podem colocar tudo a perder com essa impaciência.

— Então pare de reclamar sobre minhas aventuras noturnas com a velha.

— Talvez pudesse pelo menos maneirar. Não posso falsificar receitas indefinidamente para que consiga prolongar seu desempenho noite após noite.

Patel, na verdade, sentia-se exausto com toda aquela atividade, mas jamais admitiria o fato a Amala.

Patel Yadav deixara seu país para viver nos Estados Unidos havia mais de trinta anos, abandonando os estudos no Instituto de Ciências Médicas All India, em Delhi. Cursava o último ano e fazia residência quando fora obrigado a desistir do curso, junto com um colega, por roubo de drogas. O chefe do departamento fora categórico: ou continuavam na faculdade e provavam que eram inocentes, ou alegavam motivos particulares para desistir do curso sem que ele registrasse a acusação. Os dois aceitaram a oferta. A punição na Índia para esse tipo de infração era brutal. Após um ano vagando pelo país e prestando serviços em hospitais de campanha dispostos a fazer vistas grossas ao fato de não terem completado a residência, mas cansado de lidar com a população carente e desesperada de sua terra natal, Patel embarcara rumo aos Estados Unidos em busca de um futuro mais promissor. Lamentavelmente, caíra no mesmo erro ao desembarcar na América. Por não se qualificar para o ingresso em programas governamentais, uma vez que havia entrado no país de modo ilegal, e sem condições de se matricular em nenhuma escola de medicina para dar sequência aos estudos, Patel vira a própria vida sob a mesma perspectiva em que deixara a Índia, ou seja, sem futuro.

Ao longo de trinta anos, Patel aplicara centenas de golpes, e produzira e vendera drogas a qualquer um que lhe pagasse. Não havia passado fome e levara uma vida até que razoável, mas nada que correspondesse aos sonhos que acalentara ao tomar a decisão de se mudar para o país das oportunidades. Com 67 anos, continuava a perseguir o pote de ouro no fim do arco-íris.

Conhecera Mohammed quinze anos antes ao tropeçar no garoto, com dezesseis anos na época, dormindo pelas ruas da zona oeste de Los Angeles. Patel o levara a seu apartamento e cuidara dele. Menino ainda, e já condenado à morte pelo vício do crack. Em troca, Patel lhe pedira apenas lealdade. De fato simpatizara com o garoto, que poderia ser o filho que nunca tivera. E, como acontece em muitas famílias entre pais e filhos, não foram poucas as vezes que os dois tiveram sérias divergências e romperam o relacionamento. Por algum tempo. A reconciliação ocorria depois, e as diferenças eram superadas. A amizade vencia sempre.

Patel era contra o tráfico infantil de drogas. A vida de Mohammed era prova desse grande mal. Pessoalmente, nunca fizera uso delas e raramente se permitia beber um trago. Mas, se o mercado existia, os usuários precisavam de um fornecedor. Com seus conhecimentos de medicina e prática laboratorial, garantia a qualidade de seus produtos. Embora o ajudasse na comercialização, Mohammed jurava que não tornara a fazer uso de drogas desde que Patel o resgatara. Até algum tempo antes, Patel acreditara em suas palavras. Agora, já não tinha tanta certeza.

Por mais que Mohammed negasse, Patel sabia que ele faria qualquer coisa que Amala lhe pedisse. Até mesmo partilhar um pouco de cocaína ou metanfetamina. Esse era o motivo de ter levado Amala a um restaurante onde não haveria chance de depararem com o rapaz. Patel queria falar com ela a sós.

— Volto a lembrar que a ideia não foi minha. Só estou fazendo isso por você e Mohammed — Patel mentiu. Afinal, também receberia parte dos lucros, e Ida não era de jogar fora. Ao menos na cama, era tão vibrante quanto uma garota de dezoito anos, e gostava de se exibir em trajes íntimos. Ele aproveitava para observá-la quando estava distraída. Certa de que o companheiro não estava olhando, Ida massageava a região lombar e alongava o pescoço em movimentos circulares, como estivesse rígida e dolorida. Divertia-lhe o pensamento de que o tributo das noites de sexo selvagem estava pesando também para ela.

— Não queria extorquir aquela velha senhora. O doutor Sameer tem dinheiro suficiente. Somando a fortuna dela com a das amigas, o montante deve ser irrisório em comparação ao patrimônio dele. Não faço parte desse golpe. Isso é assunto seu e de Mohammed — queixou-se Amala.

— Quer dizer que não entrará na divisão mesmo que uma grande quantia seja arrecadada? — provocou Patel.

Amala moveu a cabeça de um lado para outro.

— Você é um velho idiota, Patel.

O garçom retornou com os pratos antes que Patel pudesse responder: uma salada para Amala e um enorme hambúrguer grelhado para ele. Perguntou se estava tudo em ordem e eles garantiram que sim. Ao ficarem de novo a sós, Patel olhou para os lados a fim de se certificar de que não havia ninguém por perto que pudesse ouvi-lo.

— Não, Amala, a idiota é você, por se julgar mais esperta que eu. — Patel reclinou-se sobre a mesa e baixou o tom de voz. — Não vou tolerar que insista para Mohammed se drogar com você. Ele perde o controle ao menor vestígio de cocaína no corpo. Tenha isso em mente da próxima vez que for lhe oferecer alguma droga: ele fala. Você não percebe porque também está fora de si. Seus planos de se apoderar da fortuna do doutor Sameer irão por água abaixo se Mohammed der com a língua nos dentes por aí. Se não consegue resistir ao vício, ao menos se drogue sozinha. — Patel passou o olhar pelas outras mesas. Ao deparar com a dupla que acabava de chegar, seu coração quase parou. — Não olhe agora, mas as amigas de Ida estão aqui.

— Qual o problema?

— Não quero que nos vejam juntos.

Amala deu uma garfada na salada.

— Por quê? O que há de errado em um pai sair com a filha para jantar?

Patel suspirou.

— Nada, eu acho. Mas não faça nada que atraia atenção. Se nos virem, finja surpresa, depois me convide para ir embora porque está atrasada para um compromisso. Não quero ter de falar com elas sequer um segundo a mais do que o necessário. Limite-se a comer e a manter os olhos focados em mim.

— Às ordens, chefe. Não ousaria envergonhar um velho e bom doutor.

— Não seja infantil. Procure desviar sua raiva para outra coisa ou outra pessoa. Não gosto de inimizades, mas os poucos inimigos que tenho sabem o que significa se tornar alvo de minha ira — avisou Patel, antes de abocanhar o suculento hambúrguer malpassado, conforme solicitara ao garçom.

Aparentemente, Amala decidira levar a ameaça a sério. Atacou a salada como se fosse sua última refeição. Não levantou os olhos do prato sequer para lançar uma olhadela a Patel a fim de comprovar se ainda a encarava. Se o tivesse feito, veria que continuava com o olhar cravado nela. No único instante em que o desviou, contudo, avistou as duas mulheres caminhando em direção à sua mesa.

CAPÍTULO 9

— Doutor Sameer, como tem passado? Amala? — Toots estendeu a mão para cumprimentá-los, estranhando encontrar o terapeuta de Ida em seu restaurante favorito na cidade de Los Angeles. — Aproveitando este lindo fim de tarde após as consultas?

— Ah, senhorita Loudenberry, senhorita... Sophie. É um prazer revê-las! — Tal qual um perfeito cavalheiro, o falso dr. Sameer se levantou e inclinou ligeiramente a cabeça em saudação. — Estamos comemorando o trigésimo aniversário de Amala. Não foi possível vir antes, de fato. A agenda estava lotada.

— Parabéns, Amala! Acho fantástico que estejam comemorando este dia juntos. A maioria dos filhos na idade dela estaria se encontrando com os amigos — reconheceu Toots, para se arrepender logo em seguida diante da inesperada transformação no semblante de Amala. De sereno a hostil. A moça estaria jantando com o pai por imposição? Por senso de dever? Toots não soube como interpretar aquela expressão, mas compreendeu que seria preciso se afastar dali o quanto antes.

— Nossa mesa está pronta. Com licença, foi um prazer. Felicidades, Amala.

— Bom apetite! — exclamou o dr. Sameer antes de retornar ao assento.

— Obrigada — Amala replicou.

Toots se despediu da jovem com um meneio. Sophie já se dirigia à mesa previamente indicada pelo *maître*, e estava acomodada quando a amiga se reuniu a ela.

— Há algo de errado com Amala. Ela parecia furiosa com o pai. Gostaria de saber por quê. Um jantar no Polo Lounge não me parece um modo ruim de passar o aniversário. — Toots deu de ombros enquanto se acomodava diante de Sophie. — Talvez tenha me enganado.

O Polo Lounge era o melhor lugar para ver e ser vista em Hollywood. Toots fizera essa descoberta na primeira semana em Los Angeles. Localizado no centro de Beverly Hills, o famoso restaurante era cercado por uma grande extensão de terra recoberta de exuberante vegetação tropical, salpicada de flores que refletiam todas as cores do arco-íris. No canteiro central fora plantada uma pimenteira trazida do Brasil. Seus galhos projetavam uma agradável sombra sobre a mesa predileta de Toots. O chão de tijolos, as cadeiras de ferro fundido pintadas de branco com almofadas verde-escuras e as toalhas em xadrez verde e branco tornavam-se, a cada dia, mais familiares às duas amigas. Miguel, que já se acostumara à preferência das clientes, ofereceu um chá gelado antes de lhes entregar o cardápio.

— Senhorita Toots, senhorita Sophie. Achei que gostariam de algo para se refrescar em um dia quente como hoje.

Sophie sorveu alguns goles antes mesmo de responder.

— Acertou em cheio. Um chá para refrescar e algo mais forte, em seguida, para animar. Um Tom Collins, talvez? Ou você acha cedo, Toots?

— Levando em conta que já pilhamos o barzinho lá de casa antes, diria que estamos preparadas. Mas, como uma de nós terá de nos levar, e não vou permitir que encoste as mãos no meu volante, ficarei com o chá. Pode pedir o Tom Collins. Beba à vontade. Mas não se atreva a se embriagar, ou a mandarei de volta a Nova York com um chute no traseiro. Não se esqueça de que temos planos para depois do jantar. — Toots cutucou Sophie com o pé por baixo da mesa.

— Doeu! — Sophie se queixou.

Miguel permanecia ao lado, esperando que as duas mulheres escolhessem.

— Era para doer. Espero que fique uma marca. — Toots deu uma piscadela para Sophie e ofertou um sorriso a Miguel. — Chá para mim e dois drinques no máximo para ela. Recuso-me a escorá-la até o carro e a ser obrigada a matraquear pelo resto da noite para mantê-la acordada.

— Isso foi desnecessário, Toots. Não pretendia tomar mais de um. Você sabe que três é meu limite. Atualmente, ao menos. — Sophie se voltou para o garçom. — Um Tom Collins, por favor.

— É para já — respondeu ele, e desapareceu rapidamente, de modo que as amigas puderam prosseguir com a conversa.

— Estou preocupada, Sophie. Um pouco de álcool a mais e você sempre cai no sono. Precisa estar bem-disposta esta noite para montar o equipamento e gravar os sons e as imagens dos fantasmas. De minha parte, farei tudo a meu alcance para assegurar sua boa disposição. É minha sanidade mental, se não física, que está em jogo. O que Abby diria se soubesse que estou vendo espíritos?

Sophie tomou o último gole do chá.

— Nada. Abby não tem por hábito julgar as pessoas. Ao contrário da mãe, devo salientar.

— O que está querendo dizer com isso? — Toots indagou, inflamada.

Sophie levou o guardanapo de linho branco calmamente aos lábios, limpou-os e fez menção de tirar um cigarro do maço. Toots se mostrou ainda mais irritada.

— É proibido fumar em ambientes fechados, ou não se lembra? Acusou-me de julgar as pessoas. Por quê? Cite um exemplo.

— Não me ocorre nenhum no momento — Sophie admitiu após instantes de silenciosa reflexão. — Mas vivemos falando das pessoas e as julgando. Somos farinha do mesmo saco, Toots. Não adianta negar.

Um estrondo de gargalhadas fez Toots e Sophie se voltarem para a mesa ao lado e examinarem seus ocupantes. Uma garota ria de algo que a mãe, ou a irmã mais velha, estava dizendo. Toots se perguntou se as vizinhas teriam ouvido a conversa sobre os fantasmas. Se a situação fosse inversa, com certeza estaria pensando que a mulher não batia bem da cabeça. Mas o trio, ao que tudo indicava, estava apenas rindo e se divertindo; Toots não as flagrou olhando em direção à mesa delas uma única vez sequer.

Não bastasse estar vendo fantasmas, agora também beirava a paranoia.

Toots relanceou o olhar pela mesa do dr. Sameer. Vazia. Ele e Amala haviam saído sem que percebesse. Estranho. Não seria de esperar que viessem se despedir? Teria a ver com Amala? Ela parecia outra pessoa fora do consultório. Ou a recepcionista alegre e afável só estava mal-humorada pelo fato de ter chegado à casa dos trinta?

— Terra chamando, câmbio! — Sophie espalmou a mão direita e a sacudiu diante dos olhos da amiga.

— O que foi? — Toots pestanejou.

— Não ouviu nada do que lhe disse, ouviu?

Miguel retornou com o coquetel, adiando a resposta.

— Como não? — Toots protestou. — Você não parou de articular as mandíbulas desde que chegamos. E não somos farinhas do mesmo saco. Em absoluto. Também não julgo as pessoas. Só digo o que observo.

— Ah, e isso não é julgar? — Sophie rebateu. — A diferença entre nós é que você não assume que as regras foram feitas para todos.

— Estou faminta. Podemos pedir? Quero algo substancioso. Estou enjoada de comer só frutas e legumes que Mavis me obriga mandar goela abaixo. — Toots deu uma rápida olhada no cardápio e o colocou de lado ao ver Miguel se aproximando novamente.

— Dois hambúrgueres, ao ponto, com uma porção extra de queijo e de maionese, e batatas fritas. Ah, o molho separado. Faz séculos que não como algo decente.

— Mavis a exterminaria se estivesse aqui — Sophie observou, e lançou-lhe um sorriso travesso. — O mesmo para mim, Miguel.

O garçom anotou o pedido e se afastou.

— Que sorte a nossa ela não estar. Não vou aguentar por muito tempo que Mavis continue no comando da cozinha. Meu corpo não está acostumado a tanta fibra.

Sophie se pôs a rir.

— Somos umas filhas da mãe, não? A pobre Mavis daria tudo para poder saborear esses sanduíches com grande potencial para entupir artérias. Aconteça o que acontecer, não conte nada a ela sobre o banquete desta noite.

Toots sorveu mais um gole de chá.

— Como você disse, Mavis não precisa saber. Estou querendo levá-la para um banho de loja, mas ela insiste em que as roupas que compramos em Charleston ainda estão boas e que só precisa apertá-las. Deveria ser um pouco como ela.

— Mavis é uma mulher à moda antiga. Sempre gostou de costurar. Deixe que decida sobre o que fazer. Para ser franca, algumas roupas que ela reforma ficam ainda mais bonitas que os modelos originais. Mavis poderia se sair bem como estilista. Bem, preciso de um cigarro. Vou fumar lá fora enquanto você aguarda os pedidos.

— Esteja à vontade... — Toots revirou os olhos — ... com sua falta de educação.

Sophie se certificou de que não havia ninguém as observando e mostrou-lhe a língua.

— Como se me importasse! Fumarei um por você também!

A amiga se afastou antes que Toots tivesse tempo de retrucar. Seria agradável ficar sozinha com seus pensamentos por alguns instantes. O evento — ou melhor, a sessão fantasmagórica da noite anterior, porque *evento* era uma palavra que designava apenas funerais para Toots — a impressionara mais do que desejava admitir. Questionava-se sobre o que vira, ou acreditava ter visto. Um fantasma a teria visitado realmente? Mais de um? E se as figuras diáfanas tivessem sido meramente fruto de sua imaginação? Estaria perdendo o contato com a realidade? A visão poderia ser um sintoma inicial do mal de Alzheimer ou, talvez de um tumor cerebral? Ao mencionar tais possibilidades a Sophie, não estava brincando. Toots não soube decidir o que lhe parecia pior: apresentar sinais de demência ou ter comprado uma casa no valor de três milhões e oitocentos mil dólares e descobrir que teria de dividir o espaço com os antigos proprietários, que se recusavam a desocupá-la mesmo tendo partido deste mundo.

O caminho para se aprofundar nessas reflexões depressivas foi interrompido pela chegada de quatro imensos pratos.

— As senhoras certamente estão com excelente apetite hoje.

— Sim, estamos. Não sou de pedir uma saladinha e fingir que estou bem. Dê-me um generoso hambúrguer se quer me ver feliz.

Miguel colocou dois pratos diante de Toots e os outros dois do outro lado da mesa.

— Depois pode nos trazer o cardápio de sobremesas — Toots lembrou ao garçom, sentindo necessidade de algo doce para arrematar com capricho a suculenta refeição.

Sophie deslizou pela cadeira vazia e se acomodou.

— Adoro fumar. Não me importa que faça mal. Vivo dizendo a mim mesma que devo parar, mas por que me dar o trabalho? — Sophie olhou para os pratos com espanto. — Não conseguiremos comer nem a metade.

— Fale apenas por você — Toots anunciou, antes de dar a primeira mordida no sanduíche.

Sophie diminuiu o tom de voz como se estivesse prestes a fazer uma confidência:

— Ei! Adivinhe quem eu vi lá fora? — Sophie pegou uma batatinha e a mergulhou no catchup. Toots, impossibilitada de falar, deu um grunhido, incitando a amiga a prosseguir.

— É feio falar de boca cheia.

Toots engoliu antes mesmo de ter terminado de mastigar e se reclinou sobre a mesa, pensando em agarrar Sophie pela gola da blusa. Mas reconsiderou, aprumando-se na cadeira.

— Quem?

— Doutor Sameer e Amala. Eu os vi entrar em uma limusine. Quase caí de costas! Um médico com uma limusine? Será possível que seja dono de uma, ou apenas a alugou para homenagear a filha no dia de seu aniversário? Bem, ainda vai. Mas o que me espantou de verdade foi ver Amala se agarrando com o motorista. Minha nossa! Ela o beijou como se mal pudesse esperar para arrastá-lo ao banco traseiro. E com o pai sentado lá!

Toots tamborilou os dedos nos lábios em profunda reflexão.

— Estranho demais. A filha se agarrando com o motorista de uma limusine, no estacionamento de um restaurante, na presença do pai. Amala não parece ser do tipo que se relaciona com subalternos. A limusine deve ser do doutor Sameer. Ou o homem que a estava dirigindo era o proprietário, não o motorista. Assim que chegarmos, perguntarei a Ida.

— Se alguém sabe algo a respeito de Amala, e principalmente sobre o doutor Sameer, é Ida. Estou desconfiada de que ela está de caso com o médico. — Sophie ficou em silêncio para abocanhar um pedaço do hambúrguer. — Humm... Todos os alimentos deveriam ter esse sabor! Pobre Mavis.

Ocupada com a refeição, Toots só retomou a conversa depois de a fome ter sido saciada.

— Ida não pode ver um homem pela frente, Sophie. Ela gosta de todos, deseja todos. Mas o que a faz pensar que esteja envolvida com o doutor Sameer? Ela não o tem visto desde... — A expressão de Toots demonstrava temor. — Oh, céus, não estou conseguindo me lembrar quando Ida foi ao consultório pela última vez. Talvez esteja com Alzheimer, Sophie. Você tem notado algo estranho em mim?

— Caramba, Toots, tire essa besteira da cabeça! Não acho que esteja com Alzheimer nem se comportando de maneira estranha. Você *sempre* foi meio excêntrica. Só está se deixando influenciar por essa história de fantasmas. E eles não são necessariamente uma presença negativa. Sabe o que estou pensando? Quando voltarmos ao casarão, ligarei a filmadora, o gravador eletrônico de voz, e faremos uma sessão. Podemos chamar Ida e Mavis, e convidá-las para participar. Diremos que é uma espécie de jogo conhecido como brincadeira do copo. São necessárias mais de duas pessoas para formar uma corrente.

— Você acha que elas vão engolir?

— Por que não? Você não está cogitando contar a verdade, está?

— Não sei. O que acontece exatamente nessas sessões?

— Como quer que lhe responda? Já participei de algumas reuniões em minha cidade, mas nunca apareceu nenhum fantasma. Sessão é o nome que se dá a uma reunião de pessoas interessadas em estabelecer contato com o espírito de uma pessoa morta. Pode-se usar o tabuleiro Ouija como recurso, mas ouvi dizer que é perigoso. É parecido com a brincadeira do copo. O tabuleiro contém todas as letras do alfabeto, e as palavras sim e não. Os consulentes fazem as perguntas e o espírito responde. Alguns acreditam que esse instrumento abre portais para o desconhecido e permite o acesso de espíritos do mal.

Toots passou a atacar o segundo hambúrguer.

— Não acredito que estejamos discutindo uma insensatez como esta. Você tem certeza de que não estou ficando maluca?

— Se tivesse a menor dúvida, já teria ligado para a clínica do doutor Sameer e pedido que a atendesse sem demora.

— Primeiro teria de lhe torcer o pescoço. — Toots quase engasgou. — Não se atreva a marcar uma consulta com aquele médico em meu nome antes que eu fale com Abby a respeito dele. Quero que ela verifique se está registrado no Conselho Americano de Medicina e em outras sociedades do ramo.

— Não é um pouco tarde para isso? Você não disse que ele foi altamente recomendado por seu médico de Charleston? Não temos provas de que resolveu o problema de Ida em um estalar de dedos? — Sophie empurrou o prato e deixou o guardanapo sobre a mesa. — Vou pedir a sobremesa logo; daqui a pouco não vai caber mais.

Toots deu um sorriso, mas ainda mordeu mais um naco do hambúrguer antes de abandoná-lo. Como de praxe, os olhos tinham sido maiores que o estômago. Deveria ter pedido a sobremesa antes. Sorveu o último gole do chá gelado.

— Joe Pauley é um excelente médico. Estou sob os cuidados dele há mais de vinte anos. A respeito do doutor Sameer, ele pode ser ótimo profissional e ter acertado com Ida, mas não me sinto bem em sua presença. Tenho uma espécie de pressentimento, não sei explicar. — Toots apanhou na bolsa o batom cor pêssego intenso, sua favorita, e o reaplicou. — Mas também pode ser um caso de súbita paranoia de minha parte.

— Senhoras? — Miguel chegou com o cardápio de sobremesas. — Alguma bebida para acompanhar?

— Dois cafés com chantili e açúcar — respondeu Toots. — Bolo veludo vermelho para mim.

— Dois, por favor — completou Sophie, percebendo pelo olhar de Toots que a conversa sobre o dr. Sameer não estava encerrada.

— Da próxima vez que falar com Abby, pedirei que investigue as credenciais desse doutor Sameer. Talvez não seja o melhor momento, por ter assumido recentemente o novo cargo, mas sinto que esse assunto não pode esperar. Entre as reportagens que colocarão a *The Informer* em destaque em meio aos demais tabloides, tenho certeza de que minha filha dará um jeito de atender a meu pedido.

A entrevista com o casal Pitt/Jolie ainda era confidencial. Contudo, Toots decidiu partilhar o segredo com Sophie.

— Abby está voltando às reportagens? Mas não é agora a editora-chefe da revista?

— Sim, e sim de novo — Toots respondeu, certa de que Sophie ficaria tão empolgada quanto ela com a novidade. — Ao menos por agora. Abby recebeu um e-mail do empresário de Brad Pitt e Angelina Jolie oferecendo uma entrevista exclusiva do casal, com direito a fotos dos bebês!

— Sério? Quando?

— Hoje de manhã. E não é só isso.

— O que mais?

— Abby pediu a Ida que os fotografe.

— Ah-há! — Sophie exclamou com ar de quem desvendara o mistério. — Então é por isso que ficou tão preocupada, de repente, com as credenciais do doutor Sameer? Tinha certeza de que havia algo que não estava me dizendo.

— Provavelmente é exagero meu, mas essa entrevista pode ser um divisor de águas. Preciso proteger a revista e também Ida. Quero me assegurar de que minha identidade não será revelada. Detestaria que Ida desse com a língua nos dentes. Há muita coisa em risco sobre meus ombros. E, se estiver certa sobre Ida estar de caso com o médico, quem garante que não deixará escapar nosso segredo entre os delírios de um êxtase?

— Por que não perguntamos a ela diretamente se está ou não dormindo com o sujeito? — Sophie sugeriu, e aguardou enquanto Miguel servia os doces e o café. — Não vejo motivo algum para que Ida queira esconder a verdade.

— Eu concordaria, se fosse com qualquer outra pessoa. Não com Ida. Ela adora criar polêmica. Proponho começarmos a vigiá-la de perto. A partir desta noite. Depois da sessão.

— Tem certeza? Sobre a sessão, quero dizer.

— Que escolha eu tenho? Ou me livro dos intrusos, ou enlouqueço e dou adeus aos três milhões e oitocentos mil dólares.

— Então vamos pedir a conta e pôr mãos à obra.

Toots separou quatro cédulas de vinte, fez um sinal a Miguel e deixou o dinheiro sob o prato de sobremesa. Não havia tempo a perder.

— Vamos, ande logo. Não quero adiar nem mais uma providência. Do jeito que as coisas estão, meu próximo jantar fora de casa poderá ser em um hospício.

CAPÍTULO 10

— Ai, ai! — Mavis chacoalhou o dedo ao furá-lo pela terceira vez com a agulha. — Parece até que nunca costurei antes.

— Por que não aceita que eu ou Toots compre uma máquina para você? Tornaria seu trabalho muito mais fácil — Ida ofereceu, não pela primeira vez.

— Tenho uma lá em casa. Não há necessidade de gastar com algo que já possuo. Além disso, gosto de costurar manualmente. Exercito meus dedos e minha coordenação.

Ida se dirigia a seus aposentos com planos de mergulhar em uma banheira de água quente, quando Mavis lhe pedira auxílio. Sem querer parecer indelicada, Ida atendera ao pedido, sem ter a menor noção do que a esperava. Agora, de pé, no meio da cozinha, posando de manequim, com um corte de tecido azul-escuro acinzentado pendurado ao redor do corpo, arrependia-se de ter dito sim. Os tornozelos doíam e os músculos do pescoço e das costas clamavam por alívio em meio ao perfume das águas tépidas e cremosas repletas de espuma. Mas a boa e querida Mavis nunca pedia nada, e, quando o fazia, era quase impossível dizer não. Por isso, ali estava Ida, imóvel como uma estátua contra o cenário rosa e roxo, enquanto Mavis montava as peças da nova criação. Estava na ponta da língua de Ida dizer que o número era 44, mas faltava-lhe coragem. Por mais que tivesse emagrecido, Mavis não chegara ao número dela, e ainda estava longe de alcançá-lo. A menos que perdesse mais quinze quilos. Entretanto, como qualquer observação nesse sentido magoaria a amiga, Ida se conformou em continuar com os braços erguidos como se fosse o Homem de Lata em *O Mágico de Oz*, à espera de um coração. No caso de Ida, de um banho de imersão.

Mavis pediu que Ida se movesse para o lado pela décima vez.

— Só mais um pequeno acerto aqui, e termino — Mavis prometeu entre dentes, tentando não movimentar os lábios que seguravam uma fileira de alfinetes com pontas coloridas.

Ida se perguntava como Mavis faria para tirar aquele projeto de vestido do corpo sem perfurá-la com os alfinetes, mas guardou a preocupação consigo. Mavis era *expert* em costura e não comprometeria a integridade da pele de uma grande amiga. Mais especificamente, de uma modelo. Mavis era um amor de pessoa. Boa, carinhosa, sem nenhuma gota de veneno no sangue que a levasse a falar ou pensar mal de alguém. Ida desejava ser como Mavis nesse aspecto, mas não era.

Ida admitia ser má e rancorosa com relação às três melhores amigas. Com o tempo tivera de aceitar o fato de que não conseguia mudar. As três pareciam aceitá-la da maneira que era. Após cinquenta anos, nenhuma se afastara. E, embora não fosse do tipo que alardeasse sentimentos, Ida também gostava de todas elas. Por qual outra razão concordaria em ficar de pé, plantada no meio de uma cozinha, aguardando que Mavis a virasse de um lado para outro como um manequim de vitrine e a cutucasse com uma penca de alfinetes? Amigos fazem essas coisas, era o que Ida vivia dizendo a si mesma. O relógio acima do fogão marcava uma hora desde que o suplício começara. Se Mavis não se desse logo por satisfeita, Ida teria de usar de franqueza e encerrar a prova.

Precisava fazer xixi.

Mavis a segurou pela mão e a fez dar a derradeira volta, examinando-a de cima a baixo.

— Agora sim está perfeito! Levante os braços. — Mavis segurou o tecido e o ergueu gentilmente por cima da cabeça de Ida. Os alfinetes sequer roçaram-lhe a pele.

— Não sei como consegue, mas você me conta depois. Minha bexiga está para explodir. — Ida correu ao banheiro do térreo e, ao retornar, Mavis estava com a tábua de passar montada, alisando o tecido com o ferro.

— Você costuma passar a roupa antes de terminar de costurá-la? — Ida indagou, boquiaberta. — Não é pura perda de tempo?

— É preciso achatar as costuras para facilitar a montagem. Passar roupa não me incomoda. Costumava reservar as tardes de domingo para passar as camisas de Herbert. Não é um serviço pesado.

Ida observava o ferro deslizando sobre o tecido, contornando os alfinetes, como se estivesse hipnotizada. Pestanejou.

— Bem, então, se não precisa mais de mim, vou subir e... telefonar para meu corretor.

Ida ainda não se afastara dois passos e Mavis tornou a chamá-la.

— Eu a vi esta manhã.

— De que está falando? — Ida precisou engolir em seco. A pergunta fora uma mera tentativa de ganhar tempo.

— Vi você descer de uma limusine.

E agora? Como sairia dessa?

Temporariamente muda e incapaz de raciocinar, Ida tinha a impressão de que seus pés criavam raízes.

— Eu...

— Você não me deve nenhuma explicação — Mavis a interrompeu. — Só me diga se está feliz e se sabe o que está fazendo.

Ida ponderou o que devia ou não revelar. Era uma mulher adulta e não apreciava ter de se encontrar com um homem às escondidas. Falaria com Sammy na primeira oportunidade. Estava na hora de aquela situação acabar. Eram livres e desimpedidos. Não havia razões para manterem segredo sobre o que sentiam um pelo outro. Como se lhe tirassem um peso dos ombros, Ida recuperou a voz.

— Tenho saído com alguém.

Um sorriso estampou-se no rosto de Mavis sem que parasse de alisar o tecido.

— Foi o que deduzi.

— Não pensou nada de mal sobre mim, não é?

Mavis apoiou a parte traseira do ferro sobre a tábua e o desligou da tomada.

— Claro que não! Por que pensaria mal de você? Acho ótimo que tenha encontrado alguém.

— Não sabia como contar. Toots e Sophie vivem me azucrinando. Acham que não consigo viver sem um homem, mas não é verdade. — Ida hesitou e um sorriso escapou de seus lábios. Nunca fora atrás de nenhuma companhia. Atraía os homens sem fazer nenhum esforço. — São eles que não conseguem viver sem mim!

Mavis reclinou a cabeça e fitou Ida como se tivessem voltado à juventude.

— Vou lhe contar um segredo: também conheci alguém. Ele se chama George e tem um *dachshund* chamado Albert.

Foram palavras mágicas. Ida esqueceu-se do banho e deu a Mavis um sorriso luminoso vindo do coração. Tudo o mais perdia importância quando o assunto em pauta eram os homens e o amor.

— Largue isso e vamos nos sentar no deque para que me conte.

Mavis parecia, de repente, uma garota intrépida.

— Fiz uma jarra de limonada. Vou pegá-la na geladeira. Oh, estou ansiosa por apresentá-lo a vocês!

— Vou ajudá-la na cozinha.

— Não, não. Prefiro que limpe as cadeiras, que devem estar cheias de areia. — Mavis pegou uma esponja e a umedeceu. — Você não se importa?

Ida estendeu a mão.

— Estou curada. Juro. Alguns grãos de areia não me incomodam mais. Graças ao doutor Sameer. Não sei o que teria sido de mim se não fosse ele.

Mavis tirou a limonada e uma bandeja de gelo da geladeira e apanhou dois copos altos no armário.

— Venha. Quero que me conte tudo sobre seu novo amor.

Lá fora, no deque, Mavis despejou a limonada nos copos antes de se sentar.

— Como conheceu George? — Ida indagou com entusiasmo.

— Na praia. Coco viu Albert e foi amor à primeira vista. Ela nunca se mostrou tão interessada antes por um cachorro. Albert se recusou a continuar andando quando a viu. Acho que foi amor à primeira vista para ele também. George e eu começamos a conversar, e uma coisa levou à outra. Temos nos encontrado na praia todas as manhãs nas últimas duas semanas. Combinamos de sair para jantar assim que encontrarmos alguém que possa cuidar de Coco e de Albert por algumas horas. George não tem coragem de deixar Albert com qualquer um. Eu o compreendo perfeitamente. Ofereci-me para pedir que Toots ou Sophie cuidassem dele e de Coco para nós, mas ele recusou. George quer conhecê-las antes de lhes confiar seu cãozinho de estimação. Se Albert não as estranhar, sairemos juntos pela primeira vez em um encontro oficial.

Ida não se recordava de outra ocasião em que Mavis tivesse se mostrado tão animada como naquele momento. Os olhos faiscavam e sua pele estava viçosa como se tivesse acabado de fazer um tratamento caríssimo em uma daquelas famosas clínicas de estética de Manhattan. Ah, o amor! Mavis estava apaixonada.

— Eu cuido dos cachorros, Mavis. Você não precisa pedir a Toots nem a Sophie. — Ida se ofereceu na certeza de que a sugestão não seria aceita. Coco a detestava. Albert certamente também a odiaria. Os cachorros em geral antipatizavam com ela.

— Agradeço, mas ela está mais acostumada com Toots. Não é que Coco não goste de você; é que Toots, talvez, tenha mais jeito para lidar com cães. Acho que é isso.

Um tanto contrariada, sem saber exatamente por que, Ida aquiesceu.

— Bem, quero que saiba que pode contar comigo sempre que precisar. Mas me fale mais sobre George. Como ele é? Alto? Moreno? Bonito?

— Sim, tudo isso, e também viúvo e amável. Ah, adora animais.

— Parece ser uma ótima pessoa. — Assim como Mavis, Ida pensou.

— Ele é dono de uma rede de lavanderias e não planeja se aposentar tão cedo. Viaja muito. Nunca foi ao Maine. Perguntei se iria até lá no futuro para me fazer uma visita, e ele não respondeu. Por que será? O clima não o atrai, ou talvez o povo de lá?

Ida quase caiu da cadeira. Mavis continuava ingênua apesar da idade. Ida teria de lhe ensinar algumas coisinhas a respeito dos homens. Talvez devesse escrever uma coluna de aconselhamento ou montar uma agência de encontros; experiência não lhe faltava. E seria algo útil em que empregar o tempo livre. Ou, talvez, devesse aproveitá-lo melhor tirando fotos e fazendo tudo aquilo que tivesse vontade. Já lhe ocorrera antes a possibilidade de retomar a carreira de fotógrafa, mas, até receber o convite para retratar os filhos de Brad Pitt e Angelina Jolie, Ida não pensara concretamente em levar a ideia adiante. O momento pedia reflexão. Um estudo de novas perspectivas com a mente e o coração abertos, sem se prender à vida amorosa. Não era incapaz de viver sem um homem.

— Você está bem, querida? — Mavis a trouxe de volta ao presente.

— Oh, sim. — Ida anuiu. — Estava apenas pensando com meus botões. Não concordo com o que disse sobre George talvez não simpatizar com os habitantes do Maine. O clima de lá também não tem nada a ver. Honestamente, acho mais provável que não tenha respondido pelo fato de não ter ouvido sua pergunta. — Mavis falava muito baixo. A própria Ida algumas vezes era obrigada a pedir que a amiga repetisse as palavras.

— É mesmo? Agora que mencionou, é bastante possível. Ele costuma chegar mais perto de mim quando estamos conversando. Preciso me lembrar de falar mais alto da próxima vez que nos encontrarmos. O que me aconselha a fazer?

— Convide George e Albert para jantarem conosco. Toots não se importaria e você poderia preparar aquele peixe que eu adoro. É claro que também podemos comprar tudo pronto, se não estiver a fim de cozinhar. Seria uma boa maneira de nos conhecermos e de George decidir se Toots e Sophie têm condições de cuidar de Albert para vocês saírem.

Mavis uniu as mãos em um gesto de euforia.

— É uma ideia maravilhosa! Por que não pensei nisso antes? Falarei hoje mesmo com Toots. Ela tem sido formidável comigo e detestaria que pensasse que estou abusando de sua generosidade. Talvez deva esperar até que as obras terminem. São tantas as preocupações. Toots talvez não se sinta bem recebendo um estranho em sua casa.

Ida tomou um gole da limonada.

— Duvido que Toots fosse querer que esperasse até a reforma da casa estar pronta para convidá-lo, mas concordo que deva lhe contar sobre George antes de qualquer coisa. Toots é a calma em pessoa, mas pode se tornar uma fera em determinadas situações. — Ida não deveria estar falando assim pelas costas da amiga, mas não era mentira. Toots era tão temperamental quanto ela própria. Por isso as duas viviam brigando como cão e gato. Eram parecidas, embora Toots jamais fosse admitir. Como diz o ditado: "Só dois iguais para se reconhecerem".

— Ela acabou de perder o marido — Mavis tentou justificar. — É natural que apresente oscilações de humor. Eu custei muito a me recuperar da morte de Herbert. Passaram-se quinze anos e ainda sinto a falta dele. — O olhar de Mavis se perdeu saudosamente nas águas do Pacífico.

— Ela teve oito maridos. Luto tornou-se parte de sua rotina. A própria Toots me confessou que os funerais se tornaram eventos em sua vida. Não. Não acredito que a melancolia de Toots possa ser atribuída ao luto.

— Bem, não estou interessada em analisar o estado de humor em que Toots se encontra no momento. Ela é minha melhor amiga. — Mavis se deteve ao perceber que dera um tremendo fora. — Assim como você e Sophie, claro. Amo todas vocês.

— Oh, Mavis, você é especial demais para viver apenas em companhia de três velhas que só fazem se queixar umas das outras. Deveria procurar pessoas mais parecidas com você.

— E que tipo de pessoas seriam?

Ida sacudiu as roupas para tirar a areia.

— Pessoas cordatas que não impliquem com tudo o tempo todo.

Mavis achou graça.

— Não mudaria nada em você, por isso pode parar com essa conversa. Ainda não me contou a respeito do tal homem misterioso que tem visitado todas as noites nas últimas semanas. Quero saber tudo sobre ele.

Ida prendeu a respiração. Não havia mais como evitar o inevitável.

CAPÍTULO 11

A lista de e-mails fora consultada no mínimo dez vezes desde que Abby respondera à mensagem do empresário do casal. Nada. A essa altura, supunha que já devesse ter tomado conhecimento de seu parecer e dado prosseguimento à negociação. E-mails eram praticamente instantâneos. Se o tal sujeito queria agendar uma entrevista, o segundo passo, depois do convite, seria checar a caixa de correspondência para que o processo não ficasse estagnado. Abby consultou de novo o relógio de pulso e praguejou consigo mesma ao descobrir que haviam se passado apenas quatro minutos desde a última verificação. Chester dormia placidamente sobre a Barcalounger, enrolado como uma bola. Cachorros! Conseguiam dormir em qualquer lugar. Quase como os homens.

Homens! Não queria pensar nos seres do outro sexo porque um simples pensamento desse tipo remeteria a Chris Clay. E Chris Clay não era alguém que desejava em meio a suas reflexões. Não depois de ter visto a cara dele impressa na capa da revista *People* ao lado daquela fulaninha desprezível, a celebridade do momento. Os homens eram uns imbecis. Faziam promessas que não podiam, ou não desejavam, cumprir, diferente das mulheres, que sempre as levavam a sério. Ela era assim.

Nunca se esqueceria do encontro que tivera com Chris pouco antes do incêndio na revista. Tinham ido ao Pink's, lanchonete famosa pelos cachorros-quentes e pela presença de artistas, que a elegiam para fazer um lanche rápido. Comera três cachorros-quentes. Ele lhe beijara os dedos. Lentamente. Um de cada vez. Abby entrevira uma declaração por trás daquele gesto. Uma declaração silenciosa. O momento terminara, contudo, tão rápido quanto os sanduíches.

Na manhã seguinte, antes de o sol nascer, Abby telefonara para Chris a fim de lhe pedir um favor. Ele dissera não sem titubear. Não tentara sequer inventar uma desculpa. Ela desligara e passara a evitá-lo desde então. Não vinha ao caso que Chris tivesse dito que gostava dela. Que gostava dela *de verdade*. Seu erro fora acreditar nele. Para todos os efeitos, Chris era seu irmão de criação. Abby tinha catorze anos e Chris, dezoito quando a mãe dela e o pai dele haviam se casado, e, ainda agora, aos 28, não conseguia parar de pensar nele. Que azar o dela!

O computador avisou, com o toque característico, que um novo e-mail entrara na caixa postal. Torcia para que fosse do empresário. Abby clicou na caixa de entrada e encontrou um anúncio da Victoria's Secret. Droga! Onde usaria um conjunto sexy de calcinha e sutiã? Sem ninguém para apreciá-lo, exceto ela mesma? Definitivamente, não tinha disposição para ver novidades de lingerie. Nem necessidade. Sua vida amorosa andava em marcha lenta havia tanto tempo que seria preciso mais que acessórios provocativos para despertá-la da letargia. Não tinha ninguém em vista; não se sentia atraída por nenhum homem exceto Chris. Mas ele arruinara toda e qualquer chance de se entenderem quando lhe recusara sumariamente aconselhamento legal, com a alegação de que se tornara advogado da mãe dela. Abby acreditara nas palavras dele. Nem perguntara a Toots para obter a confirmação. Mas, ainda assim, ele bem que podia ter se oferecido para ajudá-la. Conflito de interesses, Chris alegara. Conflito de interesses uma pinoia, Abby pensou.

Chester se levantou e se espreguiçou languidamente antes de saltar da poltrona favorita.

— Quer dar uma volta na rua, aposto. — Abby pegou a guia sobre o encosto da poltrona, prendeu-a na coleira, apanhou o molho de chaves e se dirigiu à porta em cumprimento ao ritual vespertino diário.

Chegando ao estacionamento, também como de costume, Abby removeu a guia para que Chester pudesse correr e fazer as necessidades entre os arbustos. Rag teria mandado cortar sua cabeça se soubesse que ela soltava o animal. Dera ordens expressas para que mantivesse Chester sempre preso à coleira, lembrando-a de que poderiam ser processados caso o animal de repente resolvesse morder um funcionário ou, que Deus nunca o permitisse, um anunciante. Pena que Chester nunca tivesse dado uma mordida naquele filho da mãe. Teria sido bem feito pela confusão que seu desaparecimento causara. Abby acalentava grandes esperanças de que um dia Rag fosse encontrado. Até lá, havia assuntos mais importantes com que se preocupar.

A entrevista Jolie/Pitt colocaria a *The Informer* no ranking das revistas mais vendidas do mês, superando *The Enquirer* e *The Globe*. As concorrentes aceitariam ter pago uma fortuna pela entrevista. Abby, ou melhor, a *The Informer* pagaria uma fortuna por qualquer grande entrevista, *se* tivesse dinheiro para isso. Porém, em um grande lance do destino, não teriam de gastar nada.

O embrião de um projeto começou a se formar na mente de Abby. E se divulgasse a notícia antes que a entrevista se concretizasse? E se insinuasse sutilmente que em breve a *The Informer* publicaria uma megaentrevista com exclusividade? Por que não? Os leitores ficariam curiosos, e as vendas aumentariam. O suspense se disseminaria. Logo todos estariam se apinhando em bancas de rua, supermercados e aeroportos, estações rodoviárias e ferroviárias, lojas de departamentos e de descontos, para garantir o exemplar com a entrevista e as fotos. Sim, poderia fazer algo do gênero. A entrevista propriamente dita não se realizaria antes de duas ou três semanas, tempo suficiente para que escrevesse e mandasse imprimir uma mensagem publicitária estratégica. Cuidaria pessoalmente do texto. Precisaria da aprovação dos novos proprietários, é claro, mas, como por certo eram empresários de visão, concordariam sem relutância. Mas a única maneira de contatá-los, da mesma maneira que ocorrera com o empresário do casal, era via e-mail.

— Venha, Chester. Tenho de trabalhar.

Bastou ouvir seu nome para o pastor-alemão correr para perto de Abby. Ela se abaixou, afagando-o, e lhe fez um carinho nas orelhas e no focinho. Em retribuição, ganhou vários beijos caninos.

— Você é um menino esperto, sabia? Acho que é muito mais esperto do que o senhor Chris Clay, aquela anta.

Um latido.

— Concorda comigo, não? Falei que era esperto.

De volta à sala, Abby trocou a água do pote de Chester, tirou uma lata de Coca-Cola do frigobar e se sentou atrás da escrivaninha para fazer um rascunho do e-mail que enviaria à LAT Enterprise, sua empregadora desconhecida. Como deveria se referir a ela? Abby clicou em "nova mensagem" e se decidiu pelo básico:

Prezada LAT Enterprise:
 Recebi um e-mail, na data de ontem, do empresário do casal Pitt/Jolie oferecendo uma entrevista à *The Informer* com exclusividade e solicitando que se incluam fotos dos bebês. Até este momento, ainda não foi agendada uma data exata para o evento. Calculo qu serão necessárias duas ou três semanas até que todos os detalhes sejam discutidos e acertados. Acredito que as vendas dispararam se provocássemos a curiosidade do público com mensagens enigmáticas construídas deliberadamente para criar um clima de mistério sobre os famosos que estaremos entrevistando. Como editora-chefe da *The Informer*, assumirei total responsabilidade pela redação da matéria e condução da entrevista.
Solicito sua autorização para dar início imediato ao projeto.
Respeitosamente,

               Abby Simpson
               Editora-chefe

A mensagem foi lida duas vezes antes de ser enviada. Simples e objetiva. Direto ao ponto. Não dava para saber se os proprietários da revista acatariam a ideia, mas que a informação chegaria ao responsável pelo andamento da revista, disso Abby tinha certeza. Se fossem espertos, cairiam sobre essa grande oportunidade como abelhas em um pote de mel. O sucesso da entrevista poderia multiplicar a tiragem, conquistando novos leitores e garantindo a satisfação dos assinantes regulares.

Abby verificou os novos e-mails na esperança de encontrar uma resposta do empresário, mas, até aquele instante, nada, nadinha! Droga. Quando aquele sujeito iria responder ao bendito e-mail, Abby resmungou ao digitar respostas curtas e sucintas às três colunas que cobriam o almoço da Revlon no evento A Mulher do Ano, nada mais que um encontro de velhos atores desempregados competindo entre si por uma chance de serem vistos e lembrados por produtores e diretores. Mas, como nunca se sabe quando a sorte pode bater à porta, Abby orientara Elizabeth, uma das repórteres, para que se escondesse no toalete feminino e ligasse as antenas no caso de ouvir uma notícia digna de ser espalhada ao vento pelas páginas de um tabloide.

Abby detestava descer tão baixo, mas esse método se tornara lugar-comum atualmente no âmbito dos negócios, tanto que era quase impossível desprezar o menor dos mais insignificantes rumores. Os artistas mantinham certa precaução contra a mídia, embora o caso mudasse de figura cada vez que queriam ver os nomes em manchetes, quanto então se dispunham a comer na mão de repórteres e jornalistas. Lamentavelmente, parecia que a mão de repórteres da *The Informer* sempre tinham de se contentar com o fim da fila.

Respondidos os e-mails pendentes, Abby desligou o computador, cobriu o teclado com a capa plástica protetora, pendurou a bolsa no ombro e colocou a alça da guia de Chester ao redor do pulso.

— Hora de ir para casa, garoto! Quem sabe teremos novidades à noite?

Chester saltou da poltrona e seguiu a dona porta afora, através do amplo hall, em direção à saída dos fundos. Entrando no mini-Cooper, Abby afivelou o cinto de segurança em Chester antes de ajustar o dela. Prometera dar um filé ao cão na hora do jantar, e promessa era dívida. Faria uma rápida parada no Ralph's. Precisava de uma refeição saudável. Fazia semanas que se alimentava de pratos prontos trazidos por motoboys. Desde o sumiço de Rag, que a obrigara a assumir o controle da *The Informer* da noite para o dia, mais a mudança para o novo escritório, sem mencionar a dedicação aos projetos de remodelação até altas horas, não lhe sobrara tempo para ir ao supermercado, quanto mais para cozinhar. Como diria sua mãe, para isso existiam os restaurantes. Concordava inteiramente. Mas, no momento, estava de fast-food até os olhos.

Por 45 minutos, Abby enfrentou o famoso trânsito caótico de Los Angeles, desviando aqui e ali de congestionamentos até conseguir enfim chegar a Brentwood, onde morava, a poucos minutos de uma das filiais do supermercado Ralph's.

— Você terá de esperar no carro, Chester, mas será recompensado com um belo bife, conforme prometi.

Antes de sair, Abby desceu o vidro das janelas o suficiente para o ar entrar, mas não o bastante para que Chester pulasse e corresse atrás dela.

Uma deliciosa rajada de ar-condicionado a envolveu ao entrar no mercado. Dirigiu-se ao depósito de carrinhos e estava se abaixando para apanhar uma cesta, quando a mão colidiu com outra, grande e masculina.

— Não está vendo...?

— Ei, se não é minha repórter favorita, Abby Simpson! Não me diga que veio às compras porque decidiu cozinhar esta noite?

O primeiro impulso de Abby foi virar as costas e sair dali o mais depressa possível; o segundo foi esbofetear Chris; mas o terceiro, aquele que descrevia sua atitude até o momento, foi manter a calma. Era uma mulher adulta e capaz de lidar com situações imprevisíveis.

— Faço-lhe a mesma pergunta. Resolveu preparar o jantar para uma das jovens aspirantes a estrela de Hollywood? Afinal, sonhos e fantasias não enchem a barriga de ninguém. — Abby puxou a cesta da mão de Chris, pegando-o desprevenido.

— O humor está em baixa esta noite, não? Imagino que esteja proporcional às novidades na revista.

Abby decidiu se afastar sem responder. Estava naquele mercado para comprar frutas, verduras e um bife para Chester. Em seguida iria para casa e prepararia o jantar deles. Tudo corria às maravilhas. Até que Chris a lembrara do que ele pensava a respeito de sua profissão. E o fizera de propósito, só para irritá-la. Porque conhecia qual era a reação de Abby cada vez que o tema era abordado.

Dera-lhe as costas, mas resolveu se virar novamente e encará-lo. Segurava as alças da cesta com tanta força, que os nós dos dedos ficaram brancos.

— O que quer de mim? Está me seguindo? — Por que disse aquilo? Era evidente que Chris não a estava seguindo. Por que faria isso? Ele tinha seu endereço. Que burrice! Que estupidez!

Chris riu e moveu a cabeça em um gesto negativo.

— Não, Abs, não estou seguindo você. Acontece que é aqui que venho para comprar meu sorvete favorito de menta com raspas de chocolate. Não sei cozinhar, ou já se esqueceu?

Abby se sentiu uma boba, parada ali, olhando-o. Mas tinha de admitir que Chris era mesmo lindo de se olhar. Jeans desbotado com rasgos nos lugares certos, camiseta preta justa realçando o peito largo e a cintura estreita. Baixou os olhos e focalizou os pés dele. Quando deparou com os tênis de um laranja berrante, precisou reprimir uma gargalhada, embora não contivesse um pequeno sorriso. Que falta de gosto!

— Foi bom ver você, Chris. Boa noite. — Abby se virou e desta vez realmente se afastou, avaliando-se com uma nota cinco. Que ficasse observando seu traseiro, pensou. Talvez percebesse por fim o que estava perdendo.

Oh, céus, de onde viera esse pensamento? Não era mulher de dar importância às aparências. Várias pessoas haviam sugerido a Abby que seguisse carreira no cinema. A resposta era invariável: "Pena que não tenho talento". E a conversa se encerrava. Abby tinha consciência de que beleza era um fator relevante para a indústria cinematográfica, mas não contava nada na área em que trabalhava.

Para não deixar Chester esperando por tempo demais no carro, Abby fez as compras o mais rápido que pôde e se dirigiu a um dos caixas. Estava terminando de depositar os produtos sobre o balcão quando constatou que a sorte não estava a seu lado. Chris acabava de entrar na fila.

Abby estava com tanta pressa, que não prestara muita atenção às embalagens que apanhara nas prateleiras. Ao observar Chris, reparou que ele acompanhava com o olhar a moça do caixa enquanto deslizava os produtos pelo balcão, registrando os respectivos preços. Um bife de costela. Salsichas. Pão para cachorro-quente. Mostarda. Batatas chips sabor cebola. Iogurte. Bolacha recheada de cereja. O que estava pensando ao pegar tudo aquilo? Bem, não estava pensando. Seu subconsciente escolhera aqueles itens porque Chris estava na loja. Agora era cruzar os dedos para que ele não percebesse.

— Deveria ter me contado que estava com desejo de comer cachorro-quente. Poderíamos ter ido ao Pink's.

Abby quis avançar sobre ele, mas se conteve.

— Obrigada, mas as salsichas são para Chester. Ele adora cachorro-quente com mostarda e picles. Tenho um vidro na geladeira. — A resposta foi bruscamente cortada. Abby sempre incorria no mesmo erro. Chamava-o de IED: informação em demasia.

A moça do caixa finalizou a conta. Abby introduziu o cartão de débito na máquina e olhou furtivamente para Chris, rezando para que não a visse digitar sua senha. Como a observava com atenção, Abby hesitou. Maldição! A operação seria cancelada se não se apressasse. Sem alternativa, digitou o número — o aniversário de Chris. Agora só lhe restava torcer para que ele não tivesse decifrado o código. Mil vezes droga, se tivesse feito.

— Eu sei — Chris respondeu com naturalidade, e depositou dois potes de sorvete de menta com raspas de chocolate sobre o balcão.

Abby sentiu o rosto em brasas, o que a enfureceu. Por que se comportava de maneira tão estúpida quando Chris estava presente? Afinal, ele era como um irmão. Na verdade, não. Beijara-lhe a ponta dos dedos, um de cada vez, após terem terminado de comer o cachorro-quente naquele dia no Pink's. Detestava os sentimentos que aquela lembrança evocava. Não queria envolvimento com Chris Clay. De jeito nenhum. Ele destruía corações, e era advogado de sua mãe. Não queria nem pensar nas dezenas de estrelas que levava aos lugares mais badalados de Hollywood. Os dois eram como aquelas portas estilo saloon: um lado para dentro, outro para fora. Tudo que se relacionava a ele emanava a mensagem de que era preciso manter distância.

De posse das duas sacolas plásticas que continham as compras, Abby seguiu para o estacionamento. Por mais depressa que saísse do mercado, não seria rápido o suficiente. Segurou as sacolas em uma das mãos e com a outra vasculhou a bolsa em busca da chave do carro. Pressionou o botão para destravar a porta assim que localizou o chaveiro. Chester lambia o vidro da janela do passageiro.

— Que feio! Vai me ajudar a limpar essas janelas assim que chegarmos.

— Au.

— E também vai tomar um banho — Abby acrescentou. A noite estava perfeita para acender a churrasqueira no quintal. Enquanto os filés grelhassem, daria um banho de mangueira em Chester e aproveitaria para lavar o carro. E, antes de dormir, daria uma última olhada nos e-mails.

Se ainda não tivessem mandado uma resposta sobre a entrevista Pitt/Jolie, ela... continuaria aguardando uma resposta. Não era uma questão de escolha, era?

CAPÍTULO 12

— Uma sessão? Você pirou? — Ida perguntou, atarantada. — Daqui a pouco vai nos pedir para montar uma equipe de consulentes como a do programa da Cleo, da Rede Amigos Psíquicos!

— Calma. Não entre em pânico — disse Sophie. — É só de brincadeira. Se não quiser se juntar a nós, fique de fora com os braços cruzados e sua cara feia. Nenhuma de nós se importará. Certo, meninas?

Mavis bateu uma palma na outra, em um ruído surdo, para encerrar a discussão.

— Não quero brigas. Acho que será divertido. Nunca participei de um jogo como este e sempre quis saber como era. Agora que decidi me abrir a novas experiências, não quero perder nenhuma oportunidade. Participe conosco, Ida. Venha.

Toots deu a última baforada no cigarro antes de apagá-lo contra a concha-cinzeiro.

— Decida-se, Ida. Não pode ser sempre o que você pensa e o que quer. A não ser que esteja com medo. Aí seria diferente — Toots desafiou. Ninguém poderia imaginar que estivesse, provavelmente, com mais medo que Ida. Aquela demonstração de coragem era puro fingimento.

Sophie sentou-se no deque enquanto terminava de fumar seu cigarro.

— É pegar ou largar — Sophie lançou o ultimato. — Ou está dentro, ou fora. A sessão vai começar. Toots, você me ajuda?

— Claro que sim. Mal posso esperar. Já pensou se estabelecermos contato com um de meus finados maridos? Se Thomas aparecer para falar com Ida? Ele poderia nos revelar de onde veio aquela carne contaminada.

— Está bem. Vou me sentar à mesa com vocês, mas, se estiverem me escondendo algo, prefiro que falem agora. Não gosto de surpresas.

— Ela está quase molhando as calças — caçoou Sophie.

— Falei que quero participar, e vou participar — Ida repetiu, e murmurou um palavrão enquanto encarava Sophie, quebrando o clima de formalidade inicial.

— Entendeu agora de que se trata? — Sophie perguntou, ainda rindo com as outras do impropério proferido pela amiga. — Logo estará fumando e dizendo bobagens como qualquer uma de nós. Escreva o que estou dizendo. Bem, por enquanto, traga para mim quantas velas puder encontrar. Mavis irá com você. Espero que a cantorazinha tenha esquecido algumas pelos armários quando foi embora. Esqueci de comprá-las. Você, Toots, venha comigo. — Sophie consultou seu relógio de pulso e imitou uma voz fantasmagórica. — Nós nos reuniremos na sala de jantar em uma hora. Não se atrasem.

As quatro subiram a escada para o andar de cima como se apostassem uma corrida. Assim que Toots e Sophie entraram no novo quarto de Toots, Sophie sentou-se na cama.

— Em que posso ajudá-la? Desde que não me peça para entrar naquele quarto — Toots completou, antes que Sophie tivesse chance de responder.

— Não será necessário. Só precisaremos de um pano para cobrir a mesa e de velas. Pensei que talvez fosse interessante usarmos um daqueles lençóis do quarto assombrado como toalha. Pode ser que os espectros residentes sintam-se mais à vontade para interagir caso reconheçam algo do lugar de onde estarão sendo invocados. Colocarei os aparelhos de gravação em funcionamento antes de nos darmos as mãos e fecharmos a corrente. Talvez assim não percebam que as imagens e as vozes estarão sendo registradas.

— Sophie, você não acha que esses espíritos — ainda não consigo acreditar que estamos tendo esta conversa — conhecem cada canto desta casa e que sabem o que está acontecendo? Porque sei perfeitamente o que vi, e não era algo normal. Você tem de me prometer que não contará a elas sobre a noite passada. Se eles aparecerem, não diga que já os vi. Finja surpresa.

— Confie em mim, Toots. Não vou precisar fingir nada. Entrarei em pânico como qualquer uma de vocês.

A declaração de Sophie despertou uma súbita insegurança em Toots.

— Não seria recomendável benzermos a casa antes de fazermos uma sessão espírita?

— Guardei um pouco de água benta do funeral de Walter. Espargiremos algumas gotas pelo ambiente e faremos uma oração. Agora vá e ajude as meninas enquanto apanho os aparelhos. Retire vasos e fruteiras da sala. Os espíritos, segundo me disseram, não gostam de essências doces nem frutais. Objetos metálicos e de vidro também devem ser retirados. Os minerais, segundo se supõe, interferem com a capacidade dos espíritos de se tornarem visíveis. E não me pergunte se tenho certeza sobre o que estou dizendo. Estou apenas repassando algo que me foi transmitido por uma médium que se denomina Madame Borboleta.

— Pode deixar. Sumirei com as flores e frutas e com tudo que for feito de vidro e de metal.

Sophie se dirigiu ao quarto do outro lado do hall na expectativa de que os espíritos percebidos por Toots se manifestassem também para ela. Vasculhou as malas até encontrar o pequeno frasco com água benta. Estava ansiosa com os preparativos e com que o ritual poderia lhes reservar. E também com muito medo. Confiava em Toots. A amiga era uma mulher saudável e equilibrada; não estava vendo coisas. Se Toots afirmara ter visto, dentro do próprio quarto, um fantasma, um espírito, um rosto em meio à névoa, Sophie acreditava.

O lençol de seda roxa foi enrolado como uma bola e colocado sob o braço de Sophie. Antes de sair, olhou atentamente ao redor mais uma vez. Na certeza de não ter visto nem sentido nada de sobrenatural, como lábios se movendo sem emitir sons em meio a rostos envolvidos em névoa flutuante, ou correntes de ar frio em um quarto com portas e janelas fechadas, Sophie resolveu descer para a sala de jantar.

A porta do quarto foi fechada. Sophie reconsiderou a posição e voltou para abri-la. Se havia algo ou alguém lá dentro, faria tudo que estivesse a seu alcance para lhe facilitar a saída. Para os fantasmas não existiam barreiras. Nem paredes nem portas impediam a passagem deles.

Mas, de qualquer maneira, preferiu deixar a porta aberta. Se não ajudasse, por certo também não atrapalharia.

Toots, Ida e Mavis já estavam na sala de jantar acendendo as velas quando ela chegou.

— Não precisaremos de muitas; apenas o suficiente para dar um toque de luz à sala.

Sophie estendeu o lençol sobre a mesa redonda de madeira, estranhando que a ex-locatária não tivesse levado consigo o único móvel bonito daquela casa. A mesa era feita de madeira maciça, sem revestimento de fórmica branca, roxa ou rosa-choque. Não recordava onde, mas lera em algum lugar que a madeira em contato com alguma entidade sobrenatural reagia como condutor de energias. Dessa maneira, não era preciso segurar as mãos um do outro nem se tocar de nenhuma forma.

— Mavis, coloque uma das velas aqui — Sophie apontou para o centro da mesa.

— Sim, claro. Você é quem manda.

Toalha e velas nos devidos lugares, aparelhos corretamente conectados às tomadas, e Sophie examinou o cenário. Parecia uma montagem de um estúdio cinematográfico típica de um filme de segunda categoria. A mesa redonda de madeira com uma vela queimando no centro, as bordas do lençol caindo sobre os assentos das cadeiras, atrás das quais o grupo de mulheres se apresentava como se já tivesse visto o fantasma. Só faltava mesmo uma bola de cristal. Sophie baixou os olhos e considerou que talvez devesse ter se vestido para o papel. Estavam em Hollywood, afinal de contas. Em vez da insossa blusa bege, talvez devesse ter jogado um daqueles lençóis roxos sobre os ombros.

Com a voz mais séria que conseguiu modular, Sophie olhou para as amigas.

— Se as senhoras estão prontas, daremos início à sessão.

De pé, atrás de cada uma das cadeiras, Toots, Ida e Mavis estavam pálidas; mal pareciam respirar.

— Antes faremos uma prece. Juntem as mãos e fechem os olhos — Sophie instruiu.

As três obedeceram.

— Oh, Senhor de nossas vidas, abençoe este mundo de provações e aqueles que o habitam, vivos ou mortos. — Por mais que estivesse se esforçando para levar aquele assunto a sério, Sophie precisou interromper a ladainha antes que desatasse a rir. Só naquele momento caíra em si sobre a extensão da tolice que engendrara. Era tarde demais, contudo, para voltar atrás.

— Recuso-me a dizer "Amém". Isso não é oração que se preze — queixou-se Toots.

Ignorando o aparte, Sophie passou a andar em volta da sala, espargindo água benta e recitando:

— Viemos em paz. Por favor, não tenham medo. — Palavras semelhantes haviam sido proferidas em um velho filme de ficção científica a que assistira. Sophie circulou pela sala três vezes e seguiu para seu lugar à mesa.

— Vamos nos sentar agora e dar as mãos.

Novamente, as amigas seguiram as instruções.

Mavis se posicionou à esquerda de Sophie, Toots à direita, e Ida, graças a Deus, sentou-se entre Toots e Mavis. De fato, Sophie não gostaria de ter de segurar a mão dela. Não deixava de ser divertido pensar que, antes que Ida se curasse do transtorno obsessivo-compulsivo, teria sentido enorme prazer em lhe dar a mão. Ida teria uma síncope quando sentisse sua mão grudenta e fedida, porque Sophie, para provocá-la, com certeza teria dado um jeito de segurar antes um peixe ou algo parecido.

Em seguida, Sophie empurrou a vela e colocou um copo no lugar.

— Quero que relaxem e visualizem algo agradável. Ida, no caso, poderá pensar em um homem. Respirem profundamente. — Sophie fechou os olhos por um instante, incorporando o papel de maga. — Agora, pensem em alguém do passado, alguém com quem gostariam de se comunicar. Inspirem. Soltem o ar devagar. — As palavras hipnóticas de Sophie começavam a surtir efeito sobre as três, que pareciam ter entrado em transe. Não deveria ser ela a experimentar esse estado? Sophie afugentou o pensamento. A sessão se realizava pelos moldes tradicionais e não faria nada que pudesse prejudicar seu andamento. Mais tarde, quando tudo acabasse, aí então todas elas poderiam dar boas gargalhadas.

— Se houver alguém mais nesta sala conosco, apresente-se. — Sophie fez uma pausa e se preparou para ouvir um pequeno ruído, ou até mesmo para ver algo cair no chão. Como o silêncio persistisse, prosseguiu: — Não queremos lhe causar nenhum mal. Somos amigáveis e inofensivas. — Deus, ela dissera aquilo? Sim, Sophie Manchester, você acabou de dizer isso.

— Há alguém aqui que gostaria de se comunicar, de deixar alguma mensagem? Queremos ajudá-lo.

Apenas o som da respiração rompia o total silêncio.

— Pensem em alguém que já se foi, meninas. Pode ser um amigo ou parente a quem queiram dizer algo.

Sophie era a única com os olhos abertos. As outras três estavam com os olhos cerrados em fervorosa concentração.

Vários minutos se passaram antes que Sophie retomasse a palavra. Dentre os inúmeros livros sobre espiritismo e fenômenos sobrenaturais que lera, em algum deles fora mencionado que, se não houvesse evidências de atividade paranormal após uma hora de exercício, a sessão deveria ser encerrada.

Porém, de um instante para outro, um frio intenso se abateu sobre a sala, provocando arrepios em Sophie. Seus olhos se dilataram. Mavis empalideceu como se fosse desmaiar. Toots permaneceu sob controle, mas Ida parecia ter entrado em estado de choque. Sophie engoliu em seco e tentou se convencer de que estava perfeitamente calma e em condições de dar prosseguimento à sessão. Só precisava se lembrar de manter o exercício de respiração.

— Não estamos aqui para prejudicá-lo, e sim para ajudá-lo. — Sophie baixou a voz em um sussurro. — Coloquem as pontas dos dedos sobre o copo, levemente. — As outras atenderam. — Muito bem. Agora, quem for que esteja aqui conosco, saiba que queremos conversar. Há um copo no centro desta mesa. Se está vendo, tente movê-lo. — Sophie esperou. — Use a ponta dos dedos, como estamos fazendo. — A espera se estendeu por alguns minutos, sem resultado.

— Se você é homem, poderia tentar mover o copo para minha direita? E, se for mulher, para minha esquerda? Estamos aqui para lhe prestar toda a ajuda possível. — Sophie focalizou o copo com firmeza.

De repente, ele se moveu, deslizando lentamente para a direita, depois parou.

As mulheres soltaram o ar em uma única e expressiva exclamação.

— Nada a temer, senhoras. Respirem fundo. Mantenham a calma.

Sophie fez um gesto de assentimento ao constatar que o susto fora controlado. Seus olhos voltaram a se fixar no copo.

— Você é homem. Mova o copo à direita para confirmar, ou à esquerda para negar.

Agora não se ouvia sequer o ruído de respiração, apenas o crepitar das chamas das velas. As quatro seguiam o movimento do copo para a direita.

— Você é um astro de cinema? — Sophie estava tão excitada que quase deixou escapar um palavrão, impaciente com a lentidão das respostas. — Se a resposta for positiva, por favor, mova o copo para minha direita.

As quatro mulheres seguiam, fascinadas, o copo se mover para a direita de Sophie pela terceira vez. A temperatura na sala caíra tantos graus que o frio perpassava os ossos.

— Se está casa pertence a você, mova o copo para a direita. Se a resposta for negativa, movimente-o para a esquerda.

Cada par de olhos seguiu de novo a ligeira movimentação para a esquerda. Sophie mal continha o próprio espanto.

— Você foi casado com alguma das mulheres que se encontram nesta sala? — A voz de Sophie foi baixando de volume até se tornar um sussurro. E se fosse o espírito de Walter? Sophie pestanejou ao surpreender Toots encarando-a fixamente. Após alguns segundos, a amiga lhe ofereceu um sorriso de conforto, como se tivesse lido seu pensamento.

Os olhares agora concentravam-se no copo conforme deslizava vagarosamente em sentido negativo. Sophie soltou um suspiro tão forte que a chama da vela tremulou. O alívio estampara-se em cada um dos rostos. Então, de súbito, a vela apagou, uma rajada de vento atravessou a sala e o copo se precipitou para a borda da mesa. Escorregou e caiu, espatifando-se no chão.

— Oh, meu Deus! — Mavis deu um grito, e Sophie a silenciou com um estreitar de olhos, retomando o controle da situação.

— Se está bravo, é um direito seu. É isso? — De súbito, ocorreu a Sophie que não havia um objeto sólido disponível para ser usado pelo espírito como instrumento de comunicação. Para não quebrar a corrente, o que por certo aconteceria se se levantasse e fosse à cozinha apanhar outro copo, Sophie improvisou. — Coloquemos os dedos ao redor desta vela apagada.

As instruções foram seguidas mais uma vez. Mal haviam encostado os dedos, e a vela tombou para a direita.

— Sim, você está bravo. — A vela rolou até a borda da mesa, onde parou abruptamente. As mulheres afastaram as mãos como se tivessem sido queimadas. — Está tudo bem. Não há nada a temer. Fique calmo. Senhoras, por favor, unam as mãos novamente.

Um novo círculo foi formado ao redor da mesa. As mãos estavam frias, quase entorpecidas àquela altura. Sophie começava a temer que tivesse se responsabilizado por um fardo que não seria capaz de carregar. Apertou a mão de Toots com mais força, e ela retribuiu o gesto.

— Está zangado com alguém nesta sala? — Os olhos de Sophie não tinham se afastado da vela sequer por um segundo. O medo aumentou diante da forte probabilidade de a vela cair pelo modo como ameaçou ultrapassar o limite da borda. Mas, de repente, rolou com ímpeto de volta ao centro da mesa, para a esquerda. Sophie reparou que Ida estava mortalmente pálida. Os olhos de Mavis mantinham-se cerrados, e Toots apertava sua mão com desespero.

Iniciado o processo, teriam de ir até o fim. Sophie tomou fôlego.

— *Não* está zangado com alguém nesta sala? — Sophie modificou a pergunta e aguardou a resposta. A vela então rolou lentamente para a direita e, nesse instante, a temperatura no ambiente voltou ao normal.

Sophie soube, sem sombra de dúvida, que o espírito que estivera com elas se retirara. A vela jazia no último lugar em que a entidade se manifestara. As mãos perderam a rigidez e foram pouco a pouco se aquecendo.

— Que todos nesta casa sejam abençoados, sejam do passado, do presente ou do futuro — recitou Sophie, e soltou as mãos de Toots e Mavis, dando a sessão por encerrada. Por sua vez, as duas largaram a mão de Ida. Entreolharam-se em silêncio, incertas sobre o que dizer. Sophie tomou para si a tarefa de retomada da rotina.

— Vamos lá para fora. Estou precisando de um cigarro.

— Eu também — disse Toots com voz trêmula.

As amigas seguiram caladas para o deque. Sophie pegou o maço de Marlboro, acendeu um cigarro e o entregou a Toots, em seguida acendendo o dela. Ninguém disse nada. As quatro tentavam assimilar o que haviam acabado de presenciar no interior do casarão. Sophie acreditava em espíritos e fenômenos sobrenaturais, mas a curiosidade sempre se baseara em textos e práticas desenvolvidas pelos entendidos. Ao se oferecer para auxiliar Toots, jamais concebera que o jogo fosse se transformar em uma comunicação daquela magnitude. Até o frio se apoderar de toda a corrente, Sophie levara os preparativos um tanto na brincadeira. Mas o fato de terem contatado algo ou alguém de outra dimensão não tivera nada de engraçado. Absolutamente nada.

— Sobre o que acabou de acontecer — Sophie fez uma pausa para dar uma tragada —, não diremos nenhuma palavra a ninguém.

— Em hipótese nenhuma! — Toots concordou. — Se Abby descobrir que estivemos conversando com... o que quer que tenha sido, mandará nos internar.

Mavis e Ida assentiram de imediato.

Toots esmagou o cigarro na concha e acendeu outro.

— Quem quer uma bebida?

Toots entrou sem esperar que respondessem, e voltou minutos depois com uma garrafa de uísque escocês e quatro copos. Não foram necessárias palavras para que o líquido âmbar fosse servido em generosas doses. Toots entregou um copo para cada uma. Sorveram as doses como se fossem água. Ainda sem dizer nada, Toots serviu uma segunda rodada. Após a terceira, sentiram o corpo relaxar, ficando mais dispostas a soltar a língua.

— O que foi que aconteceu lá dentro, afinal? — Toots indagou.

— O lugar é mal-assombrado, foi isso que aconteceu lá dentro. Já não sei mais se vou querer dormir aqui esta ou qualquer outra noite — Sophie confessou. — Ida, Mavis? O que vocês pensam sobre o que ocorreu naquela sala?

O efeito do álcool em Mavis se fez sentir no modo como as palavras proferidas se engrolaram:

— Como dissse, tem fantassssma nesssta casa.

Sophie curvou os lábios em um sorriso.

— Ida? — perguntou.

— Nunca imaginei que fosse dizer isto algum dia, mas acho que esta casa é mal-assombrada. Com certeza não dormirei nem mais uma noite sequer sob este teto.

— Estou com você — apoiou Sophie. — Meu conselho é que todas nós passemos esta noite na casa de Abby. Podemos inventar uma desculpa. Diremos que estamos com falta de energia.

— Não! Abby descobriria instantaneamente nossa mentira e ficaria intrigada sobre o motivo. Ela nos conhece como a palma da mão. Não podemos ir para lá. Não quero sair daqui. A casa é minha. Não serei escorraçada por nenhum fantasma! — Toots fez uma pausa e se serviu de outra dose. — Acredito que esteja dizendo isso porque ele me pareceu inofensivo.

— Como pode saber? — Ida perguntou em um fio de voz.

— Se estava aqui antes de chegarmos e quisesse nos prejudicar, já o teria feito. Em especial esta noite. Não estou certa, Sophie?

— Sim, provavelmente. Acho que esse espírito, quem quer que seja, está aborrecido e frustrado. O que me dizem de chamarmos aquele pessoal da televisão que lida com esses assuntos? Poderíamos aparecer no programa e nos tornarmos protagonistas de um *reality show*. Não seria demais? — O entusiasmo foi desaparecendo da voz de Sophie à medida que a carranca de Toots se acentuava. — Esqueçam o que eu disse.

— Não faremos nada — Toots decidiu. — Ao menos por enquanto. Não podemos permitir que este assunto circule por aí. Quero que me prometam que não contarão a ninguém sobre o que houve aqui esta noite. — Toots espalmou as mãos sobre o tampo da mesa e depois colocou a outra em cima. Sophie colocou as próprias mãos sobre as de Toots, depois Mavis. Ida, como de costume, ficou por último. Esse era o juramento secreto do grupo. Usavam-no apenas em circunstâncias muito sérias.

— Está certo. Combinado. Não revelaremos o sucedido a ninguém até segunda ordem. Sophie, quando poderemos marcar outra sessão? Existe alguma regra para se invocar os espíritos?

— Não que eu saiba. Podemos repetir a experiência amanhã, talvez, no mesmo horário. Sou da opinião de que deveríamos tentar manter a maior fidelidade possível ao roteiro desta noite. Veremos o que acontece. Vou fazer uma pesquisa na internet. Pode ser que algo terrível tenha acontecido nesta casa. Talvez tenha sido essa a razão por ter conseguido comprar uma casa de praia em Malibu por três milhões e oitocentos mil dólares. — Sophie arqueou a sobrancelha. — A atriz Sharon Tate, mulher do diretor Roman Polanski, não foi assassinada dentro da própria casa? Nesta vizinhança?

— Cale essa boca, Sophie! Ninguém foi assassinado aqui. O corretor teria me contado. Além disso, duvido que aquela popstar fosse residir por tanto tempo nesta casa se pensasse que o lugar era mal-assombrado, ou se soubesse ou descobrisse que alguém havia sido morto nesta propriedade.

— Não podemos ter certeza. Não fará mal investigar — Sophie insistiu.

— Não quero correr esse risco. E se a informação vazar e alguém na revista divulgar que a mãe da editora-chefe tem falado por aí que está morando em uma casa mal-assombrada? Posso até ver as manchetes sensacionalistas estampadas nas revistas da concorrência.

— Não havia pensado nisso.

— Você não pode pensar em tudo, Sophie. Ninguém consegue. — Toots encarou cada uma das suas melhores amigas, todas elas madrinhas de Abby. — E então? Vão me dar a palavra de que o que houve aqui esta noite não sairá destas paredes?

— Dou, claro — Sophie prometeu, e voltou-se para Ida. — Minha boca é um túmulo.

— Está insinuando que a minha não é? — Ida se defendeu.

— Não é uma questão de estar "insinuando" algo. Você mesma adquiriu a fama! — O ataque verbal soara mais acintoso do que Sophie desejara. Aquela história estava lhe dando nos nervos.

— Prometemos guardar segredo. Confio em vocês — Toots murmurou.

O grupo selou o juramento de que aquele mistério, do qual eram as únicas testemunhas, não deixaria os limites daquela casa. Toots declarou o fim da conversa e sugeriu que retomassem seus afazeres.

— Vou dar uma olhada nos e-mails — disse ela. — Estou tão desatualizada que levarei vários dias para colocá-los em ordem.

— E eu preciso de um banho de imersão relaxante — comentou Ida.

Mavis e Sophie se limitaram a ouvir o que as amigas falavam. Estavam zonzas demais para se ocupar com qualquer outra coisa.

CAPÍTULO 13

Três semanas após *aquela noite* — o modo como Toots e as madrinhas se referiam à noite da primeira sessão —, Ida examinou sua imagem no espelho uma última vez antes de deixar o quarto. Queria estar impecável no primeiro encontro oficial com Sammy. Vestira uma saia amarela, em tom suave, que aderia ao corpo apenas nos lugares certos, e uma blusa opalescente que cintilava à luz. Prendera os cabelos com dois pentes dourados para realçar o contorno do rosto. A escolha das joias recaíra sobre uma fina corrente de ouro ao redor do pescoço, uma pulseira do mesmo conjunto e brincos mais discretos, com pedrinhas de diamantes. Compusera a aparência mais simples possível. Sammy deixara nas entrelinhas que tinha algo especial para lhe dar. Ida mal conseguia respirar. Sua intuição lhe dizia que Sammy a pediria em casamento naquela noite e o "algo especial" que mencionara seria um anel de noivado.

O relógio sobre a mesinha de cabeceira marcava a hora exata em que combinara de vir buscá-la. Chegaria a qualquer momento agora, se já não estivesse se preparando para tocar a campainha. Sammy era pontual, ao contrário dela.

Toots, Sophie e Mavis haviam dito que desejavam vê-la antes que saísse. Ida sentia-se como uma adolescente prestes a encontrar o namorado pela primeira vez e tendo de passar diante dos pais para receber a aprovação deles.

Mavis estava eufórica por ela. Toots e Sophie, contudo, haviam se comportado como se já soubessem que a amiga estava de romance com o dr. Sameer. A desconfiança se tornara certeza quando Sophie confessara que já suspeitava do envolvimento entre eles. Toots a alertara para que tivesse cuidado. Ida perguntara a razão, mas Toots não se estendera em detalhes.

Ao abrir a porta, Ida ouviu um burburinho. Talvez Sammy já tivesse chegado. Caminhou pelo corredor como se flutuasse. Para sua decepção, não era Sammy, mas Coco, a irritante chiuaua de Mavis, que Ida encontrou à sua espera, rosnando como sempre. Cachorrinha mal-educada! Mavis deveria ensiná-la a se comportar.

Atraída pelo som de vozes, Ida seguiu em direção ao deque. Toots, Sophie e Mavis estavam sentadas com Sammy ao redor da mesa nova. Ida sentiu a face pegar fogo. Os copos estavam pela metade.

— Olá. Vejo que começaram sem mim.

— Você estava demorando demais para se arrumar — Sophie justificou, para acentuar a irritação de Ida. — Seu namorado estava com sede.

— Oh, Sammy, sinto muito. Não queria fazê-lo esperar.

O dr. Sameer levantou-se e se dirigiu para Ida. Beijou-a de leve na face e se afastou para admirá-la.

— Está linda, minha querida. Não me importo de esperar pelo privilégio de vê-la. Suas amigas são muito simpáticas — elogiou.

Ida sorriu, mas por dentro estava com medo do que as "amigas" seriam capazes de contar a Sammy a seu respeito, fora do consultório, ao redor de uma mesa e na companhia de uma garrafa. Ida cruzou os dedos, torcendo para que Sophie não tivesse dito nada constrangedor.

— Sim, elas são simpáticas, para dizer o mínimo. Podemos ir? Estou faminta. Você disse que sairíamos para jantar. — Sammy sabia perfeitamente que a convidara para irem a um restaurante. Ida lembrara-o apenas para apressar a despedida. Quanto antes fossem embora, melhor. Desde aquela sessão fantasmagórica, três semanas antes, Ida queria ficar longe daquela casa com a maior frequência e pelo maior tempo possíveis. Os fenômenos inexplicáveis não haviam tornado a acontecer naquele intervalo de tempo. Pelo menos nas sessões subsequentes de que participara. Só se as outras tivessem tentado e conseguido um novo contato com aquele espírito, e resolvido se calar para protegê-la. Toots, Sophie e Mavis a conheciam bem e certamente tinham percebido que Ida não se sentia à vontade entre aquelas paredes.

Durante todo o tempo, parecia-lhe que alguém a vigiava. Fora lamentável que as outras tivessem concordado com Toots e sua sugestão de que tentassem um novo contato na noite seguinte à primeira manifestação, que a partir de então passou a ocorrer duas vezes por semana.

— Sim, eu disse — Sameer sorriu galantemente. — Senhoras, com licença. — Inclinou-se para Toots, Sophie e Mavis, e ofereceu o braço a Ida. As amigas os seguiam com um olhar de cachorros sem dono. Ida permitiu-se um sorriso de prazer triunfal. A sensação de estar sendo alvo de inveja era impagável.

— Não chegue tarde — Toots recomendou.

— E não faça nada que eu não fizesse — Sophie interrompeu, por pura intromissão.

— Divirtam-se — desejou Mavis. — Cuide bem dela, doutor Sameer.

— Não se preocupem, senhoras. Tenham uma boa noite.

Ida se deixou conduzir pelo médico. O sorriso, no entanto, congelou em seus lábios ao deparar com a limusine estacionada à calçada. Tivera esperança de que fossem apenas Sammy e ela naquela noite. De que tivesse vindo sozinho, dirigindo o próprio carro. Se fossem se casar, ela teria de lhe falar com franqueza sobre o motorista. Talvez o assunto especial que insinuara não se revelasse um pedido do casamento, mas Ida duvidava de que estivesse errada. Não era marinheira de primeira viagem. Já percorrera aquele caminho antes e sabia quando um homem desejava lhe pedir que se casasse com ele.

Ao vê-los, Mohammed saltou do banco do motorista e abriu a porta de trás.

— Madame.

Ida o cumprimentou com um aceno de cabeça e deslizou no banco para dar espaço a Sammy. Seu queixo quase caiu ao ouvi-lo instruir o motorista para que os levasse para casa.

Sammy não havia feito planos especiais coisa nenhuma. Fora uma tola em sonhar que iria lhe propor casamento. Sammy só queria mais uma noite de sexo. Produzira-se toda para nada. Não que ir para a cama com um homem fosse um programa enfadonho. Mas Sammy a fizera acreditar que aquele seria um encontro especial.

— Ida, meu amor, importa-se de jantarmos em minha casa? Desejo privacidade esta noite, embora me pareça que a sugestão a tenha desapontado.

Desapontara-a, e muito, mas Ida não lhe confessaria.

— Não, de jeito nenhum. Apenas imaginei que fosse me levar a algum lugar para comemorarmos o que seria nosso primeiro encontro oficial.

Sammy segurou a mão de Ida entre as dele.

— Meu amor, receio tê-la magoado. Posso perfeitamente mudar meus planos e levá-la a um restaurante ou a um lugar para dançar. Onde gostaria de ir? Imploro que desculpe minha falta de tato. Sinto-me um velho tolo. Faz tanto tempo que não saio com uma mulher bonita, que não soube como proceder. Por favor, perdoe-me.

Ida respirou fundo. Pobre Sammy. Não era tão experiente quanto a queria fazer crer.

— Não há o que perdoar. Não me importo de jantarmos em sua casa. Sinceramente. Tire esse pensamento da mente. O importante é não termos mais de nos encontrar às escondidas como dois colegiais.

— É verdade, mas se ainda assim prefere que jantemos fora...

Ida colocou um dedo sobre os lábios dele para que se calasse.

— Nem mais uma palavra. Conte-me o que preparou para me surpreender.

— A inevitável curiosidade! — Sammy exclamou, sorridente. — A surpresa caberá a Amala. Sei tanto quanto você sobre o cardápio desta noite. Como sou péssimo cozinheiro, minha filha se encarregou do jantar.

Ida virou-se e observou Sammy. Observou-o *realmente*. Pele morena, olhos castanho-escuros. Sammy era extremamente bonito para um homem de sua idade. Ida suspeitava de que os cabelos preto-azulados fossem tingidos, mas não tinha coragem de perguntar. Para um homem de 67 anos, Sammy estava em excelente forma. Seu corpo era esguio e musculoso, e a barriga ligeiramente protuberante só era visível quando se despia. Sobretudo, Sammy apresentava as duas qualidades que Ida mais valorizava em um homem: era um amante magnífico e era rico.

— Adoro surpresas.

— Ótimo, minha querida, muito bom. — Sammy deu uma palmadinha carinhosa na mão de Ida. — Fico satisfeito. Você é preciosa para mim. Sabia disso?

— Sim, sim. Claro que sim. — Ida estranhou aquela mudança de tom. Para onde fora a vitalidade de Sammy? De repente começara a falar como um velho fraco e cansado. — Sammy, está em dúvida sobre nós?

O sorriso que lhe ofertou evidenciou dentes alvos e brilhantes.

— Não, minha querida, não tenho nenhuma dúvida a nosso respeito. Não desejava abordar o assunto por receio de estragar esta noite tão especial. Mas a acabarei assustando se não partilhar minha preocupação com você. — Cerrou os olhos e suspirou. — Recebi hoje uma notícia que me perturbou terrivelmente com referência à clínica. — Interrompeu o relato e a beijou no rosto. — Esqueça o que este velho disse. Esta noite é de comemoração, não de lamúrias.

Ida não gostava de ouvir Sammy falar de si mesmo como um velho. Afinal, ele tinha apenas dois anos a mais que ela. Se se considerava um velho, obviamente a julgava da mesma maneira. A vontade de chamar a atenção de Sammy para esse fato era premente, mas também poderia surtir efeito contrário. Se não fosse isso, estaria lembrando-o desnecessariamente da própria idade.

— Se tem algo que queira me dizer, diga de uma vez. Não sou essa flor delicada por quem me toma. — Ida não estava sendo absolutamente honesta na afirmação, mas Sammy não precisava saber disso.

— Você é *minha* flor delicada — insistiu ele, com um toque de possessividade que agradou muito Ida. Ser amada e admirada era tão importante para ela quanto respirar. Talvez Toots e Sophie estivessem certas sobre sua necessidade de ter um homem permanentemente em sua vida. Não era o fim do mundo. Havia coisas piores. Ela poderia ser dependente química, ou ladra. Ou uma *serial killer*.

Mohammed girou o volante para conduzir a limusine pelas curvas do caminho que levava à casa de Sammy, toda envidraçada e decorada com objetos cromados, de mobiliário moderno e insípido. Se fossem se casar, a contratação de um decorador seria primordial. Embora não tivesse nem a experiência nem o talento de Toots nesse departamento, conhecia o suficiente sobre arte para saber o que a agradava e o que não. Em breve, teria Sammy na palma da mão. Ele diria que sua casa era a casa dela, e a partir de então seu poder seria ilimitado.

Assim que a limusine parou diante da casa, Mohammed desceu para abrir a porta de trás para eles. Ida detestava esse ritual, tanto quanto detestava o motorista. O sujeito lhe provocava instintiva prevenção. Mais cedo ou mais tarde teria de conversar com Sammy para substituí-lo. Ele teria de decidir sobre se conservar o motorista da limusine era mais importante do que se casar com ela.

Sammy desceu primeiro e dispensou Mohammed, encarregando-se pessoalmente de ajudar Ida a descer.

— Não terei necessidade de seus serviços até amanhã. Pode guardar o carro.

— Você é quem manda, paizão. — Mohammed deu um tapa tão forte nas costas de Sammy, que Ida sentiu o fôlego faltar. Se Mohammed continuasse tratando Sammy daquela maneira quando estivessem casados, ela o demitiria, independentemente da vontade do marido.

— Não ligue, esse é o jeito dele. Mohammed não faz por mal. — Para Ida, Sammy tentava justificar o injustificável.

— Não gosto desse rapaz — enfim confessou.

— Já notei, mas o conheço além das aparências. Algum dia vou lhe contar a história de Mohammed, e você entenderá, então, porque tolero seus deslizes. Mas esta noite é nossa e não quero falar sobre ele. Não desejo que nada ofusque o prazer de sua companhia.

— Se insiste — Ida retrucou, sem conseguir evitar a rispidez do tom. Tinha vontade de dizer que o inconveniente motorista arruinara parte da noite só com sua presença, mas se conteve. Oportunamente, retomaria aquela conversa e daria a Sammy a chance de se explicar, mas não naquela noite.

Entraram em silêncio na casa parcialmente iluminada. As janelas que davam para o Pacífico proporcionavam uma vista deslumbrante. Do lado de fora, sobre o deque que se igualava à casa em extensão, Ida viu uma mesa arrumada para duas pessoas. Uma toalha branca de linho acomodava dois pratos de porcelana, talheres de prata e taças de cristal. Uma vela acesa tremulava sob a brisa suave da noite. Uma rosa fora colocada sobre cada prato. Um recipiente com gelo acondicionava uma garrafa de vinho ou de champanhe. Um jantar para amantes.

Ida sorriu. Seu Sammy era um romântico incurável. Ao ver agora todos os preparativos que fizera para a noite, Ida o perdoou de coração por não tê-la levado a um restaurante de classe. Estava ansiosa para ver o tipo de anel que lhe comprara.

Não falaram até saírem para a varanda e Sammy puxar a cadeira para que ela se sentasse.

— Por favor — pediu ele, sempre tão gentil.

— Obrigada — Ida respondeu. — Perfeito.

— Fico feliz que tenha gostado. — Ele tirou a garrafa de champanhe do gelo. Ida viu o rótulo, Dom Pérignon, e mais uma vez se decepcionou. Onde estava a surpresa? Abrir uma garrafa de champanhe era o que de mais comum poderia acontecer em um encontro especial.

— Gostaria de fazer um brinde — sugeriu, depois de despejar o líquido borbulhante nas taças. — Ao futuro. Ao *nosso* futuro.

Ida encostou a taça na dele, o desapontamento ameaçando romper barreiras. Quanto tempo ainda teria de esperar pela surpresa? Não lhe ocorrera até aquela noite que Sammy fosse tão pouco criativo.

— Ao futuro.

Talvez o que a atraísse nos relacionamentos fosse o jogo da conquista. O sabor da sedução. Não era a idade, tampouco a experiência o que realmente contava. Homens mais jovens e inexperientes haviam surgido com propostas de casamento mais emocionantes. Apesar de Sammy não ter concretizado, ainda, nenhum pedido.

— Você está tão calada. Disse algo que a aborreceu?

Sammy não dissera nem fizera nada de errado. Era ela. Aguardara aquele encontro durante toda a semana e agora, que estava acontecendo, decepcionara-se ao se deixar levar pelas próprias expectativas. Fez um esforço para endireitar as costas na cadeira e tomou um gole de champanhe. Nem tudo estava perdido. Ao menos teria o resto da noite para se divertir porque, em matéria de sexo, Sammy nunca a decepcionara. E, quem sabe, talvez viesse até a surpreendê-la?

O pensamento fez Ida sorrir e se recordar de Sophie; parecia ela ao seguir aquela linha de raciocínio.

— Claro que não. Estava apenas sonhando de olhos abertos. — Não seria o que Toots teria respondido? As amigas talvez não concordassem, mas a convivência andava modificando algumas de suas atitudes e a maneira de pensar.

— Ainda bem, porque tenho um pedido para lhe fazer, mas o adiaria caso estivesse aborrecida.

O coração de Ida saltou no peito. O momento chegara!

— Que pedido, Sammy? — Como se ela não soubesse...

Ele tomou fôlego, segurou a mão de Ida e depositou-lhe um beijo reverente na palma da mão.

— Você se lembra daquela conversa de algumas semanas atrás, quando lhe contei que a situação da clínica estava crítica?

Sim, ela recordava, mas que relação poderia haver entre as dificuldades financeiras da clínica e o pedido de casamento?

— Eu me lembro, claro.

— Por mais que me incomode, devo relevar meu constrangimento e aceitar seu apoio financeiro. Detesto envolvê-la nisto, meu amor, mas não me resta escolha, porque não se trata de mim, mas de meus pacientes, que necessitam da continuidade do tratamento.

O choque a impediu de responder de imediato. Lembrava-se de lhe ter oferecido socorro, mas ele recusara, e Ida nunca mais pensara no assunto. Para Sammy, obviamente, a história fora diferente. Estudara a situação o suficiente para arquitetar todo aquele cenário.

— Quanto? — A palavra saltou da boca antes que tivesse chance de fechá-la.

Aparentemente desconcertado pela pergunta feita de modo tão abrupto, Sammy gaguejou ao responder:

— Oh... Bem... Se tivesse de estipular um número antes de efetuar os devidos cálculos, diria que seria algo em torno de três milhões.

Três milhões de dólares?

Dizer que Ida ficara chocada com a cifra seria pouco. Sentia-se violentamente perplexa. Essas palavras descreveriam melhor seu estado.

Três milhões de dólares!

Sammy tomou o champanhe de um só gole e tornou a encher a taça. Só voltou a falar depois de esvaziá-la.

— Por favor, esqueça que lhe pedi isso. Não sei o que deu em mim. Irei amanhã ao banco. Estou tão perturbado com os problemas da clínica que não consigo pensar com clareza. Imploro que aceite minhas desculpas.

Naquele exato momento, embora Ida não soubesse como se decidir sobre o impasse nem o que responder, não podia negar que de fato lhe fizera uma oferta. Sammy era um homem responsável e bom. A preocupação com os pacientes sempre vinha em primeiro lugar para um médico. Ida deteve-se a essa reflexão. Aceitaria ser a segunda prioridade na vida de Sammy? Nunca essa condição lhe passara pela cabeça. Antes de se conformar com o segundo lugar e aceitá-lo, porém, teria de ponderar seriamente sobre aquele relacionamento. Sondar a própria alma, como diria Toots. Mas era uma mulher rica. Por que não dividir seus bens?

— Não tem nada de que se desculpar. Eu me ofereci para ajudá-lo. Antes de qualquer coisa, sou uma mulher de palavra. Entrarei em contato com meu banco amanhã, na primeira hora, e mandarei que transfiram a quantia para a sua conta. Para isso, preciso de seus dados bancários.

Sammy tomou a mão de Ida e a levou de novo aos lábios, provocando faíscas que dispararam pelo corpo, concentrando-se na região próxima ao baixo-ventre.

— Você é uma mulher incrível, Ida. Não sei o que lhe dizer, nem como expressar minha gratidão. Pensarei em algo. E, agora, que a tensão se desfez, passaremos ao jantar. Acabo de descobrir que estou faminto.

A impressão de Ida foi a de ter recebido um jato de água fria bem no meio do rosto. Ela e suas fantasias românticas.

— E eu acabo de descobrir que perdi a fome. Leve-me para casa, por favor. E não chame aquele seu motorista. Não quero vê-lo de jeito nenhum. — Ida se levantou e entrou apressadamente na casa, Sammy em seu encalço.

— Ida, meu amor, o que deu em você? Diga-me: o que devo fazer? — Sammy perguntou, genuinamente preocupado.

Ida cerrou os olhos e suspirou.

— Apenas leve-me para casa. Acho que o champanhe bateu no estômago e subiu direto para minha cabeça.

Sem mais palavras, Sammy a levou para a limusine, acomodou-a e se sentou ao volante. Nenhum dos dois falou durante o trajeto, porque nenhum dos dois sabia o que dizer. Ida tinha a vaga impressão de que se dera muito mal nesse seu novo relacionamento.

Vaga impressão, não; certeza absoluta.

CAPÍTULO 14

Amala aguardava Patel no deque quando voltou, depois de ter levado Ida.

— Seu velho idiota! Não posso acreditar que teve o desplante de pedir que ela lhe emprestasse três milhões de dólares! Mais ainda, que a velha bruxa tivesse considerado depositar esse valor em sua conta.

Mohammed não parava de rir.

— Não. Os idiotas são você e ele! — Patel retrucou. — Esta é a chance de conseguirmos uma pequena fortuna sem cometermos um grande crime. Não há lei que proíba uma mulher rica de emprestar seu dinheiro a quem bem entenda. E, para ser honesto, Amala, seu plano não está funcionando. Uma das partes principais da empreitada é saber identificar o momento de cair fora. Você é jovem e bonita. Surgirão outras oportunidades, outros pretendentes.

Patel voltou-se para Mohammed. O rapaz ficava transtornado quando o nome de Amala era mencionado em conexão com o de outro homem. Patel o provocara deliberadamente. Gostava de Mohammed, mas tinha de lembrá-lo sobre o tipo de mulher que Amala era cada vez que uma chance se apresentava.

— Vocês dois são idiotas — afirmou Amala. — Continuem dilapidando velhas ricas até que se cansem e enxerguem o que está por trás do assédio. Aí então vão ter de correr. Pensa que não notei que está de olho na ruiva? — Amala dirigiu-se a Mohammed.

Os três estavam sentados ao redor da mesa arrumada para um jantar especial que não chegara havia se concretizado. Amala acabava de voltar da praia onde fora fumar um baseado. A brisa que soprava do Pacífico carregava resquícios da fumaça de aroma adocicado para o deque. Patel sentia vontade de esganar Amala pelas repetidas tentativas de contaminar Mohammed com seu vício. Se ele não estivesse por perto, Mohammed certamente aceitaria compartilhar a maldita maconha.

— Cale-se! Você não sabe nada! — Mohammed levantou-se e se dirigiu para o interior da casa. — Vou dormir no apartamento. Aproveitem a linda casa do doutor enquanto podem. Estou farto dessa farsa de dinheiro fácil. — Com essa declaração, Mohammed abriu a porta de vidro que dava para a sala e desapareceu casa adentro, sem se importar em fechá-la.

— Ficou enfurecido. Bem feito! — Amala cruzou os braços. — Mas você gosta de vê-lo assim, não é, velho? Acha que conhece Mohammed melhor que eu? Eu durmo com ele, seu imbecil. Mohammed me conta segredos, assuntos íntimos que jamais dividiria com você.

Patel afastou a cadeira, levantou-se e bateu as mãos na calça para se livrar da areia.

— Seu plano está indo por água abaixo. Salve-o ou desista enquanto pode.

— Você se esquece de que sem mim não terá com que barganhar? A velha acredita que você é médico. Só que a clínica está em minhas mãos, não nas suas.

— Errado. Com três milhões de dólares em minha conta, sua clínica não terá mais serventia para mim. Até que minha querida e adorável Ida descubra que foi vítima de um golpe, já estarei longe. Quanto a você, minha cara, caberá a desagradável tarefa de inventar uma desculpa para explicar minha ausência.

Patel deteve-se para observar a fisionomia de Amala enquanto a informação era registrada.

— Tente, e eu o denuncio!

— Não ousaria. Por que atrairia a atenção da polícia se você mesma engendrou um esquema para arrancar milhões de um famoso e respeitado médico?

— Suma da minha frente, Patel! Você e Mohammed me enojam!

— Pensaria duas vezes antes de dar uma ordem como essa e fazer esse tipo de comentário.

A risada de Amala exalava maldade.

— Você não me assusta, velho. Se há alguém que deve temer, é você. Basta um telefonema anônimo para o Departamento de Imigração e será despachado para seu detestável país sem o dinheiro da querida Ida. Quanto a Mohammed, poderá levar a vida em paz.

Com as duas mãos nos bolsos, Patel considerou a possibilidade de dar vazão à raiva e colocá-las ao redor do pescoço de Amala, apertando-o até expulsar o último sopro de ar de seu corpo. Para se controlar, cerrou os punhos. Para sorte da garota, a violência não era seu estilo, a menos que estritamente necessário. A própria Amala orquestraria seu fim se continuasse a usar drogas daquela maneira. Preocupava-se muito mais no momento com o comportamento de Ida. Estivera certo de que acabariam a noite na cama após a promessa do empréstimo. Os eventos da noite se repetiam em sua mente como um carrossel. Que vergonha! Só depois que a deixara na casa da amiga, compreendera o quanto a magoara. Não foi o champanhe que motivara a súbita decisão de ir embora. O champanhe, as rosas, um jantar romântico para dois... Como pudera ser tão cego? Amala estava certa. *Era* um idiota. Seu procedimento naquela noite poderia ter colocado tudo a perder. Se já não havia colocado.

Ida aguardava uma proposta de casamento. Pedir um empréstimo não fora uma decisão inteligente. Não estivesse tão dominado pela ganância, teria levado em consideração os desejos e as expectativas dela. Primeiro, deveria ter pedido Ida em casamento, e, só depois de ela ter aceitado, mencionaria o problema, uma espécie de desabafo, sobre o provável fechamento da clínica. Idiota! Tinha se comportado naquela noite como um perfeito imbecil. Talvez devesse ligar para o celular de Ida a fim de se desculpar. Não, não deveria ser assim. Para conseguir os três milhões, teria de pedi-la em casamento. E precisaria ser um *senhor* casamento. Monetariamente falando. Ida tinha poucas amigas e não era difícil adivinhar a razão. A velha chorona queria que o mundo sempre girasse à sua volta, que todos a servissem e paparicassem. Muito bem, ele a mimaria o quanto quisesse, desde que significasse embolsar os três milhões.

Patel saiu do devaneio e encontrou Amala contemplando distraidamente as ondas que quebravam nas pedras. Seria tão fácil se livrar dela. Sem Amala para atrapalhar, ele e Mohammed poderiam se aventurar por outro país. Com três milhões no bolso, Patel conseguiria comprar sua saída dos Estados Unidos com a mesma facilidade com que comprara a entrada anos antes. Era tolo, mas nem tanto. Mohammed estava fascinado pela beleza e sensualidade de Amala. Se alguma tragédia se abatesse sobre a moça, Mohammed ficaria alucinado. E o rapaz era como um filho para ele. Por esse motivo, não importava quanto estivesse certo de que a vida deles seria muito mais tranquila se Amala desaparecesse para sempre, Patel resolveu abandonar esse pensamento.

— Vou dormir. Pode ficar aqui fora o resto da noite, se quiser. Ou talvez queira vir para minha cama no lugar de Mohammed, e ver o que se faz com uma mulher mais jovem. — Amala continuou com a provocação, sem se fixar em Patel, os olhos ainda voltados para o oceano, o corpo inclinado sobre o gradil do deque.

Patel sentiu-se tentado a lhe dar um empurrão. Mas não era seu estilo.

— Você não passa de uma meretriz fajuta. Vou entrar. Boa noite.

— Boa noite, velho — Amala tornou por cima do ombro, Patel caminhando a passos rápidos antes que pudesse mudar de ideia.

Em seu quarto — na verdade, no quarto do dr. Sameer —, Patel andava de um lado para outro. Amala era uma bomba-relógio ambulante. A simples menção de seu nome já era encrenca. Desconhecia o passado dela, exceto que vivera em orfanatos e lares de adoção até fugir para as ruas com quinze anos. Patel a conhecera da mesma maneira que conhecera Mohammed: vagando pelas ruas. Por duas semanas, ela insistira em lhe vender o corpo em troca de uma dose de metanfetamina. Patel a ignorara. Não queria problemas com crianças e adolescentes. Amala era menor de idade.

Em uma dessas ocasiões, Patel estava acompanhado por Mohammed. Depois de olhar para a garota, Mohammed nunca mais conseguira se afastar. Desde aquele dia tinham se passado dezesseis anos. Se arrependimento matasse, Patel estaria morto por não ter fornecido a droga que Amala lhe pedira. Se soubesse na época o que aconteceria no futuro, teria lhe garantido suprimento suficiente para despachar Amala para a eternidade.

Percepção tardia, eis o nome que se dava àquilo.

* * *

Mohammed percorria as ruas em excesso de velocidade, sem se importar em chamar a atenção, algo que era inevitável quando se tratava de uma limusine. Além disso, assim que resolvesse a situação com a ruiva, a limusine seria descartada. O plano vinha sendo arquitetado semana após semana. Agora chegara o momento de colocá-lo em ação.

Embora as premissas fossem favoráveis, Mohammed era esperto o bastante para saber que as coisas nem sempre eram fáceis como pareciam a princípio. Amala acreditara que seria fácil dilapidar o velho médico gay. Mas, a não ser pelas retiradas normais para o pagamento das despesas fixas da clínica, Amala não conseguira pôr a mão em sequer um centavo adicional da conta do médico. Vivia pedindo que ele e Patel tivessem paciência, mas Mohammed já havia adivinhado que daquela cartola não sairia nenhum coelho, e que esse era o motivo pelo qual Amala queria, ou melhor, *precisava* da ajuda dele e de Patel. Amala não era esperta o bastante para criar um golpe dessa envergadura sem assessoria. E agora era tarde demais. Não desejava mais tomar parte no golpe; seria pura perda de tempo.

No instante em que Amala surgira com a brilhante ideia de roubar a identidade do dr. Sameer, Mohammed considerara os prós e os contras, e imediatamente começara a procurar uma saída e buscar uma nova fonte de renda. A ruiva com uma polpuda conta bancária viera a calhar. Talvez ela não tivesse se dado conta, mas mais de uma correspondência enviada pelo banco fora desviada da caixa de correio, levada ao modesto apartamento dele e aberta com vapor. Em nenhum dos envelopes Mohammed encontrara dinheiro ou cheque. Em contrapartida, a descoberta de seu saldo bancário o levara à certeza de ter sido contemplado com a sorte grande. A mulher era dona de milhões e milhões de dólares, só esperando para serem gastos. O planejamento tivera início naquele dia. Embora a ideia não fosse das mais originais, o plano funcionaria. Porque ele faria com que funcionasse.

Patel e a velha em quem ele queria passar a perna haviam lhe fornecido o recurso. Todas as manhãs, quando Mohammed levava a velha libidinosa de volta à casa de praia em Malibu, ele estacionava a limusine a certa distância e ficava escondido observando as outras três senhoras. Ninguém mais entrava naquela casa, a não ser, raramente, uma moça com um pastor-alemão. Seguira o carro amarelo com que a vira chegar certa vez, para descobrir onde morava. Oportunamente dera um jeito de entrar na pequena casa, não para roubar, mas para encontrar pistas que lhe facilitassem o assédio. A moça era repórter de um desses tabloides que Amala gostava de ler quando não estava chapada. Vasculhando entre os objetos de uso pessoal e diversos papéis, descobrira que ela era filha da ruiva. As outras três mulheres eram madrinhas dela. Quem, neste mundo, possuía três madrinhas? Absurdo.

Havia chegado a hora de agir. A única pedra no sapato era a tal de Ida. A velha estava furiosa com Patel. Ele dera um jeito de espioná-los enquanto conversavam no deque. A mulher quase caíra de costas, e Mohammed também, é evidente, quando Patel lhe pedira três milhões de dólares para salvar a clínica. Precisara tapar a boca para não rir quando ela dissera a Patel que não gostava do motorista dele. Não lhe faltara desejo para revidar, berrando que a antipatia era mútua, mas mantivera-se quieto. Se Ida interrompesse as excursões noturnas, teria de encontrar outro subterfúgio para se aproximar da ruiva.

De qualquer maneira, Mohammed apostava no plano que acreditava ser simples e prático. Daria um susto na velha quando fosse levá-la para casa e a obrigaria a trazer a ruiva para a limusine. Como faria para forçá-la a chamar a ruiva, ainda não resolvera. Provavelmente teria de arrumar uma arma. Enfim, quando a ruiva viesse em socorro da amiga, injetaria-lhe na veia uma dose da mais potente heroína do estoque de Patel, com uma das seringas de Amala. Depois que fosse até o inferno e voltasse umas três ou quatro vezes, Mohammed tinha absoluta certeza de que estaria disposta a lhe pagar alguns milhões por uma passagem com destino à liberdade.

Não pôde conter um sorriso. Sua vida estava prestes a mudar.

CAPÍTULO 15

No dia seguinte ao infeliz encontro de Ida com Sammy, Abby abriu a caixa de mensagens pela zilionésima vez, rezando para que o e-mail tão esperado tivesse chegado após três longas semanas de espera e mais alguns dias — uma comunicação com data, local e esquema de segurança para a realização da entrevista e da sessão de fotos com a exclusividade que a *The Informer* necessitava para ganhar respeito entre os tabloides.

Perpassou o olhar pela lista de nomes, buscando o endereço que memorizara. Nada. O empresário do casal Pitt/Jolie ainda não fizera contato.

— Não acredito! — Abby levantou-se impetuosamente e se pôs a andar pela sala. O solidário Chester a imitou.

Abby dera o tiro de partida e agora era tarde demais para cancelar a corrida. Com seu super, hiper, megaentusiasmo pela chance de entrevistar um dos casais mais famosos de Hollywood, atirara a precaução ao vento. Após receber a permissão dos misteriosos patrões, não economizara em promessas de uma manchete sensacional para breve. As vendas haviam dobrado segundo os últimos relatórios da LAT Enterprise. E, como vendas significavam dinheiro, enquanto a revista continuasse vendendo, o emprego dela estaria garantido. Mas por quanto tempo mais os leitores ficariam aguardando a *surpresa*? Até o momento, não tinha nada. Nada de Brad Pitt, nem de Angelina Jolie, tampouco do empresário que parecia ter se pulverizado no ar!

Abby deveria ter dado atenção ao sexto sentido. No momento que recebera aquele e-mail convidando a *The Informer* para entrevistar a família número um de Hollywood, deveria ter investigado a possibilidade de um embuste. A cada tentativa de entrar em contato com o empresário em questão, precisara se identificar e explicar o motivo da ligação. Antes que a linha caísse, ao término do relato, poderia jurar que algum engraçadinho rira do outro lado. Era preciso encarar os fatos: a entrevista Pitt/Jolie não iria acontecer. Estava com os dias contados na revista. Metera os pés pelas mãos e agora teria de arcar com as consequências.

A única salvação seria encontrar algum artista famoso a ponto de merecer menção na capa com letras garrafais, e ser capaz de criar um texto impactante o suficiente para corresponder à expectativa dos leitores. Abby considerou ligar para Chris e sondá-lo sobre algum escândalo recente, ainda não divulgado, com uma das inúmeras jovens estrelas do cinema que haviam passado por seus braços, mas, por maior que fosse seu desespero, não conseguia se animar a procurá-lo. De qualquer maneira, Chris não teria lhe contado nada de especial. Podia ser um mulherengo, mas não falava da própria intimidade nem sobre as pessoas com quem se relacionava. Com ninguém. Muito menos com repórteres de *revistazinhas*.

Em meio ao caos dos pensamentos, Abby se lembrou do pedido que a mãe lhe fizera para investigar aquele médico, dono de uma clínica frequentada por estrelas e também por Ida. Talvez ali estivesse a tábua da salvação. Àquela altura, Abby estava disposta a tentar qualquer coisa. Desligou o computador e os televisores, e chamou Chester. Uma visita à mãe era mais que necessária. Por último, apagou as luzes. Os novos proprietários certamente apreciariam o esforço de economizar.

— Vamos, menino. Vou levá-lo à praia.

Chester correu para a porta e desceu rumo ao hall antes que Abby tivesse chance de prender a guia à coleira. Sem problemas. Estavam sozinhos no prédio. Os outros repórteres cobriam pequenos eventos para as páginas finais. No ritmo que as coisas andavam, acabaria tendo de arrastar as notícias de fundo para as primeiras páginas. Escolheria a menos fraca e a incrementaria, tornando-a bem interessante, sem apelar para a mentira ou o grotesco. Sim; se fosse preciso, seria exatamente isso que faria. Os concorrentes recorriam a essa estratégia o tempo todo, e figuravam como número um e número dois entre os tabloides do país.

— Venha, Chester, vejamos o que Coco anda aprontando por lá.

No estacionamento, Chester se pôs a correr em círculos para mostrar à dona como estava alegre. Abby riu da brincadeira. Cachorrinho esperto.

O trânsito na Pacific Coast estava parado. Para-choque com para-choque. Abby colocou o último CD de Britney Spears para tocar. A jovem cantora estava de volta aos palcos, embora a música não causasse mais um grande deslumbramento. Talvez Abby devesse ter ligado para a mãe avisando sobre a visita, mas, a não ser que não estivesse em casa, sua chegada só iria agradá-la. Não a visitava desde que a reforma começara.

Abby estava ansiosa para ver o resultado da mágica que a mãe orquestrara com a empresa de decoração. O interior do casarão estava péssimo quando ela o comprara. Mas Toots era uma mulher de talento. Abby não tinha nenhuma dúvida de que a mãe transformaria o lugar em uma maravilhosa casa de praia.

Quarenta e cinco minutos mais tarde, Abby estacionava o mini-Cooper amarelo radiante ao lado do Thunderbird vermelho brilhante da mãe. Chester começou a espernear para se livrar do cinto de segurança, e Abby o soltou.

— Calma, menino. — Ele não a ouviu. Uma vez liberado, saltou do banco antes que Abby fizesse menção de se movimentar para descer do carro. — Já sei. É Coco que o está deixando assim entusiasmado, não é? — Mas, como estivesse abusando, correndo e cavoucando a terra, Abby o mandou parar, fazendo-lhe um carinho nas costas em gratidão por ter sido prontamente atendida.

Bateu à porta, e ela se abriu. Não deveria ter sido bem fechada, pois cedeu a seu toque.

— Mãe? — Abby segurou Chester pela coleira para impedir que disparasse casa adentro, derrubando tudo em que esbarrasse pelo caminho.

Reconheceu a voz da mãe falando com alguém. Esperava não ter chegado em má hora, interrompendo algo de importante.

— Mãe, Sophie?

Atravessou o vestíbulo e seguiu para a cozinha, surpresa com a transformação. Armários brancos, tampo da pia em granito azul. Acessórios cromados. Tão descontraída quanto deveria ser uma casa de praia.

— Mãe, onde você está?

Toots despontou da sala de jantar como um foguete.

— Abby! Achei que fosse você! O que faz aqui uma hora dessas? Se tivesse me avisado que viria, não... Teria preparado algo para você jantar.

Abby foi obrigada a rir.

— Então teria saído daqui com fome.

Toots aproximou-se da filha e a abraçou.

— Não está sendo nem um pouco gentil.

Terminado o abraço, Abby tentou se afastar, mas a mãe a segurou pelo braço e se pôs a arrastá-la em sentido contrário ao da sala.

— Mãe, o que está fazendo? Meu braço!

— Desculpe. Não queria machucá-la. Venha comigo.

— Eu vou. Mas o que está acontecendo aqui? — Conforme seguia os passos da mãe, Abby tentava descobrir o motivo da pressa em saírem para o terraço.

— Nada. Absolutamente nada. O que a faz pensar que algo esteja acontecendo? — Toots praticamente empurrou Abby pela porta de correr. — Só estou querendo fumar um cigarro.

— Chester, não! — Abby desceu correndo as escadas que davam para a praia a fim de tentar alcançá-lo. O cão parou no último degrau, perto da caixa onde Mavis guardava a coleira de Coco. Abby ordenou que subisse de novo e se encaminhou para a mesa à qual a mãe se sentara, estranhando que estivesse tragando a fumaça como se a própria vida dependesse da inalação de nicotina e alcatrão contidos naquele cigarro.

— Cadê a cachorrinha de Mavis? Chester disparou daquele jeito para encontrá-la. Acho que está apaixonado.

— Espere um minuto. — Toots apagou o cigarro no cinzeiro novo, verde cintilante.

— Mãe, o que está havendo? — A pergunta alcançou Toots antes que abrisse a porta de vidro.

— Nada, Abby. Vou buscar Coco. Não saia daí.

Abby anuiu com a cabeça e se sentou em uma cadeira azul e verde. A mãe estava muito esquisita. Não que essa fosse a primeira vez que se comportava de maneira estranha. Tinha certeza de a mãe lhe escondia algo. E, como o segredo provavelmente envolvia algum homem, Abby riu sozinha. Não era de admirar que a mãe a quisesse fora do caminho. Apenas imaginara que fosse esperar um pouco mais. Podia jurar que ouvira a mãe afirmar em tom solene que Leland seria seu último marido.

— Aqui está — Toots declarou, segurando Coco nos braços como se fosse um bebê. — Tome cuidado com ela. Mavis me mataria se algo lhe acontecesse.

— Onde estão minhas madrinhas? — Abby perguntou, acompanhando os movimentos da mãe ao depositar a pequena Coco junto de Chester. Os dois pareciam se gostar muito. Chester roçou o pelo da chiuaua com o focinho e Coco lambeu as orelhas de Chester. — Não são uma graça? Mas agora me conte o que está havendo.

Ida, Sophie e Mavis se reuniram a elas. Até que a enxurrada de saudações estivesse terminada, Abby contara dez abraços e beijos, no mínimo, da parte de cada madrinha. Passaram-se outros vários minutos, com prolongados suspiros e exclamações de como Chester e Coco eram adoráveis, para as cinco mulheres enfim se acomodarem ao redor da nova mesa.

— Estão aprontando alguma confusão e quero saber o que é. Agora. Não venham com desculpas.

— Abby Simpson, somos maiores de idade. Há muito tempo. Não estamos "aprontando alguma confusão", mas, se estivéssemos, não seria de sua conta. O que a faz pensar que estamos fazendo algo errado? — Toots indagou, o nariz empinado demais para ser levada a sério.

— Não adianta tentar disfarçar, Toots. Abby não é mais criança. Acho melhor contarmos de uma vez o que está havendo. Talvez ela possa aproveitar a história e publicá-la na revista — sugeriu Sophie.

— Você e essa língua que não cabe na boca! Por que não a coloca no...?

— Meninas, parem com esse bate-boca! — Mavis intercedeu. — Abby, querida, o que sua mãe não queria lhe dizer é que... Parece que arrumamos um novo amigo. Aliás, também arrumei um novo amigo. O nome dele é George. Ele tem um *dachshund* chamado Albert. Temos nos encontrado na praia todas as manhãs ao nascer do sol.

Toots captou o olhar de cumplicidade de Mavis e aproveitou o gancho.

— Mavis está apaixonada. Não é uma doce notícia? Estamos tentando descobrir em que estágio do namoro eles estão, mas ela se nega a contar.

— Parabéns, Mavis — Abby disse, e ofertou-lhe um sorriso antes de franzir o rosto. — Mas não é só isso que tinham para me dizer, e não sairei daqui enquanto não me responderem. — Abby esquadrinhou lentamente cada uma das madrinhas e a mãe. — A verdade, e nada mais que a verdade.

— Se não contarem a ela, eu o farei, Toots — Sophie ameaçou.

— Se minha mãe não me contar o quê? — Abby insistiu, passando a ficar de fato preocupada. A mãe e as madrinhas eram capazes das maiores extravagâncias. De repente, poderiam até mesmo estar escondendo algum foragido da polícia!

— Esta casa é mal-assombrada — Sophie declarou sem preâmbulos.

O queixo de Abby caiu quase até a metade do peito. Fixou o olhar em cada um dos quatro semblantes mais importantes de sua vida, os mais queridos. Todas pareciam estar em perfeito juízo. Havia lucidez nos olhos, e os cabelos mantinham-se perfeitamente limpos e penteados. Quatro atraentes e saudáveis senhoras. Abby respirou fundo.

— Repitam o que acabaram de dizer. Devagar.

— Sophie disse que esta casa é mal-assombrada, e estávamos nos preparando para iniciar uma sessão espírita quando você nos interrompeu. — Toots deteve-se por um instante, e sua voz tornou-se mais grave. — Não me olhe assim. Não estamos loucas. — Ao proferir a última frase, o olhar de Toots deslocou-se para Ida.

— Você olhou para mim quando disse "loucas"! — Ida protestou.

— Não, não olhei — Toots retrucou.

— Sim, olhou. Eu vi.

— Que tal as duas fecharem a matraca? — Sophie se intrometeu providencialmente na conversa. — Sinto muito, Abby. Toots e Ida precisam parar com essas constantes alfinetadas. Já perdeu a graça. Quanto ao que sua mãe disse, é verdade. A casa está cheia de espíritos, fantasmas, ou sabe-se lá como queira chamá-los. Acredito que alguns tenham sido astros de cinema. Temos feito duas sessões por semana na tentativa de descobrir quem foram exatamente. Estamos quase certas de que um deles foi Bing Crosby. Esperávamos conseguir a confirmação hoje, quando você chegou. Portanto, a menos que queira participar conosco das sessões, daqui em diante comece a ligar antes de vir.

Abby estava verdadeira, total, completamente estupefata.

— Compreendo.

Não. Não compreendia nada, mas o que mais Abby poderia dizer? Passou por sua mente chamar Chris, mas descartou a ideia. Se Chris deixasse escapar a alguém que a mãe e as madrinhas estavam vendo fantasmas, poderiam chegar ao conhecimento dos donos da revista rumores que refletissem de modo desfavorável sobre sua pessoa, em especial agora que exercia um cargo de chefia. O mais provável era que recebesse uma carta de demissão. O que acabaria acontecendo, mais cedo ou mais tarde, quando descobrissem que alardeara uma falsa notícia. Desgraça nunca vem sozinha!

— Falei que Abby iria pensar que estamos com um parafuso a menos — Toots resmungou, o cigarro pendendo do canto dos lábios como se fosse uma mafiosa.

Abby permanecia imóvel como uma estátua. Precisava pensar.

— Deem-me um minuto.

Toots concordou com um aceno de cabeça, deu uma longa tragada e soltou a fumaça pelo nariz, como um dragão.

— Vejam se entendi direito. Vocês me disseram que esta casa está sendo assombrada por Bing Crosby? — Abby deixou que as palavras pairassem no ar enquanto torcia para estar enganada, mesmo sabendo que não estava.

— Sim — Sophie respondeu sucintamente, o pensamento retornando à última sessão em que Aaron Spelling e Bing Crosby, falecido ator e cantor norte-americano que imortalizara *White Christmas*, uma das canções mais tocadas em festas de Natal, haviam se confrontado.

Como em um teatro de marionetes, os movimentos da dupla eram ligeiros e abruptos, como se estivessem sendo manipulados por um mestre desconhecido. Elas olhavam, estarrecidas, conforme os dois fantasmas, visíveis através de duas porções alongadas de névoa, discutiam um com o outro.

O homem, ou melhor, o espírito que haviam reconhecido como o de Bing Crosby, investira contra o outro de punhos fechados. Os lábios pálidos e arroxeados se moviam à velocidade da luz.

— Por que me persegue? Do que quer reclamar? Este lugar era um tesouro! Você o pôs abaixo com um trator, como se não passasse de uma velha árvore condenada!

Os punhos fechados tornaram a se projetar.

A outra substância etérea enevoada, que as amigas reconheceram como o finado Aaron Spelling, balançou negativamente a cabeça e esboçou um sorriso, como se a reclamação o divertisse. Os cabelos grisalhos cortados rente brilhavam no escuro como gotinhas de cristal.

— Escute aqui, colega, você já tinha morrido quando comprei sua casa. A outra, não esta. Por que se incomodar com isso se estava morto?

As quatro mulheres acompanhavam a discussão em perplexo silêncio. Após as várias aparições, estavam de certa maneira familiarizadas com a presença de espíritos na casa. Aquela, porém, era a primeira vez que os dois se apresentavam juntos. Nas sessões anteriores, ora aparecia um, ora o outro. Por alguma razão obscura, o espírito de Aaron Spelling perseguia o de Bing Crosby.

Bing levantou as mãos, e elas tomaram a forma de dois prolongamentos diáfanos flutuando para o alto a partir do torso, mas ainda encerradas naquela espécie de névoa que o envolvia.

— E você não está, por acaso? Ou ainda não percebeu que também já bateu as botas?

A cabeça de Aaron tombou em direção ao peito evanescente.

— Sinto lhe dizer, mas está tendo uma alucinação. Acabei de tirar um cochilo. Não estou morto.

Bing soltou uma gostosa gargalhada, igual às que se dão na Terra.

— Você não está morto por tempo suficiente para perceber a nova condição. Demora um pouco. Levei quase um ano para me dar conta de que não fazia mais parte do mundo dos vivos. Não se engane. Vai cair na realidade quando menos esperar.

Aaron fitou o chão e se abaixou para apanhar algo como se visse um objeto. Ao retomar a posição original, estendeu a mão para Bing.

— São as chaves das minhas casas. Mortos não carregam chaves.

Bing introduziu a mão em um bolso translúcido e retirou um chaveiro com um molho de doze chaves no mínimo.

— Estas foram colocadas em meu caixão antes de ser enterrado. Embora não consiga explicar a razão, também carrego chaves. — Bing se deteve por um instante. — Suas chaves possuem algum significado especial?

As quatro mulheres acompanhavam a polêmica entre os dois fantasmas, mal se atrevendo a respirar.

Aaron considerou a questão.

— Guardo uma chave de cada casa que comprei. Acredito que possa chamar isso de significado especial.

— Então aposto que alguém que você amou as colocou no caixão.

Aaron negou vigorosamente com a cabeça translúcida.

— Não. Minha esposa jamais se desfaria delas sabendo quanto eu as prezava.

Bing tornou a rir, e flutuou até Aaron.

— Eis aí a prova, senhor Spelling. Você também está mortinho da silva!

Subitamente, as aparições enevoadas giraram em torno da mesa e depois começaram a rodopiar como pequenos redemoinhos. O lençol roxo saiu esvoaçando da mesa e desceu sobre os ombros de Sophie como uma capa. As névoas rodopiantes desapareceram tão repentinamente quanto haviam surgido.

Toots, Ida e Mavis olhavam, boquiabertas, para Sophie, que se tornara da cor dos fantasmas antes de desaparecerem. A amiga mostrava-se no limiar entre a perplexidade e o estado de choque. Toots inclinou-se por cima da mesa e estalou os dedos diante do rosto de Sophie para que despertasse, como se a tivesse submetido a uma sessão de hipnose.

Voltando a si, Sophie puxou o lençol de cima dos ombros, deixando que resvalasse para o chão, e se levantou da cadeira.

— Não sei quanto a vocês, mas pretendo tomar um porre.

Sem mais palavras, Sophie seguiu para o armário onde Toots guardava as bebidas. As amigas não a deixaram esperando sequer por um segundo.

— Assombrada por Bing Crosby? Você o viu nitidamente? — Abby questionou, trazendo Sophie de volta ao presente.
— Sim — ela afirmou.
— Tudo bem.
— Mentira. Não está tudo bem para você. Tenho certeza de que está pensando que somos velhas lunáticas que não sabem mais o que dizem. — Sophie estreitou os olhos para a afilhada. — Está ou não está?

Abby dobrou o corpo e esticou a mão para acariciar Chester e Coco, enquanto tentava ganhar tempo. Por outro lado, não podia querer se enganar e atribuir o relato da mãe e das três madrinhas a um desvario coletivo. Não era um sonho. Encontrava-se realmente na casa de praia que a mãe comprara em Malibu. E Toots — uma mulher voluntariosa, determinada e prática — estava lhe falando sobre fantasmas com tanta naturalidade quanto se mencionasse os novos vizinhos.

Se apenas uma delas afirmasse ter visto um fantasma, e não um fantasma qualquer, mas o de Bing Crosby, Abby por certo lhe concederia o benefício da dúvida. Bebidas além do razoável, sono insuficiente, ilusão de ótica. Poderia haver mil motivos. Mas as quatro? Sobretudo, sua mãe? Não. Toots era centrada e não era dada a divagações, tampouco uma daquelas pessoas a quem se podia atribuir a qualidade de imaginação fértil. Enfim, Abby precisava se decidir entre dois extremos: ou acreditava nelas, ou só podia achar que estavam loucas.

— Falem-me sobre eles. Quem foi a primeira a vê-los? — Abby perguntou, olhando para baixo a fim de não esbarrar em Chester e Coco ao arrastar a cadeira para mais perto da mesa, ao redor da qual a mãe e as madrinhas já estavam reunidas.

— Eu — Toots respondeu. — Estava dormindo profundamente quando apareceram.

— Bing Crosby estava entre eles?

— Não sei. Acho que despertei por causa do frio. Não me lembro com exatidão. Tive a sensação de que alguém me observava e, quando abri os olhos, vi aquelas formas translúcidas. O quarto parecia envolto em uma densa neblina, mas não por inteiro. Elas se condensavam ao redor da cama como nuvens. E essas nuvens tinham rostos. Apenas rostos, sem corpos. As bocas moviam como se os fantasmas estivessem discutindo entre si.

— Você não tinha me contado esses pormenores — observou Sophie.

— Acabou de me ocorrer. Contei que as bocas se moviam como se estivessem falando sem emitir som, mas acho que estavam brigando. Havia uma mulher entre eles. Os cabelos eram loiros e armados, ao estilo dos anos sessenta.

— Como é possível que esteja descrevendo essas imagens com tanta riqueza de detalhes se não se lembrava de nada no dia seguinte à materialização dos espíritos? — queixou-se Sophie. — Espero que não esteja inventando essa história só para livrar sua barra com Abby. Se o que está dizendo é verdade, talvez estejamos diante de algo digno de entrar para a História.

— Acha que mentiria sobre algo dessa magnitude? Ora, Sophie, me poupe! Você sabe que não minto. Não dá para explicar o que houve comigo e por que só agora, de um minuto para outro, lembrei-me do que ocorreu naquela noite. De repente, veio tudo à minha cabeça.

Abby ergueu a mão.

— Parem. Vocês duas. É tudo muito maluco. Ida, Mavis, o que acham?

— Não vi as nuvens de que sua mãe falou, mas reconheci Bing Crosby. Essas sessões abriram meus horizontes. Não acreditava em fantasmas antes. Concordo que seja difícil para assimilar, mas o que estão dizendo é a mais pura verdade — Mavis assegurou.

— Concordo, Abby — Ida enfim declarou. — O espírito que vimos era de Bing Crosby, com certeza. Sei que o que estamos lhe contando vai além do bizarro, mas juro que é verdade.

Abby moveu a cabeça afirmativamente e se levantou.

— Mostrem-me o local onde realizaram as sessões.

Mavis pegou Coco nos braços e Chester as seguiu de perto.

— Na sala de jantar — Toots informou. — É o único lugar onde a reforma ainda não foi concluída. Sophie é de opinião de que devemos adiar o término das obras até que essa história seja resolvida.

No interior da casa, Abby reparou de imediato na mesa redonda de madeira com o lençol roxo jogado despojadamente por cima. Pressionou o interruptor, mas a sala continuou às escuras.

— O que houve com a luz?

— Usamos velas — explicou Sophie. — Os espíritos não se apresentam em locais iluminados, mas consegui captar alguns sinais com meus aparelhos. Antes da sessão, instalei uma câmera infravermelha e um detector de movimentos.

— Mais tarde quero ver esse vídeo. — Abby percorria a sala de um lado a outro, usando a mesa como referência. Uma força magnética parecia atraí-la para lá.

— De onde veio este móvel? — Abby encarou a mãe. — Sei que não é seu.

— Já estava aqui quando nos mudamos. Posso perguntar à corretora se ela sabe quem foi o dono original. Por que, Abby?

— A mesa parece bem antiga. Acredito que a energia de uma pessoa possa ficar impregnada em objetos de que goste, como roupas, móveis ou paredes de uma casa. Talvez esta mesa tenha alguma ligação com o espírito desses homens que viveram aqui.

— Nunca me contou que se interessava por esses assuntos.

— Você nunca perguntou, mamãe, e esse tipo de coisa nunca foi abordado em nossas conversas. Digamos que procuro manter a mente sempre aberta a novos conhecimentos. Principalmente para alguém que morou em Charleston, é impossível nunca ter ouvido falar em fantasmas. Existem até mesmo excursões que levam os turistas aos locais famosos por assombrações residentes. Fizemos um desses passeios logo que nos mudamos, lembra?

— Sim — concordou Toots — e, se minha memória não falha, você quase morreu de medo. Naquela noite, não me deixou apagar a luz do quarto nem fechar a porta quando a coloquei na cama.

— Eu me lembro. Quantos anos eu tinha, dez, doze?

— Por aí.

— Você gostaria de participar da corrente na próxima sessão? — convidou Sophie.

— Acho que sim. Vai depender de minha situação na revista. Se for demitida, como tudo indica, terei tempo de sobra para vir aqui a qualquer hora que me chamarem.

— Vamos para a cozinha — propôs Toots. — Enquanto tomamos alguma coisa, você conta por que acha que será demitida.

— É melhor não saber, mãe. Acredite.

Toots voltou-se para a filha.

— Quero muito saber, Abby. Acredite.

CAPÍTULO 16

Toots, Abby e as três madrinhas se sentaram ao redor da mesa branca da cozinha, em estilo provençal, com drinques, um prato de frutas frescas, queijo e bolachinhas salgadas. Cortesia de Mavis.

— Fiquei tão animada com a perspectiva de entrevistar o casal que me esqueci do fundamental: marcar uma reunião com o empresário para discutirmos pessoalmente os detalhes. Errei feio. Não me comportei como profissional. Se perder meu emprego, a culpa foi totalmente minha. Não entendo, aliás, por que me agarro tanto a essa droga de revista, que só se importa em espiar as celebridades.

— Não se atreva a repetir isto, Abby Simpson! — Toots protestou. — Foram revistas como a *The Informer* que me fizeram companhia nas noites solitárias, entre um marido e outro. Bebia cada palavra de cada artigo. E não sou a única aqui que pensa assim. — Toots desviou o olhar para Ida, Sophie e Mavis. A cabeça das três movimentaram-se para cima e para baixo como maçãs em uma tina de água como a das festas de Halloween.

— Crescemos em uma época em que cinema era sinônimo de magia, e atores e atrizes, eram deuses. Nunca perdíamos as matinês dos sábados. Saíamos enlevadas da sessão e passávamos o resto do dia sonhando que éramos estrelas — Ida contou, as feições suavizando-se sob o efeito das doces recordações.

— Como eu, existem milhares de pessoas, Abby. Não se desprestigie. O que você faz tem valor, sim. — Toots estendeu a mão sobre a mesa e alcançou a de Abby. — Conte conosco para o que precisar.

— Sequestrariam o casal Pitt/Jolie por mim? — Abby acenou em negativa. — Acredito que não há ninguém que possa me ajudar, mas obrigada mesmo assim. É bom saber que, apesar de fantasmas e sessões espíritas, estão dispostas a me apoiar. Se detivesse o poder de criar uma notícia de impacto que me livrasse dessa situação, poderia me dar por feliz.

Os olhos de Sophie faiscaram. Os lábios de Toots se abriram em um largo sorriso.

— Talvez seu problema esteja resolvido. O que acha de escrever sobre o que está acontecendo aqui? — Sophie apontou para a sala de jantar.

— Sobre as sessões, você quer dizer? — Abby pestanejou. — Sobre o fantasma de Bing Crosby?

— Por que não? Isto é Hollywood; tudo é possível aqui — completou Toots.

— Preciso pensar um pouco, mãe. Duvido que alguém de minha geração saiba quem foi Bing Crosby. Eu mesma provavelmente nunca teria assistido a nenhum de seus filmes se não fosse por você. Rag não aprovaria essa ideia se ainda estivesse na revista.

— Sonde os novos proprietários. Mal não fará. A *The Enquirer* lançou uma coluna sobre vida em outros planetas. — Toots cogitou aproveitar a oportunidade para contar à filha que não perdia sequer um exemplar da revista. Chance igual àquela não se repetiria. O tema estava em evidência. Com a avalanche de programas e estudos sobre fantasmas e casas mal-assombradas, Toots tinha certeza de que qualquer história sobrenatural cairia no agrado do público. Mas, sobre a compra da *The Informer*, Toots considerava que ainda era cedo demais para contar a Abby. A filha adorava aquele emprego, e Toots faria o que fosse preciso para que continuasse feliz e satisfeita com seu trabalho.

— Acho que está certa. Perguntarei a eles. De qualquer modo, teria minha cabeça cortada no momento que o fracasso sobre a entrevista que prometi viesse à tona.

— Esqueça a entrevista. Vão adorar sua proposta — afirmou Mavis, com um sorriso de encorajamento endereçado a Toots e a Sophie, mais que a Abby.

— Concordo. Esse tipo de história é fascinante. — Ida fez uma pausa. — Não leio tabloides como sua mãe, mas aprecio um bom romance.

Sophie estreitou os olhos.

— Sou capaz de apostar que só lê as cenas de sexo.

Ida foi a única a não cair na risada.

— Sorte para mim, azar para vocês. Não preciso fantasiar sobre minha vida sexual, porque tenho uma.

— Você é uma figura — Toots murmurou.

Mavis, batendo palmas, silenciou o grupo.

— Parem antes que a brincadeira transforme-se em briga. Juro que são mais encrenqueiras que alguns de meus antigos alunos.

— Não adianta tentar desviar do assunto, Mavis — Sophie caçoou. — Não vai escapar sem nos dizer a quantas anda o namoro com George.

Mavis enrubesceu.

— Não é da sua conta. O que acontece entre um homem e uma mulher não é para ser espalhado ao vento.

Abby se levantou.

— Seria ótimo continuar com vocês e discutir sobre a vida sexual de cada uma, mas, enquanto ainda tenho um emprego, preciso de uma boa noite de sono. Vamos para casa, Chester. — O cão se deitou estatelado no chão, ganiu baixinho e deu uma lambida em Coco. — Venha, Chester. Agora! — Abby ordenou, dirigindo-se à porta onde deixara a guia. O cachorro não se moveu. — Parece que ele não quer mesmo ir. Nunca o vi deste jeito. Deve ser uma paixão genuína.

— Deixe-o aqui esta noite — Mavis ofereceu. — Coco vai adorar ter companhia.

— Não posso. Sinto muito. Chester é uma espécie de guarda-costas para mim. Não me sinto segura sem ele.

— Por que não dorme aqui também? É tarde. Por que se arriscar a cruzar a cidade sozinha até Brentwood? Espaço não falta. E, com um pouco de sorte, talvez seja agraciada com uma visita do velho Bing.

Abby encarou a mãe por um instante e depois fitou as três madrinhas. Fazia uma eternidade que não passavam uma noite inteira juntas. Poderia ir para o trabalho, pela manhã, direto de Malibu. A distância seria a mesma que de sua casa em Brentwood.

— Vocês me convenceram. Mas, se for para dormir aqui, quero ficar no mesmo quarto em que mamãe viu os fantasmas.

— Agora ele é meu — esclareceu Sophie. — A cama é enorme. Pode dormir comigo.

— Negócio fechado. E, agora, que tal outro drinque? Quero saber mais sobre as sessões que vocês têm feito. A propósito, como aprenderam sobre o ritual?

Como de costume, Sophie vibrou ao se tornar o centro das atenções. Ainda mais na presença de Abby.

— Começou em Nova York, com uma amiga que se interessava por tudo que envolvesse paranormalidade — falou Sophie. — Ela me contava histórias de arrepiar. Depois de alguns casada com Walter, os fantasmas não pareciam tão assustadores. Aprendi a ler cartas de tarô e consultava colegas no escritório de vez em quando. Sempre fui fascinada por espíritos e demônios. Nunca ouviu falar sobre os hotéis mal-assombrados daqui de Los Angeles?

Abby afirmou com a cabeça.

— Mas nunca parei para pensar realmente sobre isso. Eles fazem parte das lendas de Hollywood. Quase todos os antigos hotéis têm uma história de fantasmas que faz parte da tradição. O Roosevelt e o Knickerbocker, entre eles.

Quando Sophie se mostrava empolgada com um assunto, todos que a conheciam deixavam-na falar sem tentar interromper. E tratavam de se manter a uma distância segura de suas mãos e braços. Ali estava um daqueles momentos.

— Sim, o Roosevelt. Ouvi falar. Pretendo visitá-lo antes de partir. Ouvi falar que o espelho de Marilyn Monroe ainda está lá, pendurado na parede do vestíbulo. Lembro de ter lido em algum lugar que muitos hóspedes viram o reflexo de uma mulher loira no espelho. Os fãs mais fanáticos afirmam que a vida dela foi tão triste, que a imagem ficou marcada para sempre naquele espelho.

— Espero que não seja crédula a esse ponto — Ida zombou.

— Depois do que testemunhei nestas três semanas? É claro que acredito! Acho melhor você pensar antes de falar. Nunca se sabe quando um deles estará pelas imediações. Não desejaria me indispor contra um fantasma.

— Menos, Sophie — Toots sugeriu, fazendo um sinal.
— Por quê? Por acaso está ficando assustada também?
— Não, só me assusto com você quando a vejo se levantar pela manhã — Toots respondeu, contundente.
— Vá para o inferno!
— Vá você!
— Mãe, Sophie, parem com isso. Estão parecendo crianças.
— Pode parecer difícil imaginar, mas já fomos crianças. Um século atrás.
Era praxe. Toda e qualquer discussão acabava em riso.
— Está ficando tarde. Estou cansada e bebi demais. Venha, Abby. — Sophie se levantou e alongou os braços. — Quem sabe teremos a sorte de ver algum espírito no quarto...
— Subirei em seguida — Abby anunciou. — Mãe, Ida, Mavis, até amanhã. Imagino que Chester tenha pretensões de dormir com Coco esta noite.
— Au!
— Tudo bem. Entendi. — Abby se encaminhou para a escada. — Boa noite a todas.
— Boa noite.
Mavis tirou a mesa e colocou os pratos na lava-louça. Toots trancou as portas e apagou as luzes. Ida subiu para o andar de cima logo depois de Abby. Tomaria um longo banho de banheira e aproveitaria para refletir sobre o vultuoso empréstimo que Sammy lhe pedira.

CAPÍTULO 17

Abby não se deu o trabalho de passar em casa a caminho do escritório. Tomou um banho na casa da mãe antes de sair e vestiu uma roupa limpa. Sempre carregava uma muda de roupa no porta-malas do carro. Desenvolvera o hábito havia anos, e ele se mostrara útil em diversas situações. Em seu ramo de trabalho, nunca se podia prever quando surgiria a necessidade de uma viagem inesperada ou um convite para uma festa ou reunião formal. A maleta de Abby continha um vestido preto básico de caimento perfeito e tecido que nã amassava, uma calça preta do mesmo material, uma blusa preta de gola alta com mangas três-quartos e um par de sapatos pretos de salto que combinava tanto com a calça quanto com o vestido. Também levava uma frasqueira com artigos de perfumaria e cosméticos, e uma cópia do passaporte. Para Chester, Abby levava um saco plástico com biscoitos caninos e tiras de carne processada que normalmente lhe oferecia como agrado, e uma caminha estampada com cachorrinhos. Uma vez por semana substituía a embalagem com seis garrafas de água mineral por outra. Gostava de estar preparada para qualquer eventualidade. Esse tipo de providência permitira a economia de uma hora de seu tempo naquela manhã.

Assim que alimentou Chester e ele se instalou na poltrona, Abby preparou uma xícara de café e ligou os televisores e os três computadores. Estava ansiosa por notícias. Não por aquelas que se publicam nas últimas páginas, mas as que se exibem em letras garrafais. Uma manchete. Caso contrário, teria de começar a pensar seriamente em acatar a sugestão da mãe. Não que fosse ruim; não era. O problema era que precisava de algo mais atual. Essa era a chave do sucesso em sua linha de reportagem. Notícias do mundo do entretenimento precisavam ser atuais. Se a matéria se referisse a tempos passados, ninguém se interessaria. Necessitava de notícias que coincidissem com o lançamento de filmes, divórcios envolvendo celebridades, flagrantes de spas onde estrelas famosas tentavam perder cinco quilos antes de uma aparição em público.

O aroma de café espalhou-se pelo ambiente. Abby tomou vários goles antes de se sentar para checar os e-mails. Cruzou os dedos, torcendo para deparar com a resposta do empresário do casal Pitt/Jolie. A essa altura dos acontecimentos, não dava para apelar a mais nada que não fosse um lance de sorte. Mesmo que a entrevista e a sessão fotográfica se tornassem realidade, já não daria tempo para publicá-la na próxima edição. Simplesmente teria de desistir da entrevista original e dar início aos preparativos para mandar imprimir outra história na primeira página.

A lista não incluía nenhum e-mail do tal empresário, como antecipara. *Nunca tenha expectativas e não se decepcionará.* Alguém lhe dissera algo parecido anos antes, e o conselho ficara gravado na mente. Aplicava-se com perfeição ao momento atual.

Abby respondeu a três e-mails da equipe e a dois de um noticiário da televisão local que vinha tentando marcar uma entrevista com ela desde o sumiço de Rag. Podiam esperar sentados. Sentia na própria pele o quanto incomodava esperar por uma resposta positiva que nunca se concretizava, mas não estava em condições de dar entrevistas sobre Rag. O desaparecimento do ex-chefe era caso para as autoridades policiais. Abby não precisava de mais uma complicação em sua vida. Selecionou o texto e pressionou a tecla DELETE para apagá-lo. Em seguida, bloqueou o endereço para não receber mais nenhum e-mail deles. Uma preocupação a menos.

Surpreendeu-se ao encontrar uma mensagem da mãe. Estranho. Acabava de vir da casa dela. Verificou o horário da emissão. Sua mãe lhe mandara aquele e-mail meia hora após ter saído de lá. Leu-o rapidamente, e tornou a ler.

Abby,
Não tive chance de falar com você em particular. Estávamos cansadas e um pouco atordoadas pelos drinques e pelas conversas que ti-

vemos. Ida tem se encontrado com o dr. Sameer. O relacionamento vinha se mantendo em segredo até alguns dias atrás. Os dois tiveram o primeiro encontro oficial justamente no dia anterior à sua visita. Algo de sério deve ter acontecido porque Ida voltou para casa cedo e bastante perturbada. Sophie e eu estamos desconfiadas dele. Foi o dr. Pauley que o recomendou, mas sinto que há algo errado, embora não possa afirmar do que se trata. Um mau pressentimento. Você poderia dar uma olhada no currículo dele? Sem contar nada a ninguém, é claro. Espero que os contatos na revista possibilitem o acesso a certas informações confidenciais. Mas, se não for possível, ligarei para Chris e lhe pedirei esse favor. Suas madrinhas e eu estamos fazendo planos para uma nova sessão na próxima semana. Adoraria tê-la conosco.

Mamãe

P.S.: Estou com pena de Ida. Ela ficou desolada pela perda dessa incrível oportunidade de voltar a fotografar.

Abby pressionou o botão de resposta.

Mamãe,
Você ainda dormia quando Chester e eu saímos. Desculpe! Não quis acordá-la. Diga a Ida que também sinto muitíssimo. Talvez tenhamos mais sorte em breve. Verei o que descubro sobre o dr. Sameer. Suas credenciais são impecáveis, mas... Começarei a investigação imediatamente. Sim ao convite para a sessão! Avise-me sobre o dia e horário.

Abby

Abby pressionou o botão ENVIAR. Em seguida fez uma anotação para pedir a um dos membros da equipe que investigasse o dr. Sameer e o Centro de Harmonização Mente e Corpo. Talvez aquilo desse uma história. Estava mesmo desesperada. Não havia mais como adiar a comunicação tão temida.

LAT Enterprise
É com grande pesar que escrevo este e-mail. Acabo de receber a informação de que a entrevista Pitt/Jolie foi cancelada. Estou traba-

lhando atualmente em outro projeto que, espero, vá despertar igual interesse em nossos leitores.

Era uma mentira grosseira. E Abby detestava mentir.

Diz respeito a um ator já falecido. Embora não seja uma notícia inédita, acredito que os leitores estejam abertos à possibilidade de ingressarmos nos campos do sobrenatural.
Peço autorização para dar continuidade à matéria.

Simpson

Abby não se deu o trabalho de reler o e-mail antes de enviá-lo. Era ridículo. Aquele, provavelmente, seria seu último dia como editora-chefe da *The Informer*. Correu o olhar pelo escritório com um nó na garganta. Teria condições de desocupar a sala em minutos desde que alguém a ajudasse com a poltrona de Chester.

Mas, em vez de ficar deprimida com a demissão, Abby decidiu encontrar um jeito de se defender perante os patrões e talvez salvar seu emprego. Para isso teria de descobrir quem mandara o e-mail sobre a falsa entrevista e de onde viera. O telefone saltou do gancho para sua mão em frações de segundo. Digitou o número que a colocaria em contato com Josh, o guru da informática.

— Sim?

Abby ouviu ao fundo o ruído furioso de teclas sendo pressionadas.

— Josh? Abby. Preciso que venha a minha sala o mais rápido possível.

O ruído cessou.

— Você me dá dez minutos?

— Claro. Obrigada, Josh — Abby agradeceu antes de desligar.

Se havia alguém que poderia descobrir a origem dos e-mails, era Josh. Rag o contratara ainda menino, recém-formado. Um dos poucos acertos daquele canalha na longa sucessão de erros.

Se o e-mail partira realmente do empresário do casal Pitt/Jolie, na próxima hora Abby estaria cogitando sobre o tipo de história que poderia explorar com a descoberta. Não que fosse conseguir uma matéria explosiva, mas estava disposta a aceitar qualquer coisa ao lado da qual pudesse escrever: EXCLUSIVO!

Uma batida à porta arrancou Chester da poltrona, que saltou em disparada. Desde o incêndio, Abby não o deixava mais sozinho em casa. O cão era sua proteção particular.

— Céus! — Josh recuou com um pulo ao abrir a porta e dar com Chester. — Não sabia que você mantinha um cão de ataque no escritório.

— Não conte a ninguém, mas ele só morde a meu comando. Volte para seu lugar, Chester.

O pastor-alemão acomodou-se de imediato na poltrona.

— Melhor assim — resmungou Josh. — Então, o que posso fazer para ajudá-la?

— Tenho recebido alguns e-mails, mas não creio que o remetente seja quem afirma ser. Dá para descobrir de onde estão sendo enviados?

De posse dessa informação, Abby decidira que iniciaria a própria pesquisa.

— Fácil. Quer que eu faça isso agora?

— Seria ótimo. — Abby indicou uma cadeira para que Josh se sentasse diante do computador instalado no centro da mesa. — Utilizo para os assuntos da revista.

— Não levará mais de um minuto — afirmou Josh, os dedos percorrendo o teclado com velocidade biônica.

Enquanto isso, Abby recostou-se no canto da mesa à espera de um milagre. Caso ficasse comprovado que os e-mails haviam partido do empresário, seu emprego estaria salvo. A LAT Enterprise não a demitiria. Dos males o menor: sem a entrevista exclusiva, mas com o emprego. Na pior das hipóteses poderia retomar o velho emprego em San Francisco, ou retornar a Charleston. Insatisfeita, mas com emprego garantido. No entanto, como a mãe costumava dizer, para ser feliz na vida é preciso ser feliz com o trabalho ou com a atividade que se faz.

— O que é *isso*?

Abby se inclinou sobre a mesa para observar o monitor mais de perto. A tela se cobrira de códigos que nenhum ser humano razoavelmente inteligente seria capaz de ler, quanto mais de entender.

— O computador está tentando localizar a origem — Josh respondeu sem tirar os olhos da tela, continuando a digitação com espantosa velocidade.

— Sim, é claro, não sei por que perguntei — Abby murmurou. Embora tivesse aprendido a lidar com vários programas, havia adquirido apenas os conhecimentos necessários para fazer o que precisava. Códigos, arquivos ocultos, logaritmos... Não, muito obrigada! Podia viver muito bem sem eles. Já flutuavam informações que bastassem em sua massa cinzenta.

— Que estranho — Josh exclamou.

Abby desencostou do canto da mesa e se postou atrás da cadeira de Josh.

— O que foi? — suspirou. Detestava ficar esperando, sem ter o que fazer. — Encontrou alguma coisa?

As mãos de Josh pareciam voar sobre as teclas.

— Menina, isso é coisa séria.

— Josh, se não se explicar imediatamente, juro que vou descer e quebrar todos os computadores que encontrar pela frente.

Abby fez a ameaça com um sorriso. Sabia que Josh não a levaria a sério.

— Parecem registros de detenções. — Josh cedeu o lugar para que Abby tivesse uma visão melhor do monitor. — Dê uma olhada.

Abby verificou as páginas.

— Não entendo. São relatórios de uma penitenciária. Mas como e por que vieram parar aqui? Não faz sentido.

— Meu palpite, e é só um palpite, é que algum detento com acesso a computadores tenha enviado os e-mails. Quem mandou a mensagem deve ser um desses fanáticos por informática, um *hacker*, ou talvez os e-mails tenham sido simples veículos para que instalassem um vírus na rede.

Abby passou uma das mãos pelos cabelos.

— Em resumo, está me dizendo que é possível que alguém esteja me enviando e-mails da prisão? Os presos deste Estado têm acesso a computadores?

— Não tenho cem por cento de certeza, mas garanto que a probabilidade é de noventa e cinco por cento — Josh afirmou com um sorriso de orelha a orelha.

— Ou seja, meu próximo passo será descobrir se alguém que conheço está preso. Pessoalmente, não, mas, levando em conta o lado profissional, acho possível. Obrigada, Josh. Pode voltar ao centro de comando. Fico muito grata por esse grande favor.

— Foi um prazer, Abby. Estou às ordens.

Sozinha na sala, Abby se afundou na cadeira e a girou de modo a ficar de frente para o monitor. Seu primeiro pensamento foi para Rag. Provavelmente, fora localizado e estava preso. Não, não podia ser. Teriam lhe contado. Não. Era alguém ressentido com ela e com a revista. Mas quem? Abby escarafunchou o cérebro em busca de uma resposta, sem encontrá-la.

Chris saberia lhe dizer. Sem pensar duas vezes, Abby discou seu número. Ao segundo toque, ouviu a voz metálica:

— Chris Clay — identificou-se a gravação, no tom profissional reservado aos clientes.

— Chris, é Abby. — Ela aguardou que ele atendesse. Nada. Então prosseguiu: — Parece que estou recebendo e-mails com vírus provenientes da Cadeia Pública do Condado de Los Angeles.

— Oi, Abby.

Era capaz de adivinhar o sorriso na voz de Chris. Sem que pudesse vê-la, Abby retribuiu o sorriso.

— Olá, Chris. Como você está? O sorvete estava bom?

— Gostei das palavras. Você estava precisando melhorar a etiqueta ao telefone.

— Prometo que pensarei nisso. Depois. Você sabia que os detentos têm acesso à internet?

— Sim, o que é um absurdo. Como está sua mãe? Não tenho falado com ela ultimamente.

— Estava bem quando saí da casa dela hoje de manhã. Dá para parar de me interromper e me escutar por um minuto? Desculpe, mas é urgente. Preciso descobrir quem é o sujeito que tem algo contra mim ou contra a revista e que está atualmente na prisão do condado. Tem algum contato por lá? Alguém de confiança, capaz de verificar um nome nos arquivos sem grande alarde? Poderia recorrer às minhas fontes, mas não me sinto à vontade para pedir esse tipo de favor, principalmente porque não faço a menor ideia de quem está por trás desses e-mails.

O coração de Abby batia tão forte que precisou tomar fôlego para continuar. Necessitava ter em mente que estava falando com Chris por motivos de negócios, não em caráter pessoal.

— Tenho alguém sim, Abby. Mas todo esse trabalho terá um preço.

— Um preço? Um pagamento em dinheiro, você quer dizer?

— Não. Quero que jante comigo.

— Oh, bem, se essa é a condição, é claro que jantarei com você. Iremos ao Pink's para que eu possa levar Chester também. Ele adora cachorro-quente.

— Com picles e mostarda.

Chris se lembrava. Abby surpreendeu-se rindo. A memória de Chris era tão incrível quanto seu corpo.

— Bem, fica combinado que jantará comigo se eu descobrir quem é que está mandando e-mails da prisão? Quero ter certeza de que entendi corretamente, porque, da última vez que a vi, nosso encontro não foi dos mais amigáveis.

Não era exagero da parte de Chris. Abby tinha de admitir.

— Eu me portei como uma megera. Reconheço. Devia estar na TPM. Mas, se conseguir essa informação, o jantar ficará por minha conta. Você escolhe o restaurante.

— Negócio fechado. Ligarei assim que tiver novidades. Deixe o celular ligado.

— Sinto muito, mas tenho quase certeza de que a bateria está acabando, e esqueci o carregador em casa. Ligue para a revista ou para minha casa, se não conseguir no celular. Não tenho palavras, Chris. Sou profundamente grata pelo que está fazendo por mim.

— Eu sei, Abby. Fico feliz em ajudar. Falo com você assim que tiver uma resposta.

— Obrigada.

Abby devolveu o telefone sem fio à base e suspirou. Um jantar com Chris era a última coisa que poderia esperar como convite, quando resolvera ligar para ele. Fora rude aquele dia no mercado. Chris não podia imaginar quanto a magoara ao dizer que gostava dela para depois abandoná-la e nunca mais telefonar, nem jamais ter repetido aquelas palavras. Quanto a ter preferido representar a mãe dela, Abby o perdoava. Conflito de interesses lhe parecia uma justificativa válida.

Apesar das circunstâncias e da grande probabilidade de vir a ser demitida da revista, Abby estava tão eufórica que sentia ímpetos de gritar ao mundo sua alegria. A vida era fantástica. Chris a convidara para jantar.

— Iupi! — Abby se pôs a dançar e só parou para fazer um carinho em Chester, que inclinava a cabeça em sinal de estranhamento.

— Isto se chama felicidade, garoto. Felicidade.

CAPÍTULO 18

Na manhã em que Abby ligou para Chris, o celular de Ida tocou no momento exato em que ela saía do chuveiro. Como a única pessoa com quem Ida se comunicava naquele aparelho era o dr. Sameer, e não se sentia nem um pouco desejosa de falar com ele, deixou que tocasse até a linha cair. Depois vestiu uma calça capri branca com uma blusa azul-marinho de manga curta, penteou-se, ajeitou os cabelos com as mãos para dar volume e por último aplicou um pouco de batom cor-de-rosa com um pincel. Não fizera planos de sair pela manhã, portanto o ritual completo de beleza, que exigiria quinze minutos adicionais, poderia ser dispensado. O mais importante agora era ingerir uma dose salutar de cafeína. Bebera demais na noite passada e os efeitos do álcool a castigariam pelo resto do dia se não tomasse logo uma providência.

Desceu para o andar inferior e ao adentrar a cozinha viu-se admirando a nova decoração, esquecida por um instante do café. A rapidez e a eficiência com que Toots e a empresa contratada para a restauração da casa haviam transformado os ambientes tinham sido incríveis. A cozinha, antes com cores berrantes, agora era toda branca e arejada. A remodelação de seu quarto fora concluída havia poucos dias. As paredes em amarelo-claro estavam adoráveis, e ela mesma escolhera e comprara o mobiliário. O carvalho tratado em pátina combinava maravilhosamente com os lençóis verde-claros, a colcha e os acessórios. No banheiro da suíte fora instalada uma banheira com hidromassagem. Por todo o quarto a decoração seguia o padrão de amarelo e verde em tons suaves e delicados.

Satisfeita com o resultado, Toots mal podia esperar para pôr as mãos novamente à obra e atacar a sala de jantar. Antes, porém, queria ter certeza de que os fantasmas conseguiriam resolver as pendências neste mundo, para fazerem a passagem ao outro lado. Ida ainda sentia dificuldade em admitir a naturalidade com que as amigas e ela conseguiam falar sobre fantasmas e mortos nos últimos tempos, mas era um fato, e não uma excentricidade, como a maioria das pessoas ainda pensava. Que pensassem o que quisessem! Sentia-se mais feliz agora, aos 65 anos, do que quando era mais nova. Não precisava fingir ser o que não era. As amigas a chamavam de uma porção de nomes, mas ela não ligava, porque a amavam. Era o jeito delas. No fundo, todas se respeitavam e gostavam uma da outra, não importavam os defeitos. Até Ida, a mais difícil, estava aprendendo a ter verdadeira consideração pelas amigas, da maneira que todas mereciam.

Com uma xícara de café nas mãos, deixou-se guiar pelo cheiro de cigarro que vinha do deque, onde encontrou Toots e Sophie, ainda de pijamas, soltando fumaça como duas velhas locomotivas.

— Vocês duas me espantam, fumando essas porcarias logo cedo. O pulmão de vocês deve estar preto como carvão. Desejaria que largassem esse vício.

Sophie deu uma profunda tragada no Marlboro e soprou a fumaça na direção de Ida.

— Proponho um acordo. Você fica sem homem por um ano, e eu paro de fumar. — Sophie deu um sorriso de provocação, uma piscadela para Toots e levou o cigarro de novo à boca.

— Homens e cigarros não se comparam. Fumar pode ser fatal.

O tom de Sophie se tornou igualmente sério.

— Homens também podem ser fatais, Ida. Ouça o que digo. Com relação ao cigarro, ao menos, a escolha é nossa.

Ida meneou a cabeça.

— Está bem. Concordo. Assim está melhor? Você é incapaz de admitir quando está errada, não é? — Ida fez um gesto, impedindo Sophie de retrucar. — Não precisa responder. E Mavis? Dormindo até agora? Ainda não a vi, nem a danadinha da chiuaua esta manhã.

— Ela saiu com George para inspecionar uma de suas lavanderias — Toots respondeu. — Dá para acreditar? Quem diria que a velha Mavis, tão simples e sem vaidade, fosse decidir perder peso em um tempo recorde e acabasse conhecendo um homem rico nas pequenas caminhadas pela praia? Acho que nossa amiga enfim tirou a sorte grande.

— Já o conheceram? — Ida quis saber, batendo a mão no assento para tirar a areia antes de se sentar.

— Ainda não. Mavis quer convidá-lo para uma visita assim que terminarmos a redecoração da sala de jantar. Para não assustá-lo. Não a culpo por esperar. Aliás, sou da mesma opinião. Quatro senhoras vivendo sob o mesmo teto que o fantasma de Bing Crosby... — Toots fez uma pausa para acender outro cigarro. — Não. Ela está certa em mantê-lo longe daqui, ao menos por enquanto.

Os turistas começavam a lotar a praia, colorindo-a com maiôs, guarda-sóis, toalhas e geladeiras portáteis. Pais passando filtro solar em ombros, costas, barrigas e rostos. Crianças, jovens e adultos correndo para o mar, fazendo algazarra, alguns rindo, outros soltando pequenos gritos ao mergulhar na água fria e perder o fôlego. Risadas, burburinhos, berros e choros ocasionais sendo trazidos pela brisa até a varanda.

— Todo esse tempo em que estamos aqui, e ainda não fui à praia sequer uma vez — disse Sophie, os olhos voltados para a multidão. — Farei isso em breve. Levarei uma cadeira e ficarei por ali, só fumando e xeretando. — Sophie riu como se tivesse contado uma piada. — Quer ir comigo, Ida? Eu fumo e você procura um candidato a novo marido. Talvez George tenha um irmão para nos apresentar...

— Por que não me dá uma trégua? Faz seis meses que não para de me azucrinar. Estou ficando cansada dessa sua insistência, Sophie. Por que *você* não arruma um homem? Não tem capacidade? Não tem tempo devido ao excesso de trabalho? Ou teme que possa roubá-lo como Toots roubou Jerry de mim? — Ida respirou fundo e cruzou os braços sobre o peito com expressão carrancuda. Segundos depois, os lábios se curvaram em um ligeiro sorriso.

— Minha nossa, Ida! Estou orgulhosa de você! Seus parafusos estão no lugar certo, afinal! Não que seja de sua conta, mas, como parece acreditar que a felicidade de uma mulher depende da habilidade em conquistar um homem, escolho permanecer solteira. Para mim, dá muito trabalho encontrar o homem certo, e não aceitaria namorar ninguém que olhasse duas vezes para mulheres como você. Isso responde a suas perguntas? — Sophie estreitou os olhos e aguardou a reação, quase certa de que Ida lhe retrucaria à altura. — Só mais um lembrete. Jerry não era um fracassado?

— É verdade. Ouvi esse tipo de referência uma vez ou duas — Ida admitiu, rindo. — Toots, falou com Abby esta manhã? Queria lhe desejar bom-dia, mas ela já havia saído quando acordei. Espero que os *novos patrões* não tenham planos de demiti-la.

— Foi por um triz que não contei a Abby, ontem, que sou eu a misteriosa nova proprietária da *The Informer* — Toots confessou. — Enviei um e-mail a ela, mas ainda não deu tempo de checar se me respondeu. Vamos entrar? Sophie, você prepara mais um café para nós? Enquanto isso, dou uma olhada no computador. Meu Deus, quando Abby descobrir que sou eu sua "empregadora", será capaz de me dar um chute no traseiro. Estou ansiosa por esse momento e ao mesmo tempo receio que esteja próximo.

Sophie preparou o café, e Ida colocou o açúcar e o leite na mesa enquanto Toots verificava os e-mails no laptop.

— Está aqui. Abby diz que está cogitando publicar nossa história e quer participar da próxima sessão. Sophie, não se esqueça de montar toda a parafernália para registrarmos qualquer aparição, movimento ou ruído sobrenatural. Ainda estremeço cada vez que me lembro daqueles rostos envoltos em névoa que falavam sem emitir som. Se Abby tiver provas de eventos paranormais, como fotos ou gravações, poderá usá-los e transcrevê-los para, enfim, ter condições de competir com a *The Enquirer* e *The Globe*. Ei! Vejam isto! Não posso acreditar. Bernice me mandou um e-mail. Milagres acontecem. Diz que os jasmins estão florindo e que o dr. Pauley passou por lá três vezes esta semana para perguntar se sabia quando eu pretendia voltar. Alguma vez contei a vocês que já cogitei aceitar a corte de Paul? Não. Acho que não. — Toots continuou verificando as mensagens e as lendo em voz alta quando tinham relação com o grupo ou diziam respeito a Abby. — De repente, me deu uma saudade danada de Bernice e de minha casa. Poderíamos dar um pulo em Charleston uma hora dessas.

— É só marcar a data que minhas malas estão prontas — Sophie se prontificou. — Nunca dispenso um convite para viajar.

— Escreverei a Bernice para avisar que a qualquer momento apareceremos por lá. Faremos uma surpresa. Imaginem a cara dela cada vez que um carro parar na frente da casa! — Toots sorriu, emocionada. — Bernice está prestes a se aposentar. Não foi por falta de incentivo de minha parte que ainda não entrou com os papéis. Estou muito orgulhosa de seu empenho em aprender a usar o laptop que lhe dei de presente no último aniversário. Ela me encarou como se tivesse lhe dado uma nave espacial em miniatura da qual, ao se abrir, sairia um exército de homenzinhos verdes. Bernice deve estar se sentindo muito sozinha. — Os olhos de Toots marejaram-se de lágrimas. — Oh, droga! Sinto uma falta tremenda dessa amiga que cuida tão bem de minha casa. Eu a considero da família.

— Pare com essa choradeira; você pode ir a Charleston quando quiser. Sei das responsabilidades com a revista, mas Abby, na verdade, está no comando praticamente sozinha. Tudo que você faz aqui é incentivá-la. Abby imagina que uma grande corporação está à frente, mas, agora que tocamos neste assunto, o que estamos fazendo de fato aqui em Los Angeles? Digo, além das sessões? Abby não precisa de nós. Sério, meninas. O que, raios, fazemos aqui?

Era uma cena rara ver Sophie, sempre durona, com os olhos marejados.

— Não sei por que disse tudo isso. Acho que de repente me senti uma velha inútil. Preciso me ocupar com algo construtivo, e depressa. Algo que tenha propósito e importância.

— Você fez isso meses atrás, quando enterrou Walter — Toots lembrou-a. — Parece ter esquecido o plano de não fazer planos.

— Não, não esqueci, mas acaba de me ocorrer que não estou fazendo absolutamente nada! Pela primeira na minha vida, não me sinto responsável por alguém ou alguma coisa. Não estou certa de que isto seja bom. Estou me considerando uma fracassada com um efe maiúsculo estampado na testa.

— Dá para calarem a boca? Bastou Toots receber um e-mail de Bernice para a casa ameaçar cair. Estão se comportando como duas velhas tolas, não como as mulheres inteligentes, modernas, liberais e questionadoras que aprendi a admirar e a amar. — Ida interrompeu o discurso ao perceber que conseguira a atenção de Toots e Sophie. As duas a encaravam, admiradas, como se mais duas cabeças tivessem nascido em cada uma e tivessem se transformado em Cérbero, o cão tricéfalo guardião dos infernos. — O que foi?

— O que foi? Acho que essa pergunta cabe a nós! O que deu em você, Ida? Desde que a conheci, há mais de cinquenta anos, jamais a ouvi dizer, nem a mim, a Sophie ou a Mavis, que nos ama! O que foi que colocou no café hoje? — Os olhos de Toots desviaram-se de Ida para Sophie. — Ou foi você que misturou algum alucinógeno na xícara dela?

— Não — Sophie respondeu. — Parece que foi o e-mail de Bernice que abriu as comportas. A saudade bateu forte. Ele me fez refletir. Não pertenço a este lugar, nem a Charleston. Tampouco a Nova York. Tanto quanto não pertenço à Mongólia. — Sophie fez uma pequena pausa. — Sabem o que acabo de decidir? Vou esvaziar aquela droga de apartamento e vender pela melhor oferta! O mercado imobiliário não está na melhor fase, mas nunca soube de alguém com um apartamento à venda na cidade que tivesse de esperar anos para encontrar comprador. É isso que farei. Depois, talvez compre uma propriedade aqui, ou em Charleston. Preciso dar um jeito na minha vida. Fico maluca se não tiver com que me ocupar. — Sophie se pôs a abrir um novo maço de Marlboro e acendeu dois cigarros. Um para ela, outro para Toots.

— Trata-se de uma recaída? — Toots soltou uma baforada no rosto de Sophie. — Encontro-me diante da mesma mulher cujo plano era não ter planos?

— Continuo não querendo fazer planos, Toots. Mas estou em um dilema e preciso escolher. Vender o apartamento ou viajar? O problema é que quero fazer as duas coisas. Portanto, escolho fazer algo a não fazer nada. Acredito que esse seja meu plano atual. Passei a maior parte da vida fazendo escolhas que, embora me dissessem respeito, eram escolhas às quais fui obrigada pelas poucas possibilidades no passado. Agora que aquela fase acabou, sou livre para escolher ou não. — Sophie tomou um gole de café em uma das novas xícaras azul-royal que Toots acabara de comprar e soltou um longo suspiro. — O que disse não faz nenhum sentido, não é?

— Entendi o que quis dizer — Toots respondeu. — Você quer fazer as próprias escolhas, porque agora é livre para fazê-las, e não porque está sendo forçada por alguém. Em resumo, é isso? Porque, se não é, sinto muito. Então o que disse de fato não fez o menor sentido para mim. — Toots desviou o olhar para Ida. — E para você?

— Compreendi exatamente o que Sophie quis dizer. Acredito que estamos no meio de um turbilhão emocional. O e-mail de Bernice foi o empurrão de que Sophie precisava para acordar e tomar uma atitude. E eu também. Toda essa conversa sobre desperdiçar a vida por não fazer nada... — Ida se levantou para pegar o bule de café, tornou a encher as xícaras e devolveu-o à cafeteira. — Perdi um ano de minha vida lavando as mãos e limpando a casa do piso ao teto. Felizmente, livrei-me dessa mania. Toots, Sophie, se não fosse por vocês, ainda estaria isolada naquela linda cobertura, tentando desinfetar a mim e ao mundo. Foi o que o doutor Sameer me fez entender. Ele me ajudou a enxergar que, por minha vida estar desmoronando, surgiu em mim a necessidade inconsciente de acreditar que controlava, pelo menos, aquilo que estava a meu alcance. O ambiente em que vivia, por exemplo.

Sophie foi a primeira a retrucar. Isso, ao menos, não havia mudado durante os últimos quinze minutos.

— Sério que acredita nessa teoria?

— Sim, porque em parte ele acertou. Com a morte de Thomas, perdi o controle sobre... — Ida se deteve abruptamente. — Acho que gosto de controlar as pessoas. Thomas permitiu que tivesse controle absoluto sobre nosso casamento.

— Grande novidade. Poderia ter lhe mostrado isso de graça. Quanto você disse que pagou ao doutor Sameer pela terapia? — Sophie sorriu, maliciosa. — Talvez tenha errado de profissão. Deveria ter sido psiquiatra.

Toots se levantou e se espreguiçou.

— Já ouvi baboseiras psicológicas demais para quem mal iniciou o dia. Vou me vestir e procurar algo mais interessante para fazer com o resto dele. Sophie, quando tiver um minuto, preciso lhe falar. Em particular. Nada pessoal, Ida.

— Você não me deve explicações — a amiga respondeu.

— Ótimo. Nunca gostei mesmo de dar explicações de meus atos a ninguém. Até mais.

Ida ouviu o celular tocar novamente, pediu licença e subiu as escadas levando a xícara de café.

— Alô?

— Ah, minha querida. Pensei que nunca mais fosse falar comigo. Já liguei uma porção de vezes.

Ida revirou os olhos antes de se sentar na beirada da cama e depositar a xícara sobre a mesinha de cabeceira. A cada dia ficava mais parecida com Toots.

— Estava tomando café da manhã na varanda com minhas amigas.

— Preciso vê-la ainda hoje, Ida. Tenho um pedido a lhe fazer. Por favor, diga que sim. Mandarei um táxi buscá-la quando lhe for conveniente. Não consegui fechar os olhos esta noite. Devo-lhe desculpas.

O coração de Ida aquiesceu. Sammy a amava. Sentia que estava sendo sincero. O problema era que ele também era apaixonado pela clínica. Talvez tivesse chegado o momento de parar de pensar tanto em si própria e levar em consideração a vontade dos outros.

— Certo, Sammy. Mande me buscar o mais rápido que puder. Estarei esperando.

Ida desligou, apanhou a bolsa e lançou-se porta afora antes que Toots ou Sophie pudessem surpreendê-la e perguntar aonde estava indo. Apesar de toda aquela conversa que haviam tido, Ida se conhecia o suficiente para saber que seria preciso mais que uma reunião matinal entre amigas para vencer a compulsão por homens.

CAPÍTULO 19

Toots sentiu-se incomodada após a conversa com Ida e Sophie. Comprara a *The Informer* com a intenção de dirigi-la. O mundo das celebridades sempre a fascinara. Mas, a menos que estivesse disposta a mostrar as cartas, precisaria continuar incógnita. Boas intenções não bastavam. Por mais que tivesse se empenhado em ajudar Abby com o apoio das amigas, criando novas histórias, a realidade não se mostrara tão fácil. Toots não contava com ninguém que lhe permitisse acesso aos bastidores do *show business*. Não nascera com vocação para a arte dramática e nunca tivera pretensão de se tornar atriz. A aquisição da revista não fora o mais brilhante dos investimentos. Estava ciente disso. Fizera-o por Abby. Sempre faria o que estivesse a seu alcance, e também o que não estivesse, para ver a filha feliz. A felicidade de Abby era a sua felicidade.

Apesar de ter perdido oito maridos, Toots não perdera o otimismo. Mas Sophie estava certa. Abby não precisava da mãe para dirigir o jornal. A filha estava se saindo muito bem como editora-chefe. Toots sabia, porém, que a grande paixão de Abby era o trabalho das reportagens, a caça de notícias sobre celebridades, o desafio de conseguir assinar a manchete do dia. Agora, Toots sentia-se em dúvida sobre estar trilhando o caminho certo, e odiava essa sensação. Acontecera o mesmo em Charleston. Esse fora o motivo que a levara a convidar as melhores amigas para passar algum tempo em sua casa. Precisava dar um jeito de vencer aquele marasmo, aquela onda de negatividade.

— Dane-se! — Toots atravessou o quarto, tirou uma saia jeans do cabide e uma blusa verde brilhante, e calçou sandálias. Não deixaria que o complexo de vítima se apoderasse de sua vida. A vida era para os vivos. Ela a viveria enquanto respirasse.

Para começar, ligaria para Chris e o chamaria para jantar e colocar as novidades em dia. Ele se encontrava com garotas que orbitavam ao redor do sucesso quase todas as noites. À menor suspeita de que Chris tivesse conhecimento de alguma fofoca, por menos relevante, Toots o obrigaria a lhe contar. Abby precisava de uma manchete com urgência.

Pronta e quase comendo as unhas de impaciência, Toots atravessou o hall em direção ao quarto de Sophie. Bateu à porta.

— Sophie, você está aí? — Toots não se atreveu a entrar. Embora tivesse certeza de que os espíritos que a haviam visitado naquela noite e que vinham se manifestando nas sessões eram do bem, não se sentia preparada para enfrentar os próprios medos confinada entre aquelas quatro paredes. Além disso, tinha vários outros assuntos importantes para resolver. Bateu de novo.

Sophie veio por trás, cutucando-a nas costelas. Toots quase desmaiou de susto.

— O que deu em você? Quase me matou do coração! — As mãos de Toots tremiam. — Nunca mais repita isto ou a jogarei escada abaixo como Bette Davis fez com aquela cabeça no filme *Com a maldade na alma*.

— Que droga, Toots! Não se pode mais brincar? — Sophie desviou da amiga para entrar no quarto. — Suma daqui então! Você não vê graça em mais nada? — Sophie bateu a porta na cara de Toots.

— Espere! Preciso lhe contar uma coisa.

Sophie abriu a porta com um movimento abrupto.

— Fale logo. Estou brava com você.

— Vai superar. — Toots baixou o tom de voz para Ida não ouvi-la. — É sobre o doutor Sameer. Abby pediu a um dos repórteres, colega dela, que o investigasse.

— Não é preciso cochichar. Ida não está. No minuto em que o telefone tocou, ela correu escada abaixo como uma gazela. Eu a vi entrar em um táxi não faz muito tempo. Você consegue adivinhar para onde ela foi?

— Para a casa do doutor Sameer?

— Sim, e provavelmente para fazer sexo.

— E isso significa o quê?

— Que ela vai fazer, e nós não! Agora tchau. Continuo furiosa com você.

Sophie fez menção de fechar a porta. Toots a impediu colocando o pé contra a soleira. Era agora ou nunca.

— Preciso enfrentar meu problema e resolvê-lo de uma vez. Não quero que ele assuma o controle da minha vida, como aconteceu com Ida e seu transtorno obsessivo-compulsivo.

Toots entrou no antigo quarto de braços cruzados, certa de que logo começaria a tremer de frio. Ao perceber que a temperatura permanecia inalterada, postou-se junto da cama, certa de que nada aconteceria, mas precisando comprová-lo, de qualquer modo. O quarto estava diferente. Sophie mandara pintar as paredes de branco, e os objetos de decoração também eram brancos ou cor de pêssego. O ambiente parecia aconchegante e acolhedor. Os móveis eram feitos de bordo. Impróprios para uma casa de praia, mas, como Toots dera carta branca às amigas para decorarem os quartos como desejassem, jamais teceria algum comentário a respeito. Se Sophie gostava daquela madeira, estava tudo bem.

— Sinto-me aliviada. O quarto já não me parece tão assustador. Venci o medo. Pode continuar furiosa comigo o quanto quiser.

— Continuarei — Sophie resmungou.

— Vamos, acabe logo com isso. Temos muito a fazer — Toots insistiu.

— No devido tempo faremos as pazes. Agora estou ocupada. Quero tomar um banho e me vestir. Estou pensando em ir à praia depois que ligar para duas ou três imobiliárias em Nova York.

— Nesse caso, ligarei para Chris e jogarei meu charme para ver se ele me conta alguma fofoca quente que Abby possa publicar na primeira página. — Toots fez menção de sair, mas teve de interromper o passo porque Sophie a segurou pelo cotovelo.

— Só para seu conhecimento, decidi que farei as pazes em uma hora.

— Ótimo. Estarei esperando. Trate de se apressar. — Toots desvencilhou-se da mão de Sophie e saiu para o corredor, rumo ao próprio quarto, onde tornou a ligar o laptop para verificar se a resposta de Abby já havia chegado.

Lá estava ela.

PARA: latenterprise@yahoo.com
DE: asimpson@theinformer.com
 Obrigada pela permissão com referência à exploração de temas espirituais. Quero agradecer, também, pela confiança em mim, permitindo que atue como editora-chefe, o que me confere a aprovação final de todas as matérias a serem divulgadas pela *The Informer*.

No e-mail, Abby contava algumas histórias que planejava publicar nas páginas finais. Embora não fosse essa linha que Toots tinha em mente ao comprar o tabloide, se Abby estava feliz, ela também estava. Seu lema era viver um dia de cada vez, mesmo nos negócios. Chegaria o tempo em que Abby perceberia que sua maior realização era a dinâmica da reportagem, não a chefia. Até esse momento, quando fosse procurar a Lat Enterprise espontaneamente para retomar o cargo anterior, Toots permaneceria em segredo.

Toots respondeu ao e-mail em tom puramente profissional. Não arriscaria a se estender em palavras que poderiam denunciar seu estilo e identidade.

O próximo item da lista: ligar para Chris. Toots usou o celular.

— Chris Clady — ele atendeu ao primeiro toque.

— Bom dia, Chris. Como está passando meu advogado favorito no dia de hoje?

Toots sorriu ao ouvir a risadinha bem-humorada de Chris.

— Diga, minha velha menina, o que está querendo de mim? Eu a conheço não é de hoje.

Seria tão transparente assim? Só telefonava para o enteado quando precisava de algum favor? Pensaria seriamente a respeito, e, se a observação de Chris fosse pertinente, também seria algo que deveria ser mudado em sua vida. Amava Chris como se fosse seu filho, sua carne e seu sangue.

— Quero convidá-lo para jantar. Você escolhe o horário e o local.

O riso tornou-se mais alto do outro lado.

— Devo ser o sujeito mais sortudo do mundo, porque este é o segundo convite que recebo nas últimas vinte e quatro horas para jantar com uma linda mulher. Como vai você, Toots? Tudo certo na revista? E a reforma? Gostou do empreiteiro que recomendei?

— A revista está bem, graças a Abby, e a casa está pronta por dentro. O empreiteiro foi excelente. Quem é a outra mulher que o convidou para jantar? Espero que não seja mais uma atriz insignificante em início de carreira.

— Se quer mesmo saber, foi Abby quem me convidou. Ela prometeu jantar comigo se lhe fizesse um favor. — Chris suspirou. — Tal mãe, tal filha. Se faço favores, ganho um jantar. Ainda bem que minha autoestima está em alta, ou já estaria me perguntando se não seria uma tentativa de suborno de vocês duas.

— Não. Bem, ao menos eu não estou tentando suborná-lo. Faz tempo que não nos vemos. Quero lhe mostrar a casa após a reforma. Se preferir, peço que Mavis prepare algo para nós em vez de irmos a um restaurante. O que me diz?

— Digo sim, mas talvez não seja possível esta noite. Estou atolado de trabalho no momento. Algum problema?

Sim. Mais ou menos, Toots gostaria de poder responder. Precisava de um furo com urgência. Mas, se Chris estava sem tempo, esperaria. O que ele lhe dissera ficara-lhe martelando na cabeça. Não queria que Chris se sentisse usado; que pensasse que ela o considerava menos que um filho.

— Nenhum. Apenas não se esqueça de telefonar quando estiver livre. O freezer e a despensa estão abastecidos. Deve haver comida suficiente para cinquenta pessoas. Você me liga?

— Claro que ligo, Toots.

— Fico no aguardo. Tchau, Chris. — Toots pressionou a tecla para encerrar a comunicação. Abby não tocara no nome de Chris nos últimos tempos. Toots imaginara que não estivessem se falando. Aqueles dois nunca se entendiam. Fazia anos que Abby se queixava de que Chris era um imbecil. Toots sabia muito bem que era outra coisa. O modo como os dois se olhavam, quando supunham que estava distraída, não sugeria hostilidade. Ao contrário. A atração era recente, mas visível. Toots a reconhecera pelo brilho no olhar de ambos. Abby não lhe contara a respeito, e Toots não iria perguntar.

Nada lhe daria maior prazer do que ver a filha e Chris de namoro. Se decidissem se casar, ficaria ainda mais feliz. Chris era um rapaz maravilhoso. Quando ligasse, como quem não quer nada, chamaria Abby para jantar na mesma noite. Seria exatamente o que faria. Primeiro especularia sobre algum novo escândalo em Hollywood. Depois os vigiaria para se certificar de que a atração entre eles era genuína e não fruto da imaginação exacerbada de uma mãe.

Outro item para ser incluído na lista de pendências.

Chris estava quase entrando no chuveiro quando o celular tocou pela segunda vez.

— Chris Clay — disse.

— Oi, Chris. E aí? — Era aquele amigo a quem Chris pedira um favor.

— Nada de novo. Trabalho, trabalho e mais trabalho. Sabe como é.

— Sim, sei. Olhe, já tenho aquela informação que você pediu. Esta linha é segura?

— Sim, pode falar. O que foi que conseguiu? — Chris ouviu em silêncio enquanto o contato na Penitenciária do Condado de Los Angeles lhe transmitia os dados solicitados.

— Fico te devendo esta. Obrigado por retornar tão rápido.

— Sempre que precisar, cara.

Chris desligou. Pensou em ligar para Abby imediatamente com a informação, mas decidiu procurar antes o miserável que lhe enviara aqueles e-mails.

Em menos de dez minutos, já estava de banho tomado, barbeado e vestido. Não queria desperdiçar sequer um minuto. Percorreu a distância até o presídio em tempo recorde e conseguiu uma vaga no estacionamento razoavelmente próxima ao portão de entrada, o que, por si só, era um pequeno milagre.

Dentro da prisão, Chris passou pelo detector de metais e colocou chaves, celular e carteira em uma pequena caixa, aguardando enquanto um agente da polícia deslizava um aparelho ao longo de seu corpo para verificar qualquer tentativa de contrabando. Terminada a inspeção, Chris recebeu autorização para adentrar o prédio. Na recepção, apresentou-se como advogado, de modo a ingressar diretamente, sem precisar aguardar em fila. Um agente o conduziu através de um labirinto de portas até uma longa fileira de cadeiras de frente para uma parede de vidro. A Penitenciária do Condado de Los Angeles não permitia contato entre visitantes e detentos, daí as divisórias e os telefones.

As cabines conferiam alguma privacidade, mas Chris não estava preocupado em preservar a privacidade desse crápula. Ao contrário. Desejava que todos que estivessem por perto ouvissem e soubessem o canalha que viera desmascarar. Quem sabe os colegas lhe dariam uma boa lição quando descobrissem o que o sujeito fazia com o tempo em que lhe permitiam dividir o computador com os outros. Segundo suas informações, apenas aqueles que faziam parte de um programa de reabilitação patrocinado pelo município tinham o privilégio de acessar a internet uma hora por dia.

— Pode se sentar. — O agente penitenciário indicou uma cadeira de ferro que certamente já estivera em melhores condições. Chris estacou em pleno movimento ao notar uma nódoa branca e espessa, de algo que preferia desconhecer, grudada no assento. O agente percebeu a hesitação. — Mamadeira. Mãe que traz o bebê para visitar o pai.

Chris agradeceu com um aceno de cabeça e se sentou na beirada. Tirou o fone do gancho, encontrou mais um vestígio do líquido e o limpou com a manga da camisa. Ainda bem que não trouxera Abby a esse lugar nojento. Apesar de que, conhecendo-a como a conhecia, ela já deveria ter estado ali ou em algum outro presídio no exercício da profissão. Não lhe vinha à mente, contudo, nenhuma celebridade que houvesse parado atrás das grades que merecesse uma reportagem. Uma batida no vidro trouxe Chris de volta ao cubículo do sujeito de laranja, cor do traje oficial dos internos da Penitenciária do Condado de LA.

Michael Constantine. Incendiário, ladrão de galinhas.

Chris falou ao telefone.

— Você se deu mal. Mais ainda agora.

Michael Constantine, "Micky" para os amigos, tirou o fone instalado na divisória, rindo e exibindo os dentes amarelos e manchados de nicotina.

— Quem é você? Nunca o vi mais gordo.

— Não, nunca me viu; que sorte a minha! Vou direto ao ponto. Você tem passado trotes em Abby Simpson por e-mail em vez de estudar.

Comuniquei à direção sobre o modo como tem empregado seu tempo, desprezando a chance que lhe deram de obter o diploma do curso básico. Se o Estado se encarregar de puni-lo pelo que fez, tudo bem. Se não, cuidarei pessoalmente para que se arrependa de ter se intrometido com quem não devia. Pare de enviar e-mails para a revista *The Informer* ou se verá comigo. Fui claro?

— Foi, homem. Entendi. Deve ser o namorado da loirinha. Apenas lhe dê um recado. Diga que vou atrás dela assim que estiver fora deste lugar e que a quero para mim. Fui claro?

Chris devolveu o fone ao gancho e se afastou dali. Se não saísse imediatamente poderia cair na tentação de quebrar o vidro e estrangular aquele malandro de quinta categoria. De posse da carteira, do celular e das chaves, Chris praticamente correu para o carro, de onde ligou para o celular de Abby. Caixa postal. Ela lhe dissera para ligar na revista. Como não sabia o número de cor, Chris teve de verificar na agenda.

— Chris? — Abby atendeu, ciente de que era ele devido ao identificador de chamadas. — Conseguiu? Já encontrou o emitente dos e-mails falsos?

— Não vai acreditar, Abby. Quem mandou os e-mails foi aquele vagabundo responsável pelo incêndio na revista.

— Michael Constantine? — Abby reagiu com surpresa. — Como?

— O marginal está inscrito em um programa do governo que lhe permite acesso ao computador. Aparentemente, não tem usado o tempo apenas para os estudos.

— Miserável! Existe algo que possa fazer? Legalmente?

— Não tenho certeza. É provável que não. Não creio que mandar e-mails falsos seja crime, desde que não impliquem ameaças.

— E sobre os relatórios de inscrição que encontrei? Também não há lei contra isso?

— Deve haver, mas antes é preciso ter provas de que ele acessou arquivos codificados. Para o sistema, isso deve ser interpretado como falha.

— Constantine deveria agradecer sua boa estrela por eu não ter perdido meu emprego em consequência do maldito trote. Tenho aguçado a curiosidade dos leitores com promessas de uma novidade sensacional. Três semanas de expectativa por uma entrevista. *Exclusiva!* Gostaria de esganar o cafajeste, mas, na impossibilidade, terei de engolir esta experiência e atribuí-la ao desespero e à falta de profissionalismo.

— Bem, agora que minha missão foi cumprida, quando será o jantar que me prometeu?

Chris ouviu Abby dar um suspiro do outro lado.

— Ligo para você. Preciso consultar minha agenda.

— Não demore muito. Prometi à sua mãe que jantaria com ela e com suas madrinhas. Toots me convidou para ver como ficou a casa de praia após a reforma. Sinceramente, acredito que esse convite para ver a casa é uma desculpa e que existe outro motivo oculto. Fiquei de retornar a ligação marcando dia e horário. Queria marcar primeiro com você.

— Ela não me disse nada sobre isso.

— Sua mãe não lhe conta tudo, Abby — Chris observou, arrependendo-se em seguida, porque Abby por certo leria nas entrelinhas.

— Por quê? O que está sabendo que não sei? Porque, se está me escondendo algum segredo, terei de matá-lo.

Chris riu para disfarçar. Abby estava certa em suspeitar. De fato, tinha conhecimento sobre alguns fatos secretos da vida da madrasta. Mas não trairia sua confiança, ainda que a pedido de Abby.

— Não sei de nada em especial sobre sua mãe.

— Ainda bem. Mas, falando sério, terei de dar uma olhada em minha agenda antes de acertarmos uma data. Não é mentira.

— Não me ocorreu que estivesse mentindo — Chris respondeu, embora fosse exatamente o que havia lhe passado pela cabeça. Abby conseguira o que queria. Agora que estava de posse da informação, daria um jeito de fugir ao compromisso.

— Foi o que você pensou. Não adianta negar. Eu o conheço e você me conhece. Tenho por hábito inventar desculpas. Mas lhe dou minha palavra que desta vez não é mentira. Quero jantar com você.

— Está bem. Aguardo sua ligação.

— Pode aguardar — Abby prometeu, e desligou.

Filha de peixe, peixinho é. Abby não negava que era filha de Toots, que sempre dava a última palavra. Chris deu um largo sorriso. De súbito, sentia-se de novo como uma criança em véspera de Natal.

A vida era boa demais.

CAPÍTULO 20

Antes que mudasse de ideia, Ida tirou o celular da bolsa e discou para o banco em Manhattan. Após alguns minutos de espera, enfim conseguiu falar com o gerente de sua conta pessoal. Embora não tivesse à mão todas as informações cadastrais necessárias, instruiu o gerente para que se preparasse para transferir três milhões de dólares para uma conta da Califórnia assim que tornasse a ligar. O gerente, Russ, indagou se Ida estava adquirindo alguma propriedade, hipótese em que teria condições de enviar o montante diretamente ao vendedor. Ida respondeu bruscamente que o motivo não lhe dizia respeito e que se limitasse a garantir que a quantia estivesse pronta para ser transferida quando autorizasse. Porque, em caso contrário, procuraria outro banco de sua conveniência. Bancos interessados em novos e bons clientes não faltavam nos dias de hoje. Nunca haviam faltado, aliás. Com sua fortuna, Ida tinha certeza de que seria recebida de braços abertos em qualquer um deles. Foi o que disse ao gerente antes de encerrar a ligação.

Ida entregou uma nota de cinquenta dólares ao motorista e avisou que poderia ficar com o troco, antes de saltar diante do portão. Pensara que fosse encontrar Sammy aguardando por ela à porta, mas obviamente ele não imaginara que Ida fosse chegar tão cedo. Sem dar muita importância ao fato, abriu o portão e subiu pela pequena alameda que levava à casa. Vozes alteradas se faziam ouvir à medida que se aproximava da porta. Indecisa entre bater ou apenas entrar, Ida optou pela boa educação e deu uma leve batida. Esperou um minuto. Como ninguém viesse recebê-la, tornou a bater. Estava com a mão sobre a maçaneta, pronta para girá-la, quando a porta enfim foi aberta.

— Minha querida Ida! Estava prestes a descer para esperá-la. Deveria ter me ligado quando chegou. — Sammy a pegou pela mão e a conduziu ao quarto.

Sem perda de tempo desta vez, Ida refletiu. Depois de assimilar o que acontecera na noite passada, Ida cogitara ligar e se desculpar. Sentira falta dele. Mas decidira esperar que Sammy a procurasse. Não quisera passar a impressão de estar ansiosa ou afoita demais.

— Fiquei preocupado quando não atendeu às ligações esta manhã. — Fez um gesto convidando Ida a se sentar na cama.

— Estávamos lá fora tomando café. Não ouvi o telefone tocar. — Não era necessário mentir, mas por alguma razão sentia-se compelida a dar uma desculpa.

— Tudo bem. Sei o quanto gosta de suas amigas. — Sammy parecia constrangido. Calou-se por alguns instantes antes de prosseguir. — Sinto-me envergonhado pelo modo como me comportei com você. Seria capaz de perdoar as falhas de um velho?

Ida desejaria, antes de qualquer coisa, que Sammy parasse de se referir a si próprio como um "velho". Talvez devesse lhe dizer isso, mas não queria lembrá-lo de que ela era apenas dois anos mais nova que ele.

— Não tenho nada a perdoar. Fui eu que me ofereci para lhe emprestar o dinheiro. Não é vergonha precisar de ajuda, Sammy. A clínica está passando por um período difícil e desejo ajudá-lo. Por falar nisso, já liguei para o banco em Nova York. Estão só esperando seus dados para efetuar a remessa. Falei com o gerente da conta a caminho daqui. — Ida estava orgulhosa de si. Ao menos uma vez fora ela quem tomara a iniciativa com relação a um homem. Agarrara o touro pelos chifres, a bem dizer. Sammy não tivera de implorar nem suborná-la. Era o certo, e decidira ajudá-lo por livre e espontânea vontade. Se não fosse pelo tratamento, não estaria sentada na cama do médico e amante naquele momento. Devia sua felicidade a Sammy. Não fossem sua competência profissional, bondade e gentileza, e ainda estaria isolada em um quarto, lavando as mãos e as desinfetando com medo de morrer contaminada por algum germe desconhecido.

Sammy parecia genuinamente surpreso com o valioso presente.

— Ainda não sei o que dizer. Como farei para devolver esse dinheiro? Talvez você precise esperar anos até que possa reembolsá-la.

Intimamente Ida desejava que o pedido fosse retirado, só não compreendia bem por quê. Não importava mais, de qualquer maneira. Faltava apenas anotar os dados pessoais de Sammy e ligar outra vez para o banco.

— Considere como uma doação, não como um empréstimo. Meu contador providenciará a documentação e você só terá de assinar os formulários. Faço questão que aceite minha ajuda, Sammy.

— Deus a abençoe, Ida. Graças à sua generosidade, vou continuar dando atendimento na clínica. Também farei questão que meus clientes saibam o anjo que você é. — Introduziu a mão no bolso e removeu uma tira de papel. — Aqui estão os dados de que precisa para a transferência dos fundos.

Que rapidez, Ida ponderou. Sammy parecia ter certeza absoluta de que lhe daria o dinheiro. Por qual outro motivo teria anotado os números dos documentos e da conta naquele pedaço de papel? Teria deixado sua decisão transparecer pela conversa telefônica? Bem, a oferta fora feita, e não voltaria atrás. Pegou o papel que Sammy lhe estendia.

— Só levará alguns minutos — Ida avisou.

— Sim, é claro. Eu a deixarei à vontade. Depois poderemos almoçar e, mais tarde, repousaremos. — Sammy olhou sugestivamente para a cama ao falar do *repouso*. Ida sorriu em cumplicidade.

Sammy segurou-lhe uma das mãos, beijou seu pulso e em seguida a palma. Ida sentiu o coração acelerar. Talvez pudessem repousar primeiro e almoçar depois. Acostumara-se a uma vida sexual ativa e altamente satisfatória nos últimos meses. Sammy era um amante experiente e sedutor. O fato de agora serem sócios na clínica não impediria que continuassem com o relacionamento pessoal.

— Volto logo — disse Sammy ao sair.

Ida digitou o número da linha direta de Russ. Quando ele atendeu, dispensou as amenidades e foi direto ao ponto. Para finalizar a operação, o gerente do banco de Manhattan solicitou que digitasse sua senha.

— Tudo certo?

— Aparentemente sim — Russ respondeu. — Em caso de alguma dúvida, posso ligar para você?

— É evidente que sim. — Provavelmente Ida o assustara com a ameaça de encerrar a conta. — Em quanto tempo a quantia estará disponível?

— No máximo em quarenta e oito horas.

— Obrigada, Russ. — Ida encerrou a chamada. Mal podia esperar para contar a Sammy que a clínica receberia os recursos necessários para continuar funcionando em quarenta e oito horas.

Dez minutos passaram sem que Sammy voltasse ao quarto. Por que a demora? Uma transferência bancária não demorava mais que cinco minutos. Após vinte, Ida abriu a porta e saiu à procura. Além do hall pequeno e bem iluminado, encontrou mais três dormitórios, um deles por certo o de Amala, embora não conhecesse o quarto da jovem. Todas as vezes que visitara aquela casa, sempre passara a maior parte do tempo na cama de Sammy. Jamais houvera problema quanto a isso; era justamente onde desejava estar.

Espiou, da porta, o primeiro quarto. Que não era um quarto, e sim um escritório. Nele havia uma escrivaninha, uma cadeira e um laptop. Ida fechou a porta e seguiu para o outro quarto. Bateu de leve. Como não ouvisse nenhum som nem ninguém viesse atender, Ida abriu a porta e inspecionou o interior. Estranhamente não havia móveis; apenas um colchão azul inflável no chão e um abajur barato sobre uma pilha do que pareciam ser livros de medicina. Ida franziu o semblante. Por que Sammy usava o que deveria ser um quarto de hóspedes para estudar? Por que não contava com uma cama decente?

Mais por curiosidade que por qualquer outra razão, Ida entrou no quarto e dirigiu-se ao colchão. Sobre ele havia uma mochila aberta. Ida sentiu-se tentada a espiar o que havia dentro, mas era contra sua natureza. Já bisbilhotara demais. O melhor a fazer era desocupar o local, fechar a porta atrás de si e voltar para o quarto de Sammy.

Onde terminava o corredor, à esquerda do escritório, deveria ficar o quarto de Amala. Ida o espreitou de longe. A porta estava entreaberta. Certa de que encontraria Sammy lá, deu um passo e mais outro, e se deteve, subitamente rígida como uma estátua. Cerrou os olhos por um instante e tornou a abri-los. Teria sido vítima de uma miragem? Sammy segurava três calcinhas de mulher. Uma era azul; outra, branca, do tipo fio dental; e a terceira, vermelha e preta. Ida reconheceu a vermelha e preta — cogitara tê-la guardado por engano em algum outro lugar!

Oh, Deus! Ida estava tão chocada que não conseguia se mover. Os pés pareciam ter criado raízes. Parou de respirar ao ver Sammy tocar o rosto com uma das peças e depois pressioná-la contra o nariz e inalar profundamente, como se provasse o buquê de um vinho. Fez o mesmo com a outra peça. Então tomou nas mãos a calcinha vermelha e preta, deu um beijo no forro e, por último, inspirou com prazer o odor do mesmo local.

Virou-se para se afastar dali, mas o movimento foi tão brusco que lhe provocou forte tontura. Correu para o quarto de Sammy, sem estar bem certa do que fazer. Sentou-se na cama e respirou fundo, tentando se acalmar. Sua boca estava seca como se estivesse caminhando pelo deserto. Estava no banheiro tentando sorver um gole de água quando ouviu Sammy entrar no quarto.

— Ida, meu bem, você está aí?

Deus todo-poderoso! O que faria?

Pense em algo! Seja esperta ao menos uma vez na vida! Improvise!

Limpou a garganta e engoliu mais um gole de água antes de responder:

— Sim. Um minuto, por favor.

— Leve o tempo que precisar. Estarei à sua espera.

Confusa, Ida se lembrou de Toots e Sophie. As amigas costumavam usar uma palavra pouco recomendável para alguém em sua situação, mas perfeitamente adequada: fu...! Sim, estava mesmo! Precisava encontrar uma desculpa infalível para sair dali e se salvar de uma situação que poderia descrever como, no mínimo, bizarra. E, se conseguisse sobreviver aos próximos minutos sem que Sammy percebesse que seu pequeno segredo fora descoberto, poderia iniciar uma nova carreira como atriz. De filmes de segunda categoria, ao menos.

Abriu a porta lentamente e o avistou. Estava estendido na cama de costas, inteiramente nu, tocando-se em lugares que ela tocara.

Oh, aquilo estava ficando cada vez pior!

— Sammy! — chamou em tom deliberadamente agudo. Ele afastou a mão com rapidez de suas partes íntimas.

— Veja, minha querida — murmurou, ofegante. — Não estou conseguindo mais me controlar. Quero fazer amor com você imediatamente. Tire as roupas.

E agora? Ida estava dividida. Parte dela se excitara com a súbita guinada nos acontecimentos, mas a outra se chocara pelo mesmo motivo. Enfim, qual o problema? Estavam a sós. Já que estava ali...

Ida livrou-se da blusa azul-marinho, tirou os sapatos e os empurrou com os próprios pés para o lado, enfim descendo a calça capri. Apenas de calcinha e sutiã cor-de-rosa, Ida repassou a imagem de Sammy segurando a lingerie de seda contra o nariz como se sofresse de falta de ar. Não pôde ir em frente. Não depois do que descobrira.

— Sammy, não estou me sentindo bem. Importa-se de deixarmos o sexo para outra hora? Tenho tido tonturas.

— Tem coragem de me deixar assim, neste estado? — Olhou significativamente para baixo.

— Sinto muito. Não daria para se aliviar sozinho? Não parecia estar com dificuldades nesse sentido alguns minutos atrás — Ida observou, corando de vergonha. Nunca fora tão humilhada em seus 65 anos de existência.

— Acho que sim, desde que fique aqui, olhando — Sammy respondeu com um sorriso malicioso.

Os olhos de Ida se dilataram de horror. Saiu do quarto em disparada, esquecendo-se das próprias roupas. Amala e Mohammed, que discutiam acaloradamente, calaram-se, estupefatos, ao ver Ida surgir na varanda em trajes sumários. Sem saber o que dizer, resolveu ficar em silêncio. Apenas deixou-se ficar ali, imóvel, de calcinha e sutiã cor-de-rosa, enquanto Mohammed a inspecionava com olhos cobiçosos.

— Pare de me olhar desse jeito, seu... pervertido! Amala, tem algum roupão para me emprestar?

— Sim, claro. — Amala se levantou. — Volto em um minuto.

Ida manteve a altivez durante todo o tempo, mas seu comportamento não surtiu efeito. Mohammed continuava a sondar seu corpo quase nu.

— Nada mal para uma mulher de sua idade. Não é de admirar que o velho doutor goste de levá-la para a cama. — O motorista parecia se divertir com o constrangimento dela. Seu sorriso não poderia ser mais depravado. A vontade de Ida era correr e se esconder, mas sua experiência lhe dizia que era exatamente o que o miserável esperava que fizesse.

— Gosta do que está vendo? — provocou-o, vencida pela indignação.

— Como disse, está bastante razoável para uma mulher de sua idade.

Amala reapareceu trazendo um robe e o entregou com expressão contrafeita. Ida vestiu-se com rapidez, grata por ter conseguido algo para cobrir o corpo, embora agora recendesse a incenso e fumaça de cigarro.

— Não que isso seja de minha conta — disse Amala —, mas por que não volta lá dentro e se veste com suas roupas?

Ainda sem saber o que dizer, Ida respondeu com as primeiras palavras que lhe vieram à mente:

— Está certa. Não é mesmo da sua conta. — Nem morta Ida seria capaz de lhes contar que não podia voltar ao quarto até que Sammy terminasse de... se aliviar.

Meu Deus, metera-se em uma tremenda confusão. Não, Sammy era o único responsável por tudo aquilo. Se não tivesse saído do quarto para cheirar aquelas calcinhas...

Sem se importar com o que Amala e o motorista pudessem estar pensando a seu respeito, Ida voltou às pressas para o quarto. Se Sammy ainda estivesse se aliviando, problema dele. Preferia morrer e ir para o inferno a continuar naquela casa infame. Sophie e Toots estavam certas sobre ela permitir que os homens a dominassem.

A lembrança da remessa que acabara de autorizar veio-lhe à cabeça e paralisou suas pernas. O que fizera? Que espécie de homem pedia três milhões de dólares emprestados a uma mulher e, em seguida, em vez de se mostrar grato a ela, buscava o prazer sexual sozinho?

A constatação chocou Ida. Mais ainda por ter sido tão estúpida de não querer enxergar o que estava diante de seus olhos todo aquele tempo. Sammy a usara, proporcionando-lhe noites de sexo, enquanto se preparava para lhe aplicar um golpe milionário. A palavra *estúpida* não descrevia nem de longe como Ida se sentia naquele momento.

Segundo seus cálculos, Sammy já deveria ter dado conta do recado. Ao abrir a porta, encontrou o quarto vazio. Suas roupas continuavam no lugar onde as deixara.

Vestiu-se e olhou ao redor. Encontrou a bolsa ao lado do celular e os pegou, certificando-se de não ter esquecido nada antes de sair. Nesse instante, lembrou-se da calcinha vermelha e preta no outro quarto. Enraivecida como jamais se sentira antes, sem se importar em trombar com Sammy pelo caminho, voltou para o quarto de Amala, localizou a calcinha que lhe fora surrupiada entre uma pilha de outras e a enfiou na bolsa. Depois foi embora daquela casa e literalmente se pôs a correr até alcançar o fim da rua. Quando a respiração voltou ao normal, chamou um táxi pelo celular.

— Demora? — perguntou ao atendente.
— Quinze minutos.
— Obrigada.

Sentada no meio-fio, sentindo-se a última das criaturas, Ida não notou os carros que passavam, e ninguém parecia notar aquela senhora aos prantos na sarjeta. O nariz escorria e as lágrimas deslizavam em abundância. Abriu a bolsa em busca de um lenço de papel, mas não encontrou nenhum.

— Que merda! — resmungou, e usou a calcinha vermelha e preta para assoar o nariz.

CAPÍTULO 21

— George me convidou para viajar no próximo fim de semana — Mavis contou às amigas. — Não sei o que responder.

Estavam reunidas ao redor da mesa da cozinha, conversando sobre os acontecimentos do dia, enquanto Mavis preparava mais uma refeição saudável para o grupo. O cardápio daquela noite consistia de filés de salmão cozidos, aspargos cozidos no vapor e salada de rúcula temperada com sumo de limão.

Toots apanhou os novos pratos azul-royal no armário. Sophie se encarregou de preparar um bule de café fresco. Ida não se ofereceu para colaborar com nada. Só fazia mirar o oceano. O único remédio que funcionou para o mutismo foi a observação de Mavis sobre ter sido convidada para passar o fim de semana com George.

— Diga que não, o que quer que decida.

— Não lhe dê ouvidos, Mavis — instruiu Sophie. — Está com ciúme porque você arrumou um homem rico, e ela não.

Toots colocou guardanapos de papel ao lado de cada prato.

— Se começarem outra vez a discutir, juro que as arrastarei até a praia, enfiarei a cabeça das duas na água e só as soltarei quando estiverem se afogando.

— Que há com você? — Sophie redarguiu. — Ontem me ameaçou de me jogar escada abaixo. Hoje quer me afogar. Se não soubesse que já ultrapassou a idade crítica, poderia jurar que está na TPM. Ou talvez esteja precisando de um homem. — Sophie estalou os dedos. — Sim, é claro.

Toots terminou de arrumar a mesa e se virou para poder encarar Sophie.

— Daria para mudar de assunto? Precisa falar sobre sexo na hora de comer?

Sophie soltou uma risadinha.

— Não direi o que está em minha mente, mas não espere que eu minta. Porque sim, gosto de sexo, embora não ligue a mínima para a eventualidade de voltar a praticá-lo algum dia ou não. Sei que Ida o tem praticado regularmente, mas não a invejo. Divirto-me apenas ao olhar para a cara de vocês quando falo a respeito. Ida, deveria aproveitar para praticar tirando fotos de nós. As expressões valem mais que mil palavras.

— Meninas, estou falando sério — avisou Mavis, colocando a travessa de salada no centro da mesa. — Preciso do conselho de vocês. George quer me levar para conhecer a casa de praia em La Jolla. Não insinuou nada, mas estou certa de que há romance à vista.

— O que ele tem em vista não importa. Importa o que você quer — replicou Sophie. — Os homens não levam em consideração o que nós desejamos. A vontade deles sempre prevalece. Não estou certa, Toots?

— Por que pergunta para mim?

Sophie revirou os olhos.

— Porque é a mais experiente de nós em matéria de homens. Portanto, é a mais indicada para orientar Mavis.

— Sim, Toots. Não que eu pense que você é uma... — Mavis pigarreou. — Não a considero uma devoradora de homens, se é que me entende, mas o que Sophie disse é verdade. Você é a mais experiente de nós, com oito casamentos. — Mavis tirou a tampa da panela a vapor, espetou um garfo em um aspargo e a recolocou.

— Está bem — Toots concordou. — Já que parecem pensar que sou a *expert* em espécimes masculinos, o que deseja saber, Mavis?

Mavis lavou as mãos, enxugou-as em um pano de prato e voltou-se para Toots.

— George me disse que foi submetido recentemente a um tratamento com VCD. Não tenho a menor noção do que seja isso, mas desconfio que se relacione a sexo. — O rosto de Mavis exibiu várias tonalidades de vermelho. — Por isso ele não me explicou o que era. O que desejo saber é se alguma de vocês tem ideia do que seja VCD.

O silêncio na cozinha só era quebrado pelo silvo da panela a vapor e pelo borbulhar da água onde estavam sendo cozidos os quatro filés de salmão. Todos os olhares voltaram-se para Toots, que ergueu as mãos em rendição.

— Já volto.

Mavis, Ida e Sophie a seguiram com o olhar até que desaparecesse no topo da escada. Menos de um minuto depois, Toots reapareceu com o laptop.

— O que pretende fazer com isso? — Ida perguntou.

— Tenha um pouco de paciência. — Toots ligou o computador e acessou da internet. — Posso descobrir qualquer coisa que me perguntarem. A internet tem respostas para tudo. — A tela abriu e Toots se sentou à cabeceira da mesa. — Estou pronta, Mavis. O que é mesmo que quer saber?

— Tenho certeza de que ele disse VCD.

Toots deslizou os dedos pelo teclado e parou enquanto esperava o resultado da pesquisa aparecer na tela.

— Oh!

— O que foi? — Mavis indagou, aflita, apertando o pano de prato convulsivamente. — É muito ruim? — Coco, pressentindo que algo estava errado com a dona, abandonou sua caminha no canto da cozinha e se colocou aos pés de Mavis.

— Não creio que "ruim" seja a palavra. — Toots olhou para Mavis, que parecia estar prestes a desmaiar de tão pálida. — É que... Talvez deva ler o que está escrito.

— Faça isso — Mavis implorou.

Toots tirou os óculos de leitura do bolso da saia.

— VCD, *vacuum constriction device*, ou dispositivo de constrição a vácuo, é uma espécie de bomba externa para uso de homens com disfunção erétil, que o auxilia a conseguir e a manter as ereções.

Toots interrompeu a explicação e trocou um olhar com as amigas. Nunca vira nenhuma das três tão interessadas em algo que dissesse. Continuou a ler:

— O VCD consiste em um cilindro de acrílico com uma bomba que pode ser colocada diretamente na ponta do... órgão masculino. E, antes que me pergunte, Sophie, não, não foi esse o termo que usaram. Uma faixa de constrição presa na outra extremidade do cilindro deve ser aplicada ao corpo. O cilindro e a bomba criam um vácuo que permite que o... órgão masculino fique ereto. A faixa presa a um anel é usada para manter a ereção.

Toots tirou os óculos.

— Bem, senhoras, acho que não resta nenhuma dúvida sobre o que é VCD e para o que serve.

Um silêncio mortal desceu sobre o recinto antes que uma gargalhada explodisse e o quebrasse, quando Sophie, sem conseguir se conter, tirou a mão da boca. Toots se juntou a ela e observou Ida, cujos ombros se moviam como se fosse uma dançarina havaiana, pelo esforço em conter o riso. Mavis estava catatônica. Os lábios se moviam sem que emitisse qualquer som, lembrando Toots dos espíritos naquela noite em seu quarto.

— Mavis. — Sophie estalou os dedos diante dos olhos da amiga. Sem resultado, apelou para uma medida drástica. Foi até a pia, encheu uma xícara com água e a jogou em seu rosto.

Mavis sacudiu a cabeça, voltando a si.

— O que fez foi uma maldade, Sophie. Não era preciso. — Mavis enxugou o rosto com o pano de prato que ainda apertava entre as mãos.

— Você entrou em órbita por um minuto. Apenas a ajudei a voltar a si. Sente-se um pouco. — Sophie puxou uma cadeira e conduziu Mavis até ela.

— Então esse VCD é o que estou pensando que seja? — Mavis olhou para Toots a fim de obter confirmação.

— E o que pensa que é? — Sophie não conseguia ficar de boca fechada mesmo que sua vida dependesse disso.

— Uma coisa vulgar

Toots, Ida e Sophie não tiveram como resistir. O riso explodiu ainda mais forte que antes.

— Deixe explicar a você em termos simples — Sophie ofereceu. — Funciona como uma bomba de bicicleta, só que, em vez de encher um pneu murcho, infla aquela certa parte...

A explicação foi interrompida por outra sequência de gargalhadas. Ida riu tanto que chegou a grunhir. Toots usou todos os guardanapos da mesa para secar as lágrimas que caíam sem cessar pelo rosto. E os lábios de Sophie distenderam-se por pelo menos um quilômetro. A pobre Mavis se limitou a ficar ali, sentada na cadeira, enquanto a água terminava de evaporar e os filés de salmão queimavam.

Fosse o cheiro ou a retomada de consciência, Mavis se levantou de um salto.

— Estraguei o jantar. Espero que não se importem de comer salmão bem passado. Talvez esturricado.

Toots repôs os guardanapos, Sophie encheu as xícaras de café, e Ida ajudou Mavis a raspar o peixe grudado no fundo da panela. Os aspargos foram despejados em uma travessa e colocados ao lado da salada.

— Vamos comer? Não sei sobre vocês, mas estou faminta. — Toots olhou para os pratos colocados no centro da mesa, disse que pareciam deliciosos, mas serviu-se apenas de salada e aspargos.

Durante cerca de dez minutos, ninguém falou. Os únicos sons vinham do tilintar dos talheres de prata contra os pratos novos e do barulho desagradável que Sophie fazia para sorver o café. Toots endereçou-lhe um olhar de reprovação. Sophie fez ainda mais barulho em resposta. Ida trocou um olhar com Toots como se pedisse, em silêncio, para que mandasse a outra cuidar de seus modos. Coco, sentada no colo de Mavis, espichava o pescoço fino e magro em direção à borda do prato da dona, a fim de arrematar as sobras do peixe e dos aspargos.

— Acho que direi não a George sobre La Jolla — Mavis decidiu repentinamente.

— Porque não quer? — Toots perguntou. — Ou por nossa causa? Não permita que um bando de velhas carentes de sexo decida por você. Está com vontade de ir ou não?

— Estou, quero dizer, estava. Mas agora que sei de que se trata o tal VCD, não tenho certeza. Nunca tive outro homem a não ser meu marido. Não houve ninguém antes nem depois. Herbert foi meu único...

— Cuidado para não engasgar, Ida — Sophie interrompeu. — Desculpe, Mavis, continue.

— Cale-se, Sophie! — Toots a repreendeu. — Já ultrapassou os limites. — Mavis, estava falando que Herbert foi o único homem de sua vida?

— Sim — Mavis admitiu, enquanto acariciava a minúscula cabeça marrom de Coco. — Não sei se seria capaz de me envolver romanticamente com George, ou com qualquer outro homem.

Ida não pôde continuar calada.

— Posso lhe perguntar se considerava se envolver romanticamente com George antes de Toots elucidá-la?

Seria de admirar se Sophie não desse mais um de seus palpites, mais cedo ou mais tarde:

— Envolvimento? Romance? Elucidação? Ora, poupem-me. Estão se comportando como duas virgens. Mavis, antes de descobrir que George precisava de uma bomba para o pênis levantar, estava ou não entusiasmada com a ideia de viajar e de transar com ele?

— Sophie Manchester, você não tem sentimentos? Cale essa boca! — Toots deu as costas a Sophie e tornou a se voltar para Mavis. — Fale, querida. Chutarei o traseiro dela se ousar interrompê-la de novo.

— Experimente! Depois não diga que não avisei! — Sophie prometeu com ar maquiavélico.

Mavis continuou.

— Sim, estava fazendo planos sobre George, mas a verdade é que mal nos conhecemos. Ainda não consigo acreditar que tenha se interessado por mim. Tão rico e tão bonito. O carro dele é um Porsche.

— Isso conta na hora de ir para a cama? — Sophie pestanejou.

— Não para mim. Não estou interessada em dinheiro, em coisas materiais. O fato é que George e eu temos muito em comum. Ele é dono de uma rede de lavanderias e eu adoro costurar. George disse que me levará a uma exposição de tecelagens um dia desses. Está fazendo um curso sobre novos tecidos e os cuidados necessários durante o processo de lavagem.

Mavis parecia feliz, Toots refletiu. Não, ela *estava* feliz. Os olhos brilhavam, os cabelos cor de pêssego haviam crescido e exibiam mechas loiras queimadas de sol, resultantes dos passeios diários pela praia. A pele alva adquirira um saudável tom dourado. Sobretudo, havia emagrecido mais dez quilos. Mavis era um exemplo de transformação. Toots achava que Mavis estava linda. Seu talento com agulha era uma constante surpresa. Mavis parecia se superar a cada trabalho. As roupas que Toots lhe comprara em Charleston haviam sido remodeladas com toques simples, mas elegantes. Toots se perguntava com frequência por que Mavis nunca tentara seguir a carreira de estilista, ou outra que também fosse relacionada a moda. Mavis teria feito um grande sucesso.

— Em minha opinião você deve ir. Se não quer que a relação evolua para o sexo, converse com ele. Quando me casei com... Acho que foi com... Agora não estou conseguindo me lembrar com qual deles, mas um de meus maridos apresentou o mesmo problema que George. Quase não fizemos sexo durante o casamento, mas fomos grandes amigos. O sexo não é o mais importante para uma vida em comum feliz e satisfatória. Amor, respeito e amizade são fundamentais. Tenho larga experiência nesse sentido, como vivem me dizendo, por isso sei o que estou dizendo.

— O salmão está começando a cheirar mal — Sophie declarou. — Vamos limpar esta cozinha e nos sentar lá fora. Estou louca por um cigarro.

— Eu também — concordou Toots. — Vou preparar daiquiris de morango para acompanhar o cigarro e a conversa.

Meia hora depois, a cozinha estava reluzente de tão limpa, com os pratos na lava-louça, o mau cheiro erradicado.

Toots levou a jarra com a bebida e quatro copos para o deque. *Isto é que é vida*, pensou. *Mas aqui nunca será Charleston. Lá é minha casa.*

Ida, Sophie e Mavis estavam confortavelmente instaladas nas espreguiçadeiras novas, listradas de tons brilhantes de azul e verde, pelas quais Toots pagara uma pequena fortuna. Nada era bom demais para as amigas e a família. Só faltavam Abby e Chris para que a noite fosse perfeita. A esse pensamento, Toots consultou o relógio de pulso. Pena que fosse tarde demais para chamá-los. Ambos teriam de se levantar cedo no dia seguinte para o trabalho.

A bandeja foi colocada sobre a mesa.

— A primeira rodada será por minha conta — Toots ofereceu. — Levante a mão quem estiver pronta para se embebedar! — Três mãos se ergueram no ar e Toots despejou a bebida nos copos, que continha rum o bastante para nocautear um gorila de aproximadamente 250 quilos.

Naquela noite, Toots e as amigas beberiam e relaxariam. A preocupação com a ressaca ficaria para depois.

CAPÍTULO 22

— Nossa adorável Ida descobriu tudo sobre seu fetiche obsceno, não é? — Mohammed questionou Patel em tom de acusação. Os olhos escuros pareciam um risco no rosto contraído de fúria. As mandíbulas angulares estavam cerradas e as narinas, dilatadas. — Você me enoja, velho! Se ela for à polícia, estamos perdidos. Não pôde esperar, não é? Faltava tão pouco! Mas não, tinha de fazer... Não gosto sequer de mencionar a palavra. Ocorreu-lhe alguma vez que ela pode cancelar a transferência do dinheiro? Você é um idiota, Patel. Um maldito idiota!

Ao responder, a voz de Patel soou fria e impregnada de desprezo pelo miserável arrogante que acolhera como um filho.

— Isso não lhe diz respeito. Você e Amala podem prosseguir com o esquema de depenar o tal médico. Mas, se forem espertos, cairão fora logo ninguém sairá machucado desta história. Quando o dono da clínica regressar do congresso, será informado de que a secretária encontrou um emprego melhor em outro lugar. Amala se ofereceu voluntariamente para ficar ele cuidar da clínica na ausência dele. O médico não pediu que ela fizesse, não esperava pela oferta. O doutor Sameer não terá nenhuma dificuldade em contratar outra pessoa para substituí-la. Outra mulher, talvez um homem. Amala não é uma funcionária indispensável; não é alguém em quem valha a pena investir. Além do mais, ela significa encrenca. Sempre lhe disse isso. Agora você ri de mim, mas um dia se arrependerá por não ter me escutado.

Mohammed passou uma das mãos pelos cabelos escuros e espessos. Não contara a Patel sobre o plano de seduzir a ruiva. Agora, com a *querida* Ida fora da jogada, seria preciso partir para outra. Sem a velha, não teria nada para fazer na casa de praia em Malibu. Acabada a relação entre Patel e Ida, sua função de motorista também estava terminada. Com as mãos nos bolsos, Mohammed se pôs a andar de um lado a outro.

— Você estragou tudo, velho! Deveria matá-lo e atirá-lo aos tubarões. — Para reforçar seu protesto, Mohammed cuspiu nos sapatos de Patel. Em seguida, dirigiu-se ao gradil que cercava o deque. Não notou a aproximação de Patel. Antes que tivesse tempo de reagir, Patel o empurrou e usou a mão esquerda para dominá-lo. Embora fosse mais jovem, Mohammed não conseguiu se desvencilhar. A agilidade de Patel o venceu. O velho golpeou-o no pescoço com o cotovelo. Sem poder respirar e com a desvantagem de estar por baixo, Mohammed não conseguiu evitar que Patel usasse a mão livre para bater a cabeça dele contra o beiral. Mais uma vez e outra, sem se importar com o sangue que jorrava como um chafariz, tingindo a madeira.

— Pare! Você vai matá-lo! — Amala gritou, e correu até Patel, saltando-lhe sobre as costas e lhe tapando os olhos. Mas Patel atirou-a ao chão como se fosse uma boneca de pano. A queda, no entanto, não foi tão dolorosa a ponto de impedi-la de engatinhar sorrateiramente para tentar surpreendê-lo.

— Não se mova, ou quebrarei o pescoço de Mohammed! — Patel a preveniu, os sentidos aguçados pela adrenalina provocada pelo momento. E, para provar que não estava brincando, Patel ergueu a perna direita e a impulsionou para trás, atingindo a delicada cartilagem do nariz de Amala com o salto do sapato. Um breve arfar precedeu o baque surdo do corpo caindo, inerte, no deque de madeira.

— Deu para entender agora? — Patel perguntou, erguendo o joelho e atingindo o rim de Mohammed. — Eu o preveni para que nunca me traísse, a única coisa que sou incapaz de perdoar. Você não me ouviu. Agora sabe o que faço com quem me trai! — Patel continuava surrando Mohammed como um alucinado. Só parou quando sentiu o sangue do rapaz espirrar-lhe no rosto. Nesse instante, largou o corpo imóvel ao lado do de Amala e se ajoelhou para verificar a pulsação de ambos. Estavam vivos. Não gostava de matar ninguém. Gostava mesmo é que o inimigo *desejasse* que o tivesse matado.

Passava da meia-noite, mas Abby estava sem sono e não se sentia cansada. Assistiu a dois filmes românticos que a fizeram chorar como uma tola. Tal como a mãe, Abby adorava histórias com finais felizes. Chester estava deitado sobre os pés dela no sofá. Sem querer acordá-lo, mas certa de que as pernas ficariam amortecidas se não se levantasse e as movesse com rapidez, Abby começou a puxá-las bem devagar, centímetro por centímetro. Finalizada a proeza, dirigiu-se à cozinha na ponta dos pés. Acertara ao deixar o laptop em cima da mesa quando chegara. Parecia ter adivinhado. Ligou-o e, enquanto esperava o computador carregar, encheu a chaleira com água, ajustou a boca do fogão para a temperatura máxima e apanhou uma caneca no armário, colocando um saquinho de chá de camomila retirado da caixa sobre o aparador.

Aguardando a água ferver, Abby digitou a senha para verificar se haviam chegado novos e-mails. Encontrou vários da equipe, mas um, em particular, chamou sua atenção. Enviara-o logo cedo, pela manhã, e estava surpresa por já ter sido respondido. Percorreu o texto rapidamente com os olhos e em seguida abriu o anexo. O assovio da chaleira, quebrando o silêncio, a fez pular de susto.

— Droga.

Chester tinha pavor do assovio agudo da chaleira. Abby procurava tirá-la do fogo antes que o dispositivo fosse acionado para avisar que a água atingira o ponto de ebulição, mas esporadicamente se distraía. Nessas ocasiões, o pobre Chester sempre se punha a uivar como um lobo, tal como fazia naquele instante, depois de ter corrido em busca de seu socorro.

Abby largou tudo para acariciar-lhe o peito e as orelhas. Só depois de acalmá-lo permitiu-se endireitar o corpo e despejar a água quente sobre o saquinho de chá, atenta para não pisar em Chester, que resolvera se esticar bem no meio da cozinha. Para compensá-lo, embora não quisesse admitir, Abby ofereceu-lhe um petisco comprado em pacotes em supermercados.

— Não é para acostumar, ouviu? Essa não é uma recompensa por bom comportamento.

Encaminhou-se para a mesa com cuidado para não derramar o chá quente. Puxou a cadeira e se sentou para ler o arquivo. Impressionante. Embora não a surpreendesse que o dr. Sameer fosse um bom médico, porque quem o recomendara, afinal, fora o dr. Pauley, não esperava que a lista de credenciais fosse tão vasta. Não era de admirar que o dr. Sameer alcançasse tanto sucesso na cura de pacientes afetados pelo transtorno obsessivo-compulsivo. Graduado entre os dez primeiros da classe na Universidade de Harvard, o dr. Pauley o havia avaliado com excelente nota. Segundo a pesquisa de Abby, até o final do relatório não constava nenhum dado remotamente negativo naquele currículo. Sem ficha policial. Sem multa de trânsito, sequer por estacionar em local proibido. A lista de méritos parecia interminável ao longo da carreira... A não ser...

Abby pestanejou.

— Espere um momento — Abby falou em voz alta. — Isto não pode estar certo.

As datas tinham de estar erradas. Aturdida, Abby voltou para o início do documento. Inclinada sobre a tela, começou a ler as datas, tudo outra vez. Se as datas estavam corretas, e ela tinha certeza do contrário, então o dr. Sameer tinha apenas 42 anos.

Abby minimizou a tela com o documento e maximizou a página do provedor. Clicou no site de busca. Assim que a ferramenta apareceu, digitou o nome "dr. Sameer" e pressionou ENTER. Surgiram zilhões de opções de consulta. Nossa, o sujeito devia ser realmente bom! Abby clicou em uma das opções e apareceu na tela o Centro de Harmonização Mente e Corpo. Excelente. Fácil de navegar. Abby clicou em CONHEÇA O DR. SAMEER E SUA EQUIPE.

Não podia estar certo. Não podia ser. Abby clicou em DENTRO DO CENTRO DE HARMONIZAÇÃO MENTE E CORPO. Reconheceu o lugar. Sim, fora ali que Ida se tratara. Tornou a clicar em CONHEÇA O DR. SAMEER E SUA EQUIPE. Três enfermeiras, um médico-assistente, dois auxiliares administrativos, um gerente.

Dois e dois não estavam dando quatro. Abby consultou o relógio acima do fogão. Era quase uma da manhã. Cogitou ligar para a mãe, mas era tarde, e tanto a mãe quanto as madrinhas deveriam estar dormindo.

Abby resolveu explorar todo o site da clínica. Havia um link que dizia NOTA DO DR. SAMEER. Abby moveu o cursor sobre as letras azuis e clicou. Uma pequena foto do dr. Sameer, de avental branco, sorria para ela do lado esquerdo superior da página. Nada bom. Algo ali estava muito errado. Definitivamente. Antes de se entregar a conjecturas, tirou o celular do carregador e pressionou as teclas com o número da casa de Chris. O biorritmo dele também era noturno, portanto não estaria sendo inconveniente em ligar naquele horário. A menos que uma mulher atendesse. Nesse caso, é claro, desligaria. Três toques. Maldição. Chris sempre atendia ao segundo toque. Devia ter saído com alguma jovem aspirante a atriz.

— Chris Clay.

O alívio foi tão gratificante ao ouvir a voz dele que Abby ficou, momentaneamente, sem fala.

— Chris, você está em casa! — Abby murmurou, e desejou retirar as palavras antes mesmo de terminar de dizê-las. Não queria que Chris suspeitasse de seus pensamentos sobre ele ter saído para uma farra. Pegou mal, Abby, muito mal.

— Onde mais estaria à uma da manhã?

— Em um bar? Chris, falando sério. Você precisa ver o que acabo de descobrir. Está perto do computador?

— Posso estar em um segundo e meio. Pronto.

Deus, como apreciava o senso de humor daquele homem.

— Vá para o site de busca e digite *dr. Benjamin Sameer*.

— É pra já.

Abby ouviu o ruído de teclas sendo pressionadas.

— Clique na página do Centro de Harmonização Mente e Corpo.

— Feito. E agora?

— Entre no link do lado direito da página. Clique em CONHEÇA O DR. SAMEER E SUA EQUIPE. Vou aguardar enquanto lê.

— Humm. Dê-me um minuto — Chris pediu.

— Depois vá para o link na parte inferior da página: NOTA DO DR. SAMEER. Ficarei aguardando.

— Agradeço. Sou lento para ler.

— Como se eu não o conhecesse... — Abby caçoou.

— Espere até me conhecer a fundo — Chris respondeu, insinuante. — Não sou lento apenas com relação à leitura. — Abby ouviu Chris rir baixinho. Se aquilo não era uma modalidade de sexo ao telefone, desconhecia de que se tratava. — Não é o mesmo médico que tratou Ida, é? — Chris questionou, a voz agora destituída de traços de humor.

— Não, mas a clínica é a mesma. Conferi o endereço e o prédio. Ida frequentou o lugar nos últimos dois meses.

— Então quem esteve tratando Ida durante esse tempo? Aqui não diz nada sobre outro médico ter assumido a clínica enquanto o dr. Sameer viajou para participar de um congresso. Bem, não significa que ele não possa ter deixado alguém no lugar. Talvez tenha apenas repassado os pacientes a um colega, sem mencionar o fato no site.

Abby enrolou uma mecha de cabelo no dedo.

— Pode ser, mas com o mesmo nome?

— Talvez sejam parentes. Talvez o velho doutor Sameer seja pai dele.

— E quanto ao resto da equipe? Onde estão aquelas pessoas? Recordo claramente de mamãe ter me contado que a filha do doutor Sameer trabalhava no consultório como recepcionista ou secretária. Nem minha mãe nem Ida jamais mencionaram a existência de outros funcionários.

— Está bastante preocupada, não é, Abs?

— No momento estou mais intrigada que preocupada.

— Por que resolveu, de repente, pesquisar sobre o doutor Sameer?

— Não conseguia dormir. Mamãe me mandou um e-mail esta manhã, perguntando se eu ou alguém na revista poderia investigar o doutor Sameer. Ela não soube definir especificamente de que se tratava. Uma espécie de intuição de que havia algo errado com ele. Encarreguei um colega dessa tarefa e pensei que ele fosse me retornar só amanhã. Antes de me deitar, porém, resolvi dar uma olhada nos e-mails e encontrei a resposta ao meu pedido. O resto você já sabe.

— O que acha de dar uma volta até a praia?

Uau! Iria a qualquer lugar com Chris. Para a Lua. Para o fim do mundo. Para o Pink's.

— Mamãe vai me matar se isso não der em nada.

— E se der?

— Então Ida é que vai me matar. Ela está se encontrando com esse sujeito desde que ele a curou.

— Consegue se aprontar em meia hora?

— Em meia hora estaria preparada para comparecer a uma solenidade presidencial.

— Agora você me impressionou, Abs.

— Como posso explicar? Não sou do tipo de garota que gosta de fricotes. Meu custo de manutenção é baixo.

— Nesse caso, como não há trânsito a esta hora da noite, chegarei aí em quinze minutos.

— Estou esperando. — Abby desligou e deu uma olhada em si mesma. Calça cinza de moletom, camiseta laranja, meias vermelhas com um furo no calcanhar esquerdo. Ocorreu-lhe sair do jeito que estava, mas pensou bem e resolveu se trocar.

Abriu o armário do quarto e tirou uma calça jeans desbotada do cabide e uma blusinha preta sem mangas, rente ao pescoço. Calçou botas pretas, aprovando a escolha. Eram macias e confortáveis como chinelos de pelúcia. No banheiro, escovou os dentes e prendeu os cabelos ondulados em um rabo de cavalo. Hesitou diante do estojo de cosméticos. Talvez devesse aplicar umas pinceladas de blush, gloss e rímel. Estava sem nenhuma pintura. Retirara-a antes do banho, quando chegara do trabalho. Embora, no fundo, se importasse com o fato de Chris reparar em sua aparência, não faria uma maquiagem completa só para dali a uma hora ter de retirar tudo outra vez.

Exatamente quinze minutos mais tarde soou uma batida à porta.

— Um segundo! — Abby deu uma última olhada no espelho, certificando-se de que estava com a melhor aparência possível. Quase. Deixando aquele pensamento de lado, com passos apressados, Abby se encaminhou para a porta da frente, detendo-se por um instante para retirar do caminho as amostras de granito para o novo tampo que pretendia instalar na pia da cozinha.

A tranca estava difícil de abrir. Mais trabalho, em seguida, com a corrente de segurança.

— O que é isso? Prevenção contra algum *serial killer*?

Abby enfim conseguiu destrancar a porta.

— Não, Chris. Mas, caso ainda não tenha notado, sou uma mulher solteira que mora sozinha em uma cidade com altos índices de criminalidade. Embora Brentwood seja um bairro tranquilo de classe alta, nunca descuido da segurança. Isso responde à sua pergunta?

— Acho que gosto mais quando nos falamos ao telefone e as pedras não podem me atingir. — Chris pegou a chave da mão de Abby no intuito de trancar a porta quando saíssem.

— Espere! Não posso deixar Chester sozinho.

Abby se apossou de novo da chave, abriu a porta e correu para a cozinha. Chester dormia profundamente. Não teve coragem de acordá-lo.

Chris deu a volta no carro e abriu a porta do passageiro para Abby.

— O que houve com Chester?

— Está dormindo sob a mesa da cozinha. Achei que seria uma crueldade acordá-lo.

— E eu que pensei que você fosse uma desalmada.

Abby subiu no Toyota modelo Camry. Sempre se admirava por Chris não se importar em demonstrar *status*. A maioria dos homens em sua posição social e financeira estaria dirigindo um BMW ou similar pelas ruas de Los Angeles. Gostava disso. Chris era o que era.

— Você é um babaca.

— Já me chamaram de coisas piores.

— Tais como? — Abby caçoou. Não estava interessada em saber. Claro que não. Gostava era daquela camaradagem entre eles, do clima leve e divertido das conversas. Estar com Chris era como calçar a bota. Confortável. Gostoso.

— Não precisa saber. — Chris esticou o braço em busca da mão de Abby. Ela não a afastou nem teceu nenhum comentário. Não abreviaria aquele momento de felicidade por nada no mundo.

CAPÍTULO 23

Alguém batia à porta da frente como se pretendesse derrubá-la. Assustada pelo modo abrupto com que fora arrancada do sono, Toots tateou no escuro em busca do interruptor do abajur sobre a mesinha de cabeceira. O rádio-relógio mostrava que eram quase três da manhã. A hora das bruxas. As pancadas se repetiram. Quem poderia estar esmurrando a porta no meio da madrugada? Não esperava visitas. A imagem de Abby lhe veio à mente. Levantou-se de um salto. Praticamente levitou escada abaixo.

— Estou indo. Só um minuto! — Toots correu para a porta, torcendo e rezando para que não fosse Abby ou alguém querendo avisá-la de que a filha sofrera um acidente. As mãos tremiam ao acender a luz do terraço.

— Oi, mãe. Acordei você?

Toots se afastou para lhe dar passagem.

— Você bebeu?

Abby se virou para alguém lá fora.

— Não, não bebi, mas, se tivesse bebido, não teria vindo aqui dirigindo. E não estaria batendo à porta nesta hora da noite.

— Está acompanhada?

Chris apareceu.

— Não tenho certeza de que quero saber o que vieram fazer aqui. Nenhum dos dois parece doente, então acho que posso descartar essa possibilidade. A não ser que o problema não esteja no corpo, e sim na cabeça. Aí, talvez, exista uma possibilidade. — Toots suspirou, aliviada. — Vamos para a cozinha. Farei café enquanto me contam o que, em nome de Deus, está acontecendo.

— Caramba, mãe, não precisava nos abraçar com tanta força para demonstrar o quanto ficou contente em nos ver — Abby ironizou, dando-lhe um leve cutucão na cintura com o cotovelo.

— Você sabe que odeio quando faz isto — Toots reagiu, puxando o rabo de cavalo da filha.

Chris atraiu Toots para si e a beijou no rosto.

— Vou querer uma xícara de café. E você, Abs?

— Prefiro chá, mas café também serve. Desde que minha mãe pare de olhar para mim como se eu fosse uma psicopata ou algo do gênero.

— Desculpe, Abby. Lembrei-me de seu pai. Ele adorava chá. Sinto tanto a falta dele...

— Oh, mãe, sinto muito. Não sabia.

— Está tudo bem. Vou fazer um café. Tenho um pressentimento de que a informação que vieram me trazer a esta hora insana não será das mais agradáveis. — Toots colocou o pó de café no filtro e despejou água na parte de trás da máquina. Por último, ligou-a na tomada.

O aroma de café fez Abby perceber que estava com fome. Como de costume, o jantar fora um saco de pipocas de micro-ondas. Muitas horas antes.

— Alguma coisa boa para mastigar? — Abby indagou, abrindo a geladeira.

— Tudo que temos na cozinha é bom. Com Mavis na chefia, só entra comida saudável nesta casa. Faz um século que não como uma tigela de cereal bem doce.

— Chegue para lá, Abs. Também quero dar uma olhada. Estou faminto. Jantei sorvete outra vez.

— E eu, pipoca. Outra vez — Abs confessou.

— Vocês dois vão acabar doentes se não comerem direito — Toots resmungou, enquanto desligava a cafeteira. Dizia isso por experiência própria. — Abby, aproveite que está de pé para apanhar o creme e o açúcar. Pegue também o vidro de aspirinas. Estou com uma dor de cabeça insuportável.

Abby fez o que a mãe lhe pedira. Ao se sentar, levava consigo um prato com queijo cortado em fatias, morangos e uma laranja cortada em gomos.

— É um verdadeiro banquete. Estou precisando que Mavis passe uns tempos comigo. Ela pode cozinhar para mim tudo o que quiser, no momento que quiser.

— Mavis é uma pessoa incrível — disse Toots afetuosamente. Os três se acomodavam ao redor da mesa. — Agora me digam o que vieram fazer aqui, sem avisar, e ainda por cima juntos. — Toots olhou para um, depois para o outro, e sentiu o cérebro dar um estalo. — Estão namorando? É esse o anúncio que têm para me fazer? Bem que venho notando uns olhares diferentes entre ambos.

Se uma cratera se abrisse no meio da cozinha, Abby saltaria de cabeça. Chris apenas riu da observação.

— Minha mãe, apenas ouça, está bem? Para que Chris e eu possamos falar sobre o motivo que nos trouxe aqui.

— Está brava comigo. Só me chama de "minha mãe" quando fica furiosa.

Abby ignorou o comentário e foi direto ao assunto.

— Você se lembra de seu pedido, hoje de manhã, para que eu investigasse o doutor Sameer?

— Lógico que me lembro. — Toots assentiu. — Não estou senil. Ao menos por enquanto.

— Estava certa em desconfiar dele. O laptop está à mão?

— Lá em cima. Vou buscá-lo. — Toots subiu a escada e retornou minutos depois com o computador, que se apressou a ligar e a conectar. Posicionou a tela, em seguida, de modo que a filha pudesse acessá-lo.

Abby localizou o e-mail com o currículo do médico e abriu o arquivo anexo. Assim que terminou de baixar o documento, Abby procurou a parte que lhe interessava para apresentar à mãe.

— Aqui. Leia e me diga o que pensa.

Toots franziu o rosto. Percebera desde o início que havia algo de errado com aquele esquisitão!

— Não creio que este seja o mesmo homem que conhecemos como doutor Sameer. Ida precisa dar uma olhada. Isto não é bom. Não é nada bom.

Toots subiu apressadamente os degraus, mas deteve-se ao chegar à porta do quarto de Ida. Partiria o coração da amiga quando lhe revelasse sua descoberta, mas antes agora que mais tarde. Bateu de leve antes de abrir. Ida estava deitada atravessada na cama, como uma bêbada. Daiquiris de morango em excesso, eis a razão. Toots não podia culpá-la. Também exagerara na dose.

Devagar e em silêncio, Toots se aproximou. Detestava ter de acordá-la. Ouvira alguém dizer que era perigoso despertar as pessoas se estivessem roncando, porque estavam mergulhadas em sono profundo. Ida roncava como uma serra elétrica. Toots tocou-a com gentileza no ombro. Ida rolou para o lado e abriu a boca.

— Ida, acorde.

A amiga se deitou de costas, esticando braços e pernas, como um grande X. Toots tornou a cutucá-la.

— Ida, é importante. Preciso que acorde.

— Toots, o que está fazendo no quarto de Ida? Bing voltou? — Sophie, que acordara com as batidas, resolvera se levantar e investigar, e se encontrava parada à porta.

Toots tocou o ombro de Ida com um pouco mais de força.

— Ida, acorde. Sei que está me ouvindo. Levante-se e venha comigo.

— Se conseguir andar, de tão bêbada — zombou Sophie.

Toots se aproximou de Sophie e sussurrou:

— Algum dia ela ainda lhe dará o troco. Quando chegar essa ocasião, eu a aconselho a vigiar o traseiro — Toots falou baixinho para Sophie e, em voz alta, dirigindo-se a Ida: — Temos informações a respeito do doutor Sameer. Se não abrir esses olhos imediatamente e se negar a se levantar desta cama, pedirei que Sophie desça e traga uma jarra de água gelada para lhe despejar no rosto. Abby e Chris estão à espera na cozinha.

Ida se sentou instantaneamente.

— Por que não disse logo em vez de ficar tropeçando pelo quarto?

— Não tropecei em nada. Vista um robe por cima desta camisola que mostra seu corpo inteiro e desça. Enquanto isso, preparo mais café.

— Não se esqueça de escovar os dentes — sugeriu Sophie.

— Será que nunca tem algo gentil para dizer? — Ida resmungou.

Sophie parou na soleira da porta e considerou aquelas palavras. Após dois segundos de reflexão, respondeu:
— Não.

De volta à cozinha, Toots preparou outra rodada de café enquanto Abby e Chris colocavam Sophie a par da situação.
— Disse à sua mãe que achava aquele homem estranho — confidenciou Sophie. — Simpático demais. Tinha a sensação de que me despia com aqueles olhos escuros devassadores sempre que me olhava.

Ida escolheu justamente aquele momento para fazer a grande entrada. Ninguém diria que estava jogada em uma cama, roncando, até cinco minutos atrás. Toots ficou admirada com a rápida e eficiente transformação.

— Ele a despia com os olhos, Sophie, não porque estava interessado em seu corpo, mas porque queria adivinhar o tipo de lingerie que estava usando. — Ida se deteve ao se dar conta do que acabara de falar. — Abby, querida, o que faz aqui tão cedo? Chris?

— Sente-se, Ida — Toots convidou. — As crianças trouxeram informações que você precisa saber.

Ida se sentou, mas dava a impressão de estar na defensiva.

— Olhem, se é por causa dos três milhões, já contatei o banco e cancelei a transferência.

Toots, Sophie, Abby e Chris a encararam por no mínimo dez segundos.

— O que foi? Por que estão me olhando desse jeito? Não era isso que queriam recomendar que eu fizesse?

Abby deu a volta, de modo a se sentar ao lado de Ida.

— Nenhum de nós sabia sobre a remessa desse dinheiro. Não era sobre isso que queríamos falar, mas o que disse serviu para confirmar nossas suspeitas. O doutor Sameer lhe pediu esse dinheiro ou você lhe ofereceu a quantia como presente?

Ida se pôs a chorar convulsivamente. Abby pegou um guardanapo de papel e o colocou na mão da madrinha.

— Chore enquanto sentir vontade. Será bom para desabafar. Quando se sentir melhor, conte-nos o que aconteceu, e contaremos o que descobrimos. Se for preciso, levaremos o caso ao conhecimento da polícia. Não é, Chris?

— Sem dúvida. Se o sujeito for um criminoso, precisa ser denunciado.

— Ele me pediu. Quero dizer, não foi bem um pedido. Eu lhe ofereci o dinheiro.

Abby afastou as mechas de cabelo que haviam caído sobre o rosto de Ida.

— Conte-nos exatamente o que disse o doutor Sameer quando lhe ofereceu o dinheiro. Com todos os detalhes de que se lembrar.

Ida assoou o nariz e moveu a cabeça em um gesto afirmativo.

— Sammy... ou doutor Sameer, ou qualquer que seja o nome dele, estava conversando comigo certa manhã e me pareceu triste. Contou-me que a clínica estava atravessando uma fase difícil, que o número de pacientes diminuíra e que receava ter de fechá-la. Fiquei penalizada. Não podia permitir que todo aquele trabalho magnífico se perdesse por falta de recursos financeiros. Mencionei que poderia ajudá-lo, que me sentia como se lhe devesse a vida por ter me curado daquela terrível mania de limpeza. Ele respondeu que não poderia aceitar meu dinheiro e que procuraria um banco. Insisti que a oferta estava feita, caso a quisesse. Não tocamos mais nesse assunto até duas noites atrás.

— Continue — Abby encorajou a madrinha, que precisara interromper o relato para enxugar as lágrimas.

— Não sei se consigo. Sinto-me uma idiota. — As mãos de Ida tremiam e ela cerrou os olhos. — É tudo tão constrangedor.

— Você não é a primeira mulher que é usada por um homem, acredite — Sophie se manifestou. — Também não me iludi ao me casar com Walter? Não aturei o impossível? O miserável arruinou a carreira com bebida e descontou a raiva em mim, me usou como saco de pancada. Estou exagerando, Toots?

— Não, aquele monstro merece estar queimando no fogo do inferno.

— Sinto muito — disse Ida, voltando-se para Sophie. — Nunca soube. Por que não me contou? Talvez pudesse tê-la ajudado.

— Sei disso, mas morria de vergonha. Eu me iludi com Walter da mesma maneira que se iludiu com o falso doutor. Situações diferentes, mas com resultados idênticos. Não seja dura demais com você mesma.

— Obrigada, Sophie. Significa muito vindo de você. — Ida enxugou mais uma lágrima. — Querem ouvir o resto?

Todos assentiram.

— Quando penso em tudo que aconteceu, não consigo acreditar que tenha sido tão crédula. Você está certa, Toots, quando diz que não vivo sem um homem. Não sei a razão disso, e levarei um bom tempo, provavelmente, para descobrir. Minha relação com Sammy, esse era o nome pelo qual o chamava, começou logo após o final do tratamento. Ele mandava o motorista, Mohammed, me buscar com a limusine, tarde da noite, e me mandava de volta bem cedo, pela manhã. Fazia meses que estava dando minhas escapadas. Quando pedi que não me acordassem porque queria aproveitar a temporada na praia para descansar, era mentira. Precisava das manhãs para dormir e me refazer de minhas aventuras noturnas.

Ida se deteve por um instante para se recompor antes de prosseguir.

— No dia do primeiro encontro oficial, Sammy disse que queria me fazer um pedido. Como tola e carente que sou, fantasiei um pedido de casamento. Não gostei quando Sammy chegou com a limusine e o motorista para me buscar. Imaginei que fosse vir sozinho e me levar a um restaurante elegante. O jantar, porém, não aconteceu. Sammy encarregara Amala, sua filha, ou sei lá quem ela é, não tenho mais certeza, de providenciar um jantar romântico na casa da praia. A mesa foi arrumada no deque com uma toalha de linho branca, uma rosa vermelha em cada prato e uma garrafa de Dom Pérignon em um balde de gelo. Fiquei tão desapontada com aquele cenário tão trivial. Enfim, uma coisa levou a outra. Não estava no melhor do meu humor quando Sammy quis abrir o champanhe. Ele pareceu não perceber, ou, se percebeu, não deu importância. Agora, refletindo melhor, tenho certeza de que percebeu, mas fingiu que não. Depois de tomar um gole, Sammy falou que tinha um pedido a fazer. Animei-me, satisfeita por ainda ter a capacidade de atrair um homem importante, tão bem-conceituado no âmbito profissional. Mas, em vez de me propor casamento, Sammy perguntou se minha oferta ainda estava de pé. Não necessariamente nesses termos, mas algo parecido. Eu me senti como um balão prestes a murchar. De fato havia lhe oferecido ajuda e, como mulher de palavra, respondi que sim. Não poderia esperar que a cifra que me pediria era de três milhões de dólares. Senti-me usada, humilhada, e quis ir embora. Sammy foi atrás de mim e me trouxe para casa.

Toots e Abby se entreolharam.

— Aconteceu na noite anterior à sua vinda aqui. Ontem, Sammy ligou para me pedir desculpas. Com sua fala macia, convenceu-me a visitá-lo em sua casa. Ele me mandou um táxi, porque não queria ir com o motorista. No trajeto, liguei para Russ, o gerente da conta no banco em Manhattan, e pedi que se preparasse para transferir três milhões para uma conta cujos dados lhe forneceria em breve. Pobre rapaz. Praticamente ameacei matá-lo quando me perguntou por que precisava de todo aquele dinheiro. Tenho de ligar para ele e me desculpar. Mas, de volta a Sammy, ele me aguardava no quarto quando cheguei. Informei-o de que as providências para a transferência dos fundos já tinham sido tomadas. Solicitei seus dados bancários e então ele sacou um papel do bolso, antes mesmo que terminasse de falar. Fiquei surpresa, mas não captei o sinal de alerta. Não ainda. No minuto seguinte, já estava ligando para o gerente. Eu... Não. Não foi exatamente assim que aconteceu. Disse que ligaria para o banco e Sammy teve a discrição de sair. Após a operação, o gerente se despediu, garantindo que o dinheiro estaria na nova conta em quarenta e oito horas. Oh, o que aconteceu depois...

— Não precisa se estender sobre os detalhes sórdidos, Ida.

— É preciso que ouça isto, Abby. Perdoe-me, mas já é uma mulher adulta. Não lhe contaria se não julgasse apropriado. Parte de mim se envergonha pelo que houve, e outra parte gostaria de rir como uma hiena. Se Sammy fosse um ator, esta história faria o deleite dos leitores da *The Informer*.

— Estou à disposição.

— Sammy saiu do quarto enquanto eu fazia a ligação — Ida seguiu com o relato. — Passou-se um longo tempo sem que retornasse, e resolvi procurá-lo. É uma casa de quatro dormitórios, mas apenas dois estão em uso. Durante a busca, dei uma espiada nos quartos que estavam vazios. O primeiro estava sendo usado como escritório. No segundo havia um colchão inflável estendido no chão com uma pilha de livros ao lado, que servia de apoio para um abajur barato. Estranhei que um homem com tal elegância não tivesse montado um quarto mais decente para os hóspedes. Fechei a porta e segui para o próximo. Era o quarto de Amala, e a porta estava aberta. Como tinha certeza de que encontraria Sammy ali, fui entrando, sem me anunciar. — Ida parou para tomar fôlego. — Sammy não percebeu que eu o observava. Fiquei horrorizada ao deparar com uma pilha de calcinhas na cama. Quase tive uma síncope quando o vi segurando três, e saí correndo no momento em que se pôs a cheirá-las em um ato de puro êxtase.

CAPÍTULO 24

Sophie ficou estupefata. Toots parecia ter levado um soco na boca do estômago. Os olhos azuis de Abby dilataram-se com o choque. Chris balançava a cabeça de um lado para outro em franco aturdimento. Ida manteve-se imóvel, as lágrimas deslizando pelo rosto.

— Dá para acreditar? Não sou mesmo uma tola? E ainda não contei tudo. Talvez algum dia, quando nenhuma de nós tiver algo de interessante para fazer, eu me sinta encorajada a narrar a outra parte da história. E você, Abby, o que queria me dizer? Duvido que seja pior do que isso que me aconteceu.

— Talvez não. Embora, em minha opinião, tudo dependa da pessoa a quem fizer esta pergunta. Mãe, posso contar a Ida o que me pediu que fizesse?

— Sim, é claro.

Abby continuava sentada ao lado da madrinha, e esperava que essa proximidade, de alguma maneira, pudesse servir de conforto.

— Minha mãe pediu que investigasse o doutor Sameer. Ela disse que algo a respeito dele a incomodava, sem que soubesse definir o quê. Um de meus assistentes se incumbiu da tarefa e descobriu que as credenciais do doutor Sameer são impecáveis. Nunca foi multado, nem mesmo por velocidade. O homem é quase um santo. Estava lendo seu currículo e vi a data em que se formou em Harvard. O doutor Sameer, cujos dados estão na internet, tem quarenta e dois anos. Digitei seu nome para pesquisa no site de busca, que abriu uma infinidade de possibilidades para novas investigações. Iniciei pelo site do Centro de Harmonização Mente e Corpo, e veja o que encontrei.

Abby pediu licença para usar o laptop e abriu todas as páginas que falavam sobre o Centro de Harmonização Mente e Corpo. Mostrou a

Ida a foto da clínica e da equipe de atendentes. Depois leu a nota que o dr. Sameer deixara aos pacientes antes de se afastar temporariamente da clínica. Por fim, Abby mostrou o texto para que a própria Ida o lesse.

O dr. Benjamin Sameer participava de um curso na Índia nos últimos cinco meses.

Ida ficou tão perplexa que precisou engolir em seco.

— Como assim? Então, quem é Sammy?

— É isso que estamos querendo descobrir — Chris respondeu. — Conseguiria levar um policial ou investigador até a casa dele sem despertar suspeitas?

— Meu Deus, não! Saí daquela casa em prantos da última vez em que estive lá. Como já disse, há detalhes escabrosos que me omiti de contar. Sinto muito, mas nunca mais colocarei os pés naquela casa. Posso lhes fornecer o endereço, mas é só.

Chris saiu para a varanda e fez algumas ligações pelo celular.

— Liguei para a delegacia e passei um resumo da história — explicou Chris ao voltar para a cozinha. — Tentarão localizar o verdadeiro doutor Sameer. Se não conseguirem encontrá-lo, nem os membros da equipe, o caso poderá se provar muito mais sério do que pensamos. Seu Sammy pode estar envolvido com crimes mais sinistros do que um fetiche por roupas íntimas femininas. Talvez viva de aplicar golpes em mulheres ricas.

— Vocês me dão licença? Estes três últimos dias acabaram comigo. Toots, se precisar de mim, é só bater à porta do quarto. Vou tomar um banho antes de me deitar. Sinto-me imunda.

— Ida, você não está suja, muito menos imunda. não importa o que aconteça, não retome a compulsão por limpeza. Apesar de tudo, Sammy a curou daquele problema.

— Não se preocupe. Não estou me sentindo suja nesse sentido. Chris, se a polícia quiser falar comigo, diga que farei tudo que estiver a meu alcance para ajudá-los a prender aquele... aquele homem.

— Anote o endereço dele antes de se deitar. Se a polícia precisar de seu depoimento, eu mesmo virei buscá-la e a acompanharei até a delegacia.

Ida anotou o endereço da casa de praia de Sammy, entregou-o a Chris e deu um abraço em Abby. Alguns minutos depois, na privacidade do quarto, desmoronou. Sessenta e cinco anos de idade e ainda não aprendera nada a respeito dos homens. Era inteligente e esperta para dirigir uma pequena mansão e vários empregados, e sabia investir seu dinheiro com sabedoria. No passado, fora por um breve momento uma fotógrafa de renome. Orgulhava-se de ter sido prestigiada com a publicação de um de seus trabalhos na capa de uma das edições da revista *Life*. Embora não estivesse entre as dez mais na escala do sucesso, suas conquistas não eram desprezíveis.

Conforme dissera a Toots, Ida se sentia suja, mas não no sentido de estar infectada por germes. Referira-se à imundície no sentido mais abrangente do termo. Fechou o ralo da banheira, abriu a torneira e verteu algumas gotas de uma substância com perfume adocicado na água. Depois tirou a roupa em frente do espelho e se examinou.

Não gostou do que viu. A expressão estava endurecida. Os traços eram frios, os ângulos rígidos, sem aquele ar suave e bondoso peculiares a Mavis. Seu egocentrismo e ressentimentos começavam a se manifestar no plano físico. No rosto, nos olhos, até mesmo na postura. Ida se afastou do espelho. Não apreciara o que vira externamente nem o que sentia por dentro.

Entrou na banheira e se acomodou sob a água quente e aconchegante. Se Mavis conseguira mudar, talvez também conseguisse. Mavis abraçava a vida com tanto vigor que Ida se perguntava se tanta intensidade não lhe provocaria dor. Estava decidida. Seguiria o conselho das amigas e venceria a "mania de homem". Seria mais dócil e atenciosa. E se esforçaria por ser um pouco mais firme e bem resolvida, como Sophie, apesar de seu gênio intratável.

Torcia para que as autoridades encontrassem Sammy e aquele motorista desprezível, Mohammed. Estavam mancomunados, disso Ida tinha certeza. E Amala também. Se a polícia não os encontrasse, contrataria os melhores detetives particulares para perseguirem aqueles cafajestes.

Decidida a empreender todas essas transformações, tão necessárias em sua vida, Ida cerrou os olhos e relaxou.

A comoção na cozinha acabou acordando Mavis, que ligou o fato à aparição dos "hóspedes espirituais", como passara a se referir aos fantasmas. Seu coração transbordou de alegria ao ver Abby. Abraçou a afilhada e a beijou no alto da cabeça. Só então se deu conta do avançado, ou do adiantado, da hora.

— Abby, aconteceu alguma coisa? — Mavis olhou ao redor e franziu o rosto ao dar pela falta do cachorro. — Algum problema com Chester?

— Ele está ótimo — respondeu Abby, retribuindo o abraço. — Estava dormindo tão bem sob a mesa da cozinha, que não quis acordá-lo.

— Fez bem. Chris, você e Abby parecem exaustos. Posso preparar um bom café da manhã em minutos, se quiserem.

— Não para mim, obrigada — Abby agradeceu. — Chris e eu praticamente assaltamos a geladeira quando chegamos. Mamãe, podemos contar a Mavis a razão de estarmos aqui?

Toots concordou de imediato.

— Claro que sim. Mavis, você não pode imaginar o que acabamos de descobrir. Jamais me ocorreu que um dia estaria fazendo esta afirmação, mas estou com pena de Ida.

Toots contou em detalhes sobre suas suspeitas e o pedido que fizera a Abby para investigar o dr. Sameer. Dez minutos depois, Mavis estava ciente de toda história.

— Não há nada que possamos fazer até a polícia entrar em contato com o verdadeiro doutor Sameer e prender o falso? É tão assustador quanto os fantasmas — Mavis exclamou. — Ao menos nossos visitantes parecem amigáveis. Como está Ida? Já se recolheu?

Chris arrastou Mavis para um canto antes que alguém pudesse lhe responder.

— Você disse fantasmas? No plural?

— Sim. Abby não lhe contou?

Chris desviou o olhar para Abby e Toots. As duas sorriram, mas foi um gesto nervoso, forçado. Ele o retribuiu, fazendo um sinal amistoso quase imperceptível.

— Não, Abby não me contou sobre os fantasmas. Por que não tomamos mais uma xícara de café enquanto me conta? Estou curiosíssimo. — Embora estivesse percorrendo a cozinha ao lado de Mavis, Chris não tirou os olhos sequer por um segundo de Abby e Toots. Chegou mesmo a pronunciar com ênfase a palavra *fantasmas* ao passar por elas.

As duas limitaram-se a sustentar o olhar e exibir aquele sorriso que parecia congelado.

Que noite — ou dia — mais perturbador! Chris mal podia esperar para ouvir a explicação. Mavis colocou o café na xícara, e ele não se conteve.

— Fantasmas? — tornou a perguntar.

Mãe e filha assentiram, sem que o sorriso murchasse.

CAPÍTULO 25

Seis semanas depois...

Abby apressou-se para chegar em casa na medida em que o tráfego do final de tarde lhe permitiu. Aquela seria a grande noite, como passara a pensar desde o evento de algumas semanas atrás. Naquela noite, iria para a casa de praia da mãe, em Malibu, onde Sophie realizaria a primeira sessão espírita desde que Ida lhes confessara estar se encontrando com um fetichista explorador de mulheres ricas.

A situação parecia hilária agora, mas no momento da descoberta o caso não tivera nada de engraçado.

Abby girou o volante do mini-Cooper amarelo reluzente para virar à direita, e em seguida voltou-o para a esquerda, onde se localizava sua casa em Brentwood. Chester enfiou a cabeça pela janela parcialmente aberta do lado do passageiro.

— Estamos quase chegando, garoto. Mas já deve ter reconhecido os arredores, não é? — Abby estendeu a mão direita e acariciou o cão em seu lugar favorito, logo acima da cauda.

— Au! Au!

— De nada — Abby respondeu, enquanto manobrava o carro para guardá-lo na garagem. Desligou o motor e desafivelou o cinto de segurança que usava para prender Chester. Desceu do carro no momento exato. Ou seria atropelada pelo pastor-alemão, ansioso por correr pelo quintal e depois se sentar por longas horas, atento às idas e vindas dos esquilos por entre a grama alta e rumo ao topo das árvores. Não os perseguia como a maioria dos cachorros. Chester não era um cão agressivo.

Como ainda era cedo demais para ir a Malibu, Abby permitiu que Chester aproveitasse o tempo para se distrair. O quintal era todo cercado. Não havia perigo de Chester saltar e se perder pelas ruas, nem de alguém entrar.

Ao abrir a porta da frente, Abby encontrou a correspondência que o carteiro deixara. Havia quatro envelopes brancos, dois folhetos de propaganda de novas pizzarias e um convite de casamento de uma de suas melhores amigas em Charleston. Abby abriu o envelope e fez uma anotação mental para marcar a data na agenda.

Ao entrar na cozinha, encheu-se de orgulho pelo novo tampo de granito que instalara na pia sem a ajuda de ninguém. Não fora uma empreitada fácil, mas a calma e a paciência haviam contribuído para o êxito. Foram necessárias duas semanas de trabalho árduo, noites maldormidas e montanhas de telefonemas para restaurantes e lanchonetes com serviço de entrega em domicílio. Porém, os resultados tinham compensado. Não apenas pelo visual formidável, mas também pela satisfação pessoal. Antes de se envolver no projeto, Abby dedicara três de seus sábados ao aprendizado da operação em uma loja de ferragens da cidade. Para comemorar, faria um jantar especial para sua mãe, as madrinhas e Chris.

O evento daquela noite — não, *evento* era a palavra que a mãe usava para se referir a funerais —, quer dizer, a reunião daquela noite tivera de ser adiada diversas vezes por uma razão ou outra. Ligara no início da tarde para se certificar com a mãe de que a sessão enfim aconteceria. Estava ansiosa, embora um pouco temerosa também. Sophie lhe dera algumas explicações sobre o que deveria ou não esperar. Se — e Abby estava ciente de que o mais provável seria o contrário — algo ou alguém se manifestasse, estaria incumbida de fazer perguntas cujas respostas somente aqueles espíritos poderiam responder, de modo a comprovar a autenticidade das comunicações. Abby sentia o coração bater descompassado ao simples pensamento de que em poucas horas talvez tivesse em mãos a manchete de que tanto precisava.

"Notícias do além" era o título da nova coluna que Abby inaugurara duas semanas antes. O resultado fora sensacional. O patrão misterioso cumprimentara-a por e-mail pelo aumento de 30% nas vendas. E, com o aumento do número de leitores, que significava maior receptividade, Abby se sentia, pela primeira vez desde que assumira a administração da *The Informer*, em condições de fazer frente à concorrência.

Viver era bom.

Com tempo de sobra antes da sessão, Abby resolveu tomar um longo banho na nova banheira de hidromassagem. Abriu a torneira e ajustou a temperatura para a mais alta que o corpo pudesse suportar. Nada para relaxar como um banho de espuma. Antes de se despir, desligou o celular e tirou o fone do gancho. Deixou a porta dos fundos aberta para Chester, assim poderia entrar quando se cansasse dos esquilos.

Afundou na banheira e se envolveu naquele calor paradisíaco, permitindo que os jatos d'água lhe massageassem os músculos doloridos. Não tivesse de dirigir naquela noite, teria trazido uma taça de vinho e talvez acendido algumas velas aromáticas ao redor da maior banheira que encontrara para comprar. Mas o banho de hoje seria apenas de relaxamento. Logo teria de sair. A mãe convidara Chris para participar da sessão, mas ele não dera certeza de que compareceria. Chris era extremamente cético com relação a fantasmas, assombrações e manifestações paranormais de qualquer tipo. Abby entendia sua posição. Ela sentia o mesmo a respeito de leis. Esse assunto fora abordado durante um jantar que haviam tido logo após a visita inesperada que tinham feito a Toots por causa de Ida. As coisas com Chris estavam indo bem nos últimos dias. Ele lhe telefonava sempre que podia e Abby lhe enviava e-mails tolos. Até o momento, esses pequenos gestos de atenção bastavam. A calmaria antes da tempestade. Porque o magnetismo entre eles era tão intenso que provocava faíscas. O beijo no rosto que Chris lhe dera após o jantar provocara uma onda de desejo que ameaçava fugir ao controle. Ficava excitada só de pensar nele. Não estava preparada para assumir a relação a tal ponto, mas era delicioso fantasiar. Na opinião de Abby, a expectativa representava metade da diversão.

O banho se prolongou por mais meia hora, e só então Abby lavou os cabelos e depilou as pernas. Queria estar bonita para o caso de Chris aparecer, e para dar as boas-vindas aos espíritos que quisessem marcar presença.

Ao se dar por satisfeita, levantou-se e se enrolou em uma toalha grande e felpuda, colocando outra, menor, ao redor da cabeça, para absorver a umidade dos cabelos loiros e volumosos, que levavam um século para secar. Ligou o aparelho de CD e se deleitou com Norah Jones cantando a meia-voz pelos alto-falantes. Diante do guarda-roupa, Abby hesitou. Não sabia o que vestir. Uma reunião na casa da mãe não requeria grande produção, mas ela queria usar algo especial naquela noite. Afinal, nunca se sabe...

Decidiu-se por um jeans escuro e uma blusa branca com mangas morcego. Calçou sandálias tipo rasteirinhas, para o caso de Chris aparecer e convidá-la para uma caminhada pela praia. Estava se antecipando, mas, afinal, a graça era essa. A diversão começava antes.

Livrando-se da toalha ao redor da cabeça, Abby domou a cascata de cabelos rebeldes e cacheados com um pente de dentes largos. Trinta minutos depois, apresentavam-se em suaves ondulações. Por último, aplicou a maquiagem. Leve. Não queria dar a impressão de ter colocado uma máscara no rosto, como dizia Sophie. Blush rosado, delineador marrom-claro, rímel preto e um toque de gloss cor natural. Diante do espelho, Abby estudou o resultado. Não ficara mau.

Colocou as toalhas no cesto de roupa suja e enxaguou a banheira antes de colocar Chester para dentro. O cão, até aquele momento, não parecia ter se cansado dos esquilos.

— Hora do jantar — chamou-o no quintal, e riu consigo mesma ao ouvir o som das patas percorrendo a distância até a cozinha. Jamais se cansava de admirar o potencial que aquelas simples palavras tinham em fazer o cão partir em disparada. Chester se apresentou em poucos segundos e atacou vorazmente o prato de ração com sobras do bolo de carne do dia anterior. Sabia que não devia oferecer a Chester a própria comida, mas ele gostava e, segundo o veterinário, seu cachorro estava supersaudável.

Enquanto Chester devorava o jantar, Abby trancou as portas e ajustou o *timer* para que as luzes internas e externas acendessem precisamente às nove horas. Chester limpou o prato. Abby o lavou e o enxugou com uma toalha de papel. Em seguida, apanhou alguns biscoitos e petiscos para lhe oferecer mais tarde, guardando-os em um saco plástico. No porta-malas havia um suprimento de agrados e de ração, mas esse não era para ser consumido, exceto em situações de emergência. Com tudo feito e resolvido, Abby pegou a bolsa, o celular e a coleira de Chester.

— Venha, menino, iremos a uma sessão espírita.

Chester a encarou e uivou baixinho.

Chris se perguntava se deveria ir ou não à sessão presidida por Sophie. Não acreditava no sobrenatural, termo usado hoje em dia para os fenômenos inexplicáveis, mas sabia que Abby estaria presente, e não lhe faria nenhum mal ao menos fingir que se interessava pelo tema, contendo a própria descrença só por uma noite. E significava ir a Malibu, afinal de contas. Toots avisara que a sessão teria início às nove horas em ponto. Ao checar o relógio de pulso, Chris constatou que já passava das oito e meia. Fora à praia naquele dia e recendia a sal, vento e areia. Nada que uma ducha não resolvesse.

Em dez minutos, estava pronto para sair. Banho tomado, barba feita, dentes escovados e cabelos penteados. Jeans, camisa polo azul-marinho e tênis. Isso que era rapidez. Duvidava que alguém pudesse se arrumar tão depressa quanto ele. Depois se lembrou de que Abby lhe dissera que conseguia se produzir para uma solenidade presidencial em trinta minutos ou menos. Era uma garota prática e objetiva, dissera, mas ele não se importaria se levasse uma semana para decidir o que usar; apaixonara-se por Abby e adorava essa sensação. Pela primeira vez na vida sentia-se completamente feliz. Não podia deixar, no entanto, de desfilar com as clientes pela cidade. Precisava conversar com Abby sobre fazê-la entender que esse era seu trabalho. Nunca poderia prever quando sua imagem e a de uma sirigaita do momento apareceriam nas páginas de uma revista de cinema. Queria contar a Abby que os encontros com aquelas figuras femininas eram apenas negócio. Sabia que ela não gostava de vê-lo cercado de mulheres. Talvez fosse o momento de mudar o rumo para algo diferente. Era algo em que se pensar. Não era um aficionado pelas leis que regiam o mundo artístico. Quando criança, sonhava se tornar fazendeiro. Talvez pudesse ver a possibilidade de esse sonho se tornar realidade: compraria um pedaço de terra e cuidaria dela pessoalmente.

Sorriu com o simples fato de ter essa opção.

A vida era boa demais.

CAPÍTULO 26

Sophie colocou duas cadeiras extras ao redor da velha mesa de madeira para o caso de Abby e Chris aparecerem para a sessão. Estava confiante de que Abby viria, mas não tinha certeza sobre Chris. Ele se portara como se estivesse diante de um grupo de lunáticos quando tentara lhe explicar o que o grupo vinha fazendo sobre as aparições. Chris lhe parecera nitidamente ressabiado ao ouvi-la discorrer sobre os espíritos que se apresentaram e se identificaram.

Toots concordara em não modificar o ambiente até que solucionassem o problema dos fantasmas, por receio de afugentá-los. Não era inusitado? Ter medo de assustar fantasmas? Em geral, ocorria o inverso. Mas não naquela casa. Sophie estendera o mesmo lençol roxo sobre a mesa e usaria o mesmo copo. As velas eram novas, mas, exceto esse detalhe, e as duas cadeiras adicionais, o cenário estava praticamente idêntico ao da primeira vez, quando conversara com os mortos. Estava preparada. *Se* quisessem falar com ela. Esperava que ao menos um deles se manifestasse. Melhor ainda se os novos equipamentos registrassem a presença paranormal. Não seria sensacional se Abby pudesse ilustrar a reportagem com fotos? Apenas lhe parecia impossível que as imagens embaçadas que presenciara pudessem ser reproduzidas com qualidade, sobretudo depois de ampliadas.

— Tudo pronto para começarmos? — Toots perguntou ao adentrar a sala de jantar às escuras.

— Sim, só estão faltando os fantasmas. E Abby e Chris. Mavis e Ida já devem estar descendo. — Sophie estreitou os olhos. — Toots, você acha que Abby e Chris saíram daqui naquela noite pensando em nós como um bando de velhas excêntricas com tempo e dinheiro de sobra para gastar?

Toots pensou na pergunta por alguns segundos.

— Não, não acho que tenham pensado isso de nós. Chris é cético sobre essas histórias de fantasmas. Abby gosta do assunto tanto quanto nós. Sua nova coluna na revista levará à realização de sessões quinzenais, talvez até mesmo semanais. Pode apostar. As reportagens sobre paranormalidade estão fazendo sucesso entre os leitores. Não me surpreenderia se as revistas *The Enquirer* e *The Globe* seguissem nossos passos em futuro próximo. Abby está radiante com os e-mails que "o patrão" lhe tem mandado, cumprimentando-a pelo aumento nas tiragens. Acho que está gostando do novo cargo. Ela não tem mais reclamado de não estar mais pelas ruas à caça de manchetes. Parece que minha filha se encontrou. O que me diz, Sophie, a esse respeito?

— Não vai querer saber. Tenho tido pensamentos estranhos ultimamente. Creio que esta nova vertente sobre fantasmas se manterá. Há programas desse gênero em quase todos os canais. Não dou conta de acompanhá-los. Abby navegou nessa onda no momento certo. E, por falar em Abby, tenho notado um brilho diferente no olhar dela nos últimos tempos. Também notou?

— É evidente que notei. Sou a mãe dela, Santo Cristo!

— E eu sou a madrinha! — retrucou Sophie na defensiva.

— Esse brilho, contudo, não tem nada a ver com êxito profissional. Acho que ela e Chris estão gostando um do outro.

Sophie lançou a Toots um sorriso largo.

— Eu também, e é fantástico! Não se importa se surgir algo mais dessa atração entre eles? Você amou o pai de Chris e é uma mãe maravilhosa para Abby. Chris também a adora. Para ele, você é o máximo. Já o ouvi ele se referir a você como mãe dele quando fala ao telefone. Em resumo, o que quero saber é se não se importa se, por acaso, Abby decidir se casar com seu enteado.

— A franqueza é um dos atributos que sempre admirei em você, Soph. É tão sincera que chega a ser rude. A resposta à pergunta é não, não me importo. Nada me daria maior gosto que vê-los casados. Garland, o pai de Chris, e eu conversamos sobre essa possibilidade mais de uma vez antes que morresse. Ele também teria gostado de ver os dois juntos. Chris é tão bonito quanto o pai, não acha?

Os olhos de Toots marejavam sempre que se lembrava dos maridos com quem tivera maior afinidade. Garland fora o segundo mais querido, depois de John Simpson, o pai de Abby.

— Com certeza. Ambos são espécimes magníficos. Garland era infinitamente mais bonito do que aquele cabeça de bagre do Walter. Toots, posso lhe fazer uma pergunta?

— Fará a pergunta, não importa minha resposta, então por que está me pedindo permissão?

— Você é uma bruxa, Toots. Mas gosto de você assim mesmo. Pelo menos até agora.

— Pergunte de uma vez, Sophie.

— Suspeitava que Walter me usava como saco de pancada antes de ir a Nova York e visse com os próprios olhos?

Toots respirou fundo.

— Vamos lá para fora fumar um cigarro antes de falar sobre isso.

Sophie concordou e as duas saíram para o deque, onde se acomodaram nas cadeiras favoritas antes de acenderem os cigarros e aspirarem suas toxinas mortais.

— Tinha minhas suspeitas — admitiu Toots, observando o estoque de cerca de vinte pacotes de cigarros guardados em um pequeno freezer que mandara instalar recentemente —, embora você nunca apresentasse hematomas ou algum sinal de espancamento. Eu me consolava em pensar que iria deixá-lo se ele passasse dos limites. E também tinha minhas dúvidas sobre aquele médico com quem trabalhava. Rolou algo entre vocês?

Sophie deu uma tragada e soltou a fumaça pelo canto da boca.

— Não, mas gostaria que tivesse rolado. Ele era bom para mim. Sabia que Walter era um covarde, mas, assim como você, supunha que me decidiria a largá-lo se a situação escapasse ao controle. Porém, levei a sério o juramento que fiz diante do altar. Minha educação católica me impedia de pedir a separação. Por isso fiquei com ele até a morte nos separar! Aquele velho filho da mãe. Espero que esteja com Satanás nos quintos dos infernos. Mas chega de falarmos sobre Walter. Não quero estragar a noite. Você me acende outro cigarro?

— São quase nove horas; é melhor chamarmos Ida e Mavis.

— Está bem — Sophie respondeu. — Acho que dá para aguentar mais uma hora ou duas sem fumar.

Ida e Mavis estavam na cozinha quando Sophie e Toots entraram. Ida fazia café e Mavis cortava frutas e legumes em fatias.

Sophie passou direto pelas amigas.

— Não se atrasem. Irei antes para me certificar de que não está faltando nada.

Uma forte batida à porta precedeu os passos acelerados de Abby e a pergunta feita em tom de acusação:

— Mãe, não começaram sem mim, começaram?

— Não, Abby. — Toots se dirigiu à porta de ligação entre o hall e a cozinha. — Estávamos esperando por você e Chris.

— Ele não veio comigo.

Toots parecia desapontada.

— Não veio com você? Tinha certeza de que viriam juntos.

— Não, não toquei no assunto com ele depois daquela noite. Chris não acredita nessas coisas.

— Bem, não é para qualquer um — afirmou Toots, notando o desapontamento da filha e desejando confortá-la.

— Está tudo bem. Não ligo. Madrinhas? Tudo em ordem? Então, o que estamos esperando? Não vejo a hora de fazer contato com um grande astro do passado. Adoraria publicar uma notícia de impacto. Mãe, já pensou, sua filha responsável por uma manchete de primeira página?

— Claro que pensei! — respondeu Toots. — Ida e Mavis, quando estiverem prontas, estaremos esperando por vocês na sala de sessão.

— Sala de sessão?

— É assim que eu e Sophie passamos a chamá-la. A sala de jantar ficou reservada com exclusividade para as sessões.

Uma nova batida à porta fez mãe e filha se entreolharem. Abby correu para abri-la.

— Chris! Oi. Mamãe e eu não acreditávamos que viesse.

A alegria na voz de Abby não passou despercebida a Toots.

— Hesitei, mas decidi não perder esta chance de me encontrar com as duas mulheres de que mais gosto. Mesmo que tenha de compartilhar a atenção delas com um fantasma ou dois, estou disposto.

— Bem, nesse caso, vamos? — Toots convidou.

Abby, Chris e Toots se reuniram a Sophie na velha sala de jantar, onde ela acendia as velas. Mavis e Ida se ofereceram para distribuí-las ao redor da sala. Sob a luz bruxuleante, Sophie determinou que os presentes tomassem os respectivos assentos em torno da mesa.

— Chris, Abby, podem sentar aqui — Sophie apontou para as duas cadeiras à direita. — Como nenhum de vocês participou das sessões anteriores, gostaria de reservar um minuto para as necessárias explicações. E pedir a gentileza de guardarem respeito. Ou seja, prometam não rir.

— Eu prometo. — Abby beijou o dedo em cruz.

Chris fez o sinal de juramento dos escoteiros.

— Também juro.

— Perfeito. Agora prestem atenção aos procedimentos.

Abby e Chris se sentaram lado a lado. Ida e Mavis se postaram nos lugares habituais. Toots foi a última a se acomodar.

Sophie ocupou o centro da cena, melhor dizendo, o centro da mesa.

— Antes de tudo, quero esclarecer o que é uma sessão espírita propriamente dita. É a reunião de um grupo de pessoas com a mesma proposta de tentar uma comunicação com os que já não pertencem a este mundo. As pessoas que frequentam tais sessões devem ter diferentes temperamentos, na medida do possível. No nosso caso específico, acredito termos preenchido esse critério. É evidente que, para que um fenômeno possa ocorrer, precisaremos manter a mente aberta. Para se realizar uma sessão são necessárias três pessoas no mínimo, e no máximo doze. Estão entendendo? Nestes últimos dias de estudo, aprendi que a compreensão absoluta de todos os pormenores é essencial para que o intercâmbio seja bem-sucedido. — Sophie fez uma pausa e encarou cada um dos presentes. — No caso de estar entediando vocês, sinto muito, mas terão de me suportar. Estranharam o escuro? Ambientes em penumbra são mais propícios, daí as velas. Abby, Chris, se tiverem a intenção de participar das sessões futuras, sempre ocupamos os mesmos lugares. Devemos colocar as mãos na mesa com a palma voltada para baixo. Dizem que a madeira é boa condutora de energia, dispensando assim o fechamento da corrente pelas mãos. Mas eu, em particular, gosto de pensar que os espíritos sentem quando estamos sintonizados em um mesmo pensamento, em um mesmo objetivo, e que o fato de nos unirmos pelas mãos é positivo.

— Concordo plenamente — disse Chris, segurando a mão de Abby e provocando o riso das mulheres.

— Dizem que não é bom trazermos frutas nem flores à sala, a menos que as flores sejam frescas. Não vejo em que isso pode ajudar ou prejudicar a comunicação. Chris, Abby, têm alguma dúvida?

— Por enquanto, nenhuma — Abby respondeu, e Chris se limitou a mover a cabeça em negativa.

— Costumo abrir a sessão com uma prece e em seguida pergunto se há alguém entre nós que gostaria de estabelecer contato. Em resumo, esse é o procedimento, crianças. — Sophie encarou os dois jovens. — Querem realmente ir em frente? Na hipótese de se considerarem imunes ao medo, pensem duas vezes antes de responder. Acham que estou exagerando, meninas?

— Nem um pouco — Toots respondeu, em seu nome e no das amigas.

— Bem, espero que dê tudo certo e que algum espírito se manifeste. Estou mais empolgada do que assustada com essa possibilidade — confessou Abby, virando-se para Chris. — E você?

— Não teria vindo se não quisesse participar. Por mim, a sessão pode começar.

— Só mais um lembrete. Levo as comunicações a sério. Tentem não quebrar o clima com observações estúpidas.

— Aí já seria querer demais — caçoou Ida.

Sophie estreitou os olhos em reprovação antes de fechá-los e pedir que os presentes se dessem as mãos, formando um círculo em torno da mesa.

— Relaxem. Pensem em alguém com quem gostariam de estabelecer contato. Não é preciso tê-lo conhecido pessoalmente. — Sophie aguardou que o silêncio e a tranquilidade do ambiente envolvessem os participantes. — Respirem fundo e abram a mente e o coração para a possibilidade de nos encontrarmos com seres de outra dimensão, onde almas se sentem perdidas e presas. Se houver algum espírito nesta sala que sinta vontade de se aproximar, estamos aqui para ajudá-lo. Coloquem a ponta dos dedos sobre o copo no centro da mesa. Este é nosso meio de comunicação com os espíritos.

Todos procederam conforme as instruções.

— Se houver alguém nesta sala que queira se comunicar conosco, mova o copo para minha direita se a resposta for afirmativa, e para a esquerda se for negativa.

Os olhares se concentraram no copo. Sem que ele se movesse, Sophie renovou o convite.

— Ninguém aqui deseja o mal de vocês. Só queremos ajudá-los e entendê-los. Se alguém compreendeu esta mensagem, mova o copo para a direita para sim; em caso negativo, empurre-o para a esquerda.

De novo, a respiração dos participantes se manteve suspensa. Os segundos passavam como se fossem horas. De repente, o copo se moveu bem devagar para a direita. Sophie captou o ruído de vários suspiros.

— Você nos compreendeu. Obrigada. É homem ou mulher? Mova o copo para minha direita se for mulher, para minha esquerda se for homem.

Sophie lançou um olhar na direção de Abby e Chris. Os dois pareciam hipnotizados.

O copo deslizou lentamente para a esquerda.

— Você é homem — Sophie constatou. — Há alguém nesta sala a quem queira transmitir uma mensagem? Direita se a resposta for sim, esquerda se for não.

O copo deslizou suavemente para a direita, provocando suspense geral.

— Consegue levar o copo até diante da pessoa a quem deseja transmitir a mensagem?

Alguns minutos de expectativa sem que nada acontecesse. Sophie cogitava fazer uma nova pergunta quando o copo passou a deslizar pela mesa até parar diante de Toots, que não conteve uma exclamação.

Sophie prosseguiu com as perguntas.

— Foi casado com esta mulher? Em caso afirmativo, mova o copo. Se não foi casado com ela, não mova o copo.

Todos os olhos focavam o objeto. Quando vários minutos transcorreram sem que houvesse sequer um esboço de movimento, o alívio de Toots foi visível.

— Você não foi casado com esta mulher — Sophie declarou. Era preciso confirmar a mensagem para quem estava ou não fisicamente presente. — Há mais alguém nesta sala a quem queira se dirigir? Mova o copo para a direita se a resposta for sim, e para a esquerda se a resposta for não.

O copo avançou velozmente para a direita e parou abruptamente.

— O que houve? Está zangado?

O copo avançou mais uma vez para a direita.

— Sim, está. O problema diz respeito a alguém que esteja nesta sala? A alguém deste mundo?

O copo se moveu para a esquerda.

Sophie estava tão mergulhada naquela experiência que não sentia nenhum vestígio de medo. Não podia falar pelos outros, mas, ao que tudo indicava, o interesse deles também era grande.

— Se quer ser identificado, tem condições de se materializar diante de nós?

O copo foi para a direita. Somaram-se exclamações de surpresa.

— Silêncio! Não há motivo para dispersões. Precisamos manter a concentração. Coloquem as mãos na mesa, com as palmas voltadas para baixo.

— Apresente-se.

A temperatura na sala caiu bruscamente. Um ar gélido soprou sobre os presentes e as chamas das velas tremularam. Uma névoa condensou-se e flutuou para perto da mesa. Um rosto de homem começou a se formar. Feições pálidas se esboçaram. De súbito, a névoa passou a girar como um pequeno tornado. Parou tão de repente quanto iniciara e se elevou acima da mesa, para onde todos os olhares convergiram em estupefação. Sophie estava tão excitada que quase perdeu o controle da situação.

A figura que se materializara para eles era de ninguém mais, ninguém menos que Bing Crosby.

— Você é Bing Crosby.

O rosto sorriu.

Ninguém disse mais nada. Aquilo era um verdadeiro fenômeno. Uma obra-prima da paranormalidade.

— Tem alguma mensagem para alguém nesta sala? — Sophie indagou.

A névoa flutuou e se deteve diante de Toots. Sophie não conseguia entender. O que, afinal, Bing Crosby teria a dizer a Toots? O frio na sala era tão intenso que parecia atravessar os ossos. Se não soubesse lidar com sua agitação, os esforços se perderiam e o espírito iria embora.

— Talvez eu saiba por que ele quer falar comigo — Toots aventou.

— De que está falando? — Sophie questionou.

A névoa continuava pairando sobre Toots.

— Comprei este imóvel da viúva de Aaron Spelling. Mas, originalmente, ele pertenceu a Bing Crosby. Spelling mandou derrubar a casa de Bing para construir esta mansão.

A névoa se pôs a girar alucinadamente. As velas se apagaram antes de tombarem no chão. As mãos de Sophie tremiam tanto que precisou se sentar em cima delas.

O fim foi tão abrupto quanto o início.

Ninguém se moveu nem disse uma palavra sequer. Haviam acabado de testemunhar um evento que não conceberiam ser possível caso não o tivessem visto com os próprios olhos. Sophie suspirou e já se preparava para encerrar a sessão quando outra névoa começou a tomar forma.

A temperatura na sala caiu ainda mais. A porção de neblina flutuava pela sala como se tivesse vida e vontade próprias. Sophie não tentou abordá-la, por receio de assustá-la ou perdê-la.

Exatamente como acontecera antes, a névoa flutuou em torno da mesa, mas desta vez foi em frente de Abby que se deteve. Ela sentiu o ar lhe faltar, mas logo se recompôs. O processo se repetia, mas com uma diferença. Feições femininas começaram a se formar ante seus olhos aturdidos. Lábios rubros destacavam-se surpreendentemente sobre a intensa palidez do rosto. Os cabelos eram loiros e estavam penteados ao estilo dos anos 1960.

Todos os olhares convergiam para a imagem que surgia entre a névoa leitosa que pairava sobre a cabeça de Abby. Não havia dúvida. Os lábios distendiam-se em um sorriso. Um sorriso inigualável.

Aquele era o rosto de Marilyn Monroe.

O silêncio era total. Ninguém se atrevia sequer a respirar mais forte. Sophie teve de reconhecer, ao menos para si mesma, que o controle da situação lhe escapava.

O rosto se voltou para Abby como se a conhecesse. Abby sustentou aquela presença com uma coragem e firmeza que não sabia possuir. Estava diante de uma das mais famosas atrizes de Hollywood de todos os tempos. Uma deslumbrante atriz de cinema cuja morte permanecia um mistério até os tempos atuais.

Abby fixou o olhar nos lábios vermelhos, que se moviam com o claro propósito de lhe trazer uma mensagem do além-túmulo. As mãos de Abby tremiam, mas os olhos não se afastaram da imagem nem mesmo por um segundo.

O frio se tornou mais e mais pronunciado conforme o espírito de Marilyn Monroe se aproximava de Abby. Os olhos de ambas quase se encontraram. Os lábios se moviam lentamente como se a atriz quisesse se certificar de que não fosse pairar nenhuma dúvida com relação ao que diria.

— Minha morte foi acidental.

O frio era tão avassalador que Sophie temeu a formação de uma camada de gelo que cobrisse tudo e todos naquela sala. Mas, então, do mesmo modo que surgira, a névoa passou a girar e desapareceu, como se sugada por um vácuo.

Apesar da velocidade com que os espíritos giraram em torno da mesa, nenhum objeto caiu nem se deslocou. Ninguém ousava ainda se mover. Nem falar. Nenhuma palavra conseguiria traduzir o que acabavam de testemunhar. Nenhuma palavra, a bem dizer, seria necessária. Só havia uma explicação possível para o evento sobrenatural que acabavam de vivenciar.

Abby Simpson acabara de ser contemplada com a exclusividade da maior entrevista de sua carreira, de sua vida, da vida de qualquer pessoa.

CAPÍTULO 27

Uma hora mais tarde, reunidos em torno da mesa da cozinha, mal conseguiam falar sobre o acontecido. Embora tivessem testemunhado um fenômeno paranormal, a dificuldade de assimilar o que ocorrera ainda era grande.

— Toots, você faz um café para nós? Ou melhor... — Em um ímpeto, Sophie mudou de ideia. — Esqueça. Estamos precisando é de algo bem forte. O que me dizem? Estou certa?

— Certíssima — concordou Ida. — Dietas estão fora de cogitação neste momento. Vou querer o que houver de mais forte no armário de bebidas.

— Não posso beber nada — avisou Abby. — Tenho de dirigir e preciso permanecer bem lúcida para me lembrar de cada detalhe do que ocorreu. Sophie, posso dar uma olhada nas fitas antes de ir para casa?

— Lógico. Estava mesmo pensando em sugerir isso. Toots, você liga o computador para Abby ver a gravação, enquanto apanho a fita?

— Chris, você está tão calado — Abby murmurou. — Está se sentindo bem? Mais ou menos bem, quero dizer. Porque ninguém de nós está em perfeitas condições depois do que vimos hoje. Foi incrível.

— Sim, estou bem. Mas confesso que está sendo duro admitir algo que contraria tudo aquilo em que sempre acreditei. Minha crença apenas... Como dizer? Tive outra percepção da realidade? Entrei em contato com outra dimensão? Sou advogado. Lido com fatos. Mas sou obrigado a reconhecer que o que houve nesta sala não teve nada de convencional.

— Ida, também está muito quieta — Abby observou. — Em que está pensando?

— Tive tantas preocupações no decorrer das últimas semanas, que este só foi mais um item para minha lista. Não consigo atinar com algo assim acontecendo em minha rotina, mas não adianta tentar ignorar o que pude comprovar com os olhos. A verdade é que precisamos de algum tempo para digerir o choque.

— Estou com Ida — disse Mavis. — Apesar de tudo isso nos parecer estranho, é real. Nasci no Maine. Fantasmas e espíritos não me dão medo. Acredito que existam de fato. E, se não acreditasse antes, agora certamente acreditaria.

Toots retornou à cozinha com o laptop e uma garrafa de uísque debaixo do braço, e Sophie com o equipamento.

— Coloquem as cadeiras em volta da tela para assistirmos juntos — sugeriu Sophie depois de montar o aparato. — Vou ficar no comando das teclas para o caso de precisarmos rever ou congelar alguma cena. Preparem-se. Isto é o que há de mais moderno no mercado para coisas do gênero. Em seriados sobre o assunto, os jovens caça-fantasmas usam este equipamento, além de outros.

Toots serviu seis doses de uísque.

— Todo mundo aqui está precisando de um drinque. Saúde!

Toots virou o copo. Como nos filmes de faroeste, deslizou dois copos pela superfície da mesa para que Ida e Mavis os pegassem do outro lado.

— Sophie, você quer?

— Depois. Primeiro tenho de ver se conseguimos registrar a sessão. Mas um cigarro viria a calhar.

Toots saiu para o terraço a fim de apanhar um maço de cigarros e um isqueiro. Uma das poucas regras que estabelecera para sua vida era jamais fumar dentro de casa. Excepcionalmente a quebraria. A causa era justa.

Toots entregou um cigarro para Sophie e conservou o outro entre os dedos.

— Só desta vez, Sophie. Entendeu?

— Entendi. — Sophie pegou o cigarro e apertou o filtro contra os lábios, sugando com tanta força que as bochechas murcharam. Repetiu o processo duas vezes e devolveu-o a Toots.

— Isso deve me relaxar por algum tempo. Agora quero prestar atenção. Vocês conseguem enxergar a tela?

Os demais assentiram. Toots se colocou atrás de Sophie, de modo que a fumaça não incomodasse os outros. Sophie pressionou algumas teclas e, de repente, a imagem da sala de jantar ocupou a tela. Cada um dos presentes se posicionou de forma a aproximar o campo de visão, torcendo para que as aparições tivessem sido capturadas pelo equipamento high-tech de Sophie.

As primeiras imagens mostravam todos eles sentados ao redor da mesa. As expressões eram sombrias. A voz de Sophie preencheu a sala com as explicações iniciais a Abby e Chris, antecipando o que poderiam ou não testemunhar durante a sessão. O espaço global foi registrado pelas lentes da câmera, que depois passaram a focalizar apenas a mesa. Com outro equipamento de apoio, Sophie ajustara a câmera para escanear a mesa em intervalos de três minutos. O processo se repetiu por três vezes. O grupo pôde ver nitidamente o copo avançar para a direita, depois para a esquerda, e finalmente seguir em direção a Toots.

Mas o que era essencial, o registro da névoa com o rosto de Bing Crosby, a câmera não gravara. O que ficara gravado foram o choque e o aturdimento dos participantes da sessão. Sophie mal podia conter a tristeza ao ouvir o suspiro coletivo de desapontamento. Porque, se a imagem de Bing Crosby não fora captada pelo aparelho, o rosto de Marilyn Monroe tampouco o fará.

Sem dizer uma palavra, Sophie continuou a monitorar o computador. O grupo permanecia ao redor, apesar de tudo, recusando-se a perder a esperança.

Naquele momento, a câmara se fixou em Abby. O choque se apoderou de seu semblante, a princípio calmo, em seguida apreensivo. Aquele deveria ter sido o instante da inesperada materialização de Marilyn Monroe.

Essa era a questão. Fora as expressões aturdidas e o copo se movendo sobre o lençol, a câmera não captara mais nada.

— Ai, que ódio! — Sophie resmungou, os dedos dançando ao longo do teclado. — Vou salvar estas imagens, mas nem sei se vale a pena. Será difícil convencer alguém de que não fomos nós que empurramos o copo com as pontas dos dedos para a direção que nos convinha.

Com um suspiro, Sophie se preparava para desligar o computador, quando Abby notou algo.

— Pare aí! Dá para voltar um pouco?

— Claro que sim — Sophie respondeu, usando o indicador para controlar o mouse e revertendo as imagens na tela através do toque da mão sobre o pad. Próxima à tomada onde Abby lhe pedira para se deter, Sophie pressionou algumas teclas e esperou, tal como os demais.

— Aí! Volte dois segundos — Abby instruiu.

Novamente Sophie fez o que a afilhada lhe pedia. Quando deu o comando para que a imagem tornasse a passar, o entusiasmo fez com que deixasse escapar uma exclamação de júbilo.

— Olhem isto! Cheguem mais perto!

O grupo se apertou ao redor do monitor e só não chegou mais perto para não bater a cabeça um no outro. Sophie repetiu a dança sobre o teclado pela terceira vez. Nesta, porém, sabia onde parar, porque conseguira captar a imagem, notada a princípio apenas por Abby.

— Aqui! Vejam!

Um a um, observaram a imagem congelada na tela. Abby permaneceu junto ao monitor, apontando o detalhe que lhe chamara a atenção. Ao término, retornaram aos assentos.

Por Sophie ser a guru oficial, a única com conhecimentos para montar, monitorar e operar o equipamento, a descoberta ficou oficialmente sob sua responsabilidade.

— Quero que cada um de vocês me diga exatamente o que viu. Quero ter certeza de que estamos de pleno acordo. Abby, justamente por você ter sido a primeira a perceber, peço que espere até que os outros relatem suas impressões.

— Sem problemas.

— Tenho certeza de que vi os lábios de Marilyn Monroe se movendo quando ela contou que sua morte foi acidental — disse Toots.

— Eu também — confirmou Ida.

— Por mais que odeie admitir, foi isso que também vi — afirmou Chris.

— Eu também — contou Mavis.
— Abby? — Sophie perguntou.
— Também.
— Eu concordo com vocês — Sophie concluiu com o próprio depoimento. — Farei uma montagem dessa cena com algumas tomadas da mesa para compor a sessão. Tenho um programa especial para isto, mas vou precisar de um computador high-tech que o comporte.
— Contamos com equipamentos de ponta na revista. Os novos proprietários não economizaram em investimentos. Tenho acesso ao melhor que o dinheiro pode comprar — falou Abby com orgulho e entusiasmo. — Sophie, de quanto tempo acha que precisa para me entregar a gravação?
— Para quando você quer?
— Para ontem, mas para amanhã seria perfeito. Não sei se vai funcionar, mas, se estiver certa, a *The Informer* subirá para o primeiro lugar em vendagem com a matéria exclusiva que estou planejando.
— Está nos dizendo que pretende publicar esta história? — indagou Chris em tom de franca incredulidade.
— É exatamente o que farei. Pensa que foi por acaso que o fantasma de Marilyn Monroe se colocou bem à minha frente? Quem melhor do que uma repórter de um tabloide para contar a verdade sobre a morte dela? Não me pergunte como; questione o Grande Homem Lá de Cima, mas por certo ela sabia quem eu era quando se dirigiu a mim. Não tenho como lhe explicar o modo como aconteceu, mas você conhece os fatos. De algum modo, Marilyn Monroe me escolheu para acabar com as especulações sobre sua morte.
— Abby, esta matéria não tem consistência — Chris retrucou. — A credibilidade da *The Informer* está em jogo. Acha que os leitores acreditarão realmente em sua história? Que não farão gozação do tipo: "Sabem quem vi comendo uma rosquinha outro dia? Elvis Presley!"
— Oh, sim. Mas as zombarias fazem parte do esquema. Não percebe? Suas palavras refletem o conceito das reportagens publicadas pelos tabloides. As pessoas ficam intrigadas e compram um exemplar da revista responsável pela divulgação. Não precisam acreditar no que leem, mas sempre existe uma chance de que isso aconteça. — A excitação

cintilava nos olhos azuis-claros de Abby, até que escurecessem como um mar em tormenta conforme as palavras de Chris se instalavam em sua mente.

— Continuo sem entender seu propósito. Por que deseja escrever sobre algo que a maioria das pessoas vai encarar como uma notícia ridícula? Perdi a conta das vezes em que fiquei no Ralph's, observando a reação das pessoas à medida que se inteiravam, em fila, das manchetes do dia. Elas debocham, Abby. Fazem comentários grosseiros sobre o que leem, e a maioria não coloca a mão no bolso para comprar nem mesmo um exemplar. Por que gastariam dinheiro se já viram as manchetes e elas não lhes despertaram o menor interesse?

— Chris Clay, você é um desmancha-prazeres! Insultou não apenas a mim e a minha profissão, mas também a opção de leitura de minha mãe e de minhas madrinhas. Você se considera o doutor sabe-tudo. No entanto, apesar da inteligência brilhante, dedica-se a acompanhar jovens atrizes de terceira categoria aos lugares da moda para compartilhar a expectativa de serem encontradas e notadas por fotógrafos e jornalistas de revistas que considerem notícia o cardápio do jantar de uma deslumbrada qualquer em busca de fama. Honestamente, Chris, não vejo grande diferença entre nós. A embalagem é quase a mesma; apenas os rótulos são diferentes.

— Desculpe, Abby. Fui extremamente desagradável.

Embora a voz de Chris demonstrasse genuíno pesar, Abby estava magoada demais para aceitar desculpas.

— Não, não desculpo. Vá embora antes que eu arranque seus olhos. Não ficaria bem aparecer sem eles ao lado das clientes nas revistas que tanto condena. Vá embora. — Abby se levantou e se dirigiu para o deque. Não suportava o olhar de Chris, quanto mais permanecer no mesmo espaço que ele. Inconveniente uma vez, inconveniente sempre. Ela não deveria ter se iludido.

Os passos dele ressoaram às costas de Abby.

— Sei que não quer me ver mais, mas sinto muito, de verdade, pelo modo como me comportei, Abs. Sou especialista em meter os pés pelas mãos.

— E eu, em meter o pé no traseiro de quem me incomoda e de mandá-lo para longe. Não diga mais nada, Chris. Suma.

— Está bem. Não vou insistir mais. A gente se vê.

Abby continuou no deque até ouvir o carro de Chris se afastar pela rua. Voltou, então, para a cozinha, onde a mãe e as madrinhas a encaravam como se um terceiro olho tivesse lhe saltado do meio da testa.

— Não digam nada, por favor. Não quero ouvir nenhum conselho, nenhum comentário. Estou exausta.

— Não pretendia dizer nada, Abby, a não ser que dou plena razão. Para mim tomou a decisão certa em cumprir a missão que lhe foi confiada sob nosso testemunho. Por outro lado, talvez não devesse ter sido tão dura com Chris. Ele é um advogado, e você sabe como são os advogados. Dizem a primeira coisa que lhes vêm à cabeça, sem levar em consideração os sentimentos alheios. Ligue para ele e o convide para jantar.

— Obrigada, mamãe. Sinto-me privilegiada e grata por ter participado de uma experiência quase divina. Estou certa de que esta história levará a *The Informer* ao primeiro lugar em vendas. Quanto ao que disse sobre convidar Chris para jantar, desculpe, mas não acaterei a sugestão.

Toots fez um gesto de assentimento.

— Como quiser, querida.

— Bem, no que depender de mim, a matéria poderá ser publicada na próxima edição — disse Sophie. — Mas a reportagem ficará a critério de Abby. Meus conhecimentos não chegam a tanto. — Sophie abraçou a afilhada e a beijou rapidamente. — Estou orgulhosa de você. E ponha orgulho nisso! Estarei na revista amanhã, na primeira hora, para ajudá-la com as imagens. Gostaria de levar Ida comigo, se não se importar. Seu talento para fotografia poderá ser valioso.

— Adoraria se pudesse me ajudar, Ida.

— Será uma honra para mim, querida. Mas você terá de me prometer uma coisa. — Ida pigarreou. — Quero que denuncie, através da revista, aquele impostor, Patel, que se fez passar pelo dono do Centro de Harmonização Mente e Corpo, e também o falso motorista, Mohammed, traficante de drogas, uma vez que o verdadeiro doutor Sameer já registrou queixa contra eles. Ah, e também aquela bandida da Amala. Serei convocada para depor perante a Justiça e não será nada lisonjeiro para minha autoestima ver meu rosto estampado nos jornais e nos noticiários de todos os canais de televisão do país como vítima desse trio de golpistas. Minha intuição me diz que o julgamento será do interesse de Nancy Grace, aquela figura irreverente, e fico arrepiada só de pensar que me fará alvo de suas insinuações maldosas e sarcásticas, enquanto finge compaixão por minha ingenuidade ao defasar meu saldo bancário em alguns milhões de dólares. Sei que terei um duro período pela frente. Para compensar, resolvi tirar umas férias tão logo tudo isso acabe. Toots, Sophie, Mavis e você, também, Abby, são minhas convidadas. Fariam isso por mim? Se quiser levar George conosco, fique à vontade, Mavis. As despesas serão por minha conta. Tenho uma verba extraordinária de três milhões de dólares queimando no bolso e preciso gastá-la antes que abra um buraco no tecido. O que me dizem?

Uma a uma, as mulheres foram sobrepondo as mãos. Ida em primeiro lugar. Depois Sophie. Em seguida Mavis, e Toots por último.

— E você, Abby? Já é hora de compartilhar nosso aperto de mãos secreto.

— Que aperto de mãos secreto é esse?

— Toots, nunca contou a sua filha sobre nosso ritual secreto?

— Por que não conta a ela, Sophie?

— Farei melhor que isso. Mostrarei a ela. Venha, Abby. Junte-se a nós em seu primeiro aperto de mãos secreto oficial.

Abby colocou as mãos sobre as mãos das quatro mulheres mais fantásticas que já conhecera.

— No três — avisou Toots. — Um... Dois... Três!

Exatamente como faziam na sétima série, muitas décadas atrás, as quatro melhores amigas, agora cinco, soltaram-se as mãos em um forte impulso para o alto. E disseram, em uníssono:

— Somos demais! Mais que demais!

A frase foi repetida por Abby e acompanhada, como um eco, pela declaração do resto do grupo.

EPÍLOGO

Encontros do além
Por Abby Simpson

No caso do espírito de Marilyn Monroe, a manifestação foi direta. Acredita-se que ela paire sobre Hollywood, assombrando inúmeros locais, e principalmente lugares que a célebre atriz gostava de visitar quando viva.

Muitos afirmam que Marilyn raramente se afasta do túmulo onde foi sepultada, no Westwood Memorial Cemetery, aqui em Los Angeles. Há relatos frequentes de que seu espírito é visto flutuando em torno da lápide, acenando para outros artistas, cujos fantasmas continuam vivendo entre nós.

Após sua trágica morte, em agosto de 1962, especulou-se que o suicídio teria sido a causa de sua morte. Mas também houve quem acreditasse em uma conspiração contra sua vida. Surgiram ainda fortes rumores envolvendo um ou mais membros da família Kennedy, que teriam contribuído para a morte da atriz.

Tive o privilégio de participar de uma sessão espírita particular em que a própria Marilyn se apresentou, brindando-nos com seu famoso sorriso. A aparição, contudo, não foi fortuita.

Marilyn Monroe nos trouxe uma mensagem e pediu a mim, pessoalmente, que a partilhasse com o mundo... Sinto-me honrada por ter me escolhido para divulgar a verdade sobre sua morte prematura, através da *The Informer*.

Estas foram as palavras que usou, textualmente: "Minha morte foi acidental".

Vide fotos abaixo.

Exclusivo foi impresso em São Paulo/SP pela RR Donnelley,
para a Editora Lafonte em julho de 2011.